张丽华

◎

著

闺秀诗话研究

上海古籍出版社

内蒙古师范大学

"古籍整理与传统文化传承研究创新团队"（2022JBT003）成果

# 序

万　奇

　　11 月 22 日收到张丽华君微信语音,说她有一部书稿即将付梓,问我可否写序,我欣然同意。丽华君为人真诚,谦逊有礼,从她恳切的话语中我读出了"言外之意"——对我的热切期盼和深厚信任。这是无法拒绝的。尽管自己是门外汉,难免会说一些让大方之家见笑的话。

　　丽华君主要从事中国古代文学的教学与研究工作,现任内蒙古师范大学文学院副教授,是学院中青年学术骨干。2005 年 9 月,丽华君考入苏州大学文学院,师从清诗研究名家王英志教授,主攻清代文学,2008 年 7 月获文学博士学位。2017 年 9 月,丽华君赴山东大学作访问学者,其指导教师是中国古典文献学研究名家杜泽逊教授。她的师承和学术经历为本书撰写奠定了良好的学术基础。

　　丽华君先后出版《18 世纪唐宋诗之争流变研究》、《清代唐宋诗之争流变史》(合著)、《清代闺秀诗话丛刊》(参编)等多部学术论著,在《苏州大学学报》《江苏社会科学》《江苏大学学报》《古代文学理论研究》等核心学术期刊发表论文十余篇。丽华君主持、参与国家社会科学基金、教育部人文社会科学研究、全国高等院校古籍整理研究工作委员会、内蒙古社会科学基金等多个研究项目。其中主持的教育部项目《清代闺秀诗话研究》和参与的古委会项目《清代闺秀诗话丛编》为本书的撰写奠定了扎实的文献学基础。

诗话是中国"诗文评"的重要批评文体,其远祖可追溯到南朝钟嵘(468?—518?)的《诗品》。至宋代,欧阳修(1007—1072)退居汝阴,编辑、整理了第一本"以资闲谈"的《诗话》(后世称《六一诗话》),标志诗话这一批评文体的正式成立,同时也确立了诗话以记事(话者,故事也)为主要文体功能的体例。司马光(1019—1086)著《续诗话》(又称《温公续诗话》),意在补《六一诗话》之遗,也是注意到"记事"这一点:"诗话尚有遗者,欧阳公文章名声虽不可及,然记事一也,故敢续书之。"厥后,诗话之多,不胜枚举,尤以清代为盛。清代以降,诗话主要有四种类型:一是断代诗话,如《全宋诗话》《全元诗话》。二是专人或专体诗话,如《陶渊明诗话》《杜律诗话》。三是地域诗话,如《全浙诗话》《全闽诗话》。四是闺秀诗话,如《闺秀诗评》《名媛诗话》等。本书的研究对象正是闺秀诗话。

闺秀诗话是独具特色的类型诗话,是诗话发展兴盛时期的产物。然而学界关注不够,研究成果不多。就文献整理而言,材料搜集不全,失于零散;部分研究成果还存有讹误,须审慎、系统地考辨。就理论研究而言,研究视野狭窄,个案研究较多,整体研究较少。正是在这种研究背景下,丽华君以文献考辨为基础,从动态文学史观出发,将闺秀诗话视为一个整体做宏观研究,旨在全面发掘闺秀诗话的文学史料价值、社会学史料价值、文学批评价值与文献学价值。其研究意义之大由此可见。

全书主要由导论、上编、下编和结语组成。

导论界定"闺秀诗话"的概念及其研究范围,介绍研究背景和研究情况,阐明研究价值和创新之处。令人印象深刻的是,对"闺秀诗话"概念的界定。书中指出:"闺秀诗话是指系统地记载、评论中国古代女性诗人及其创作的诗话作品。"这个定义清晰、简明。接下来丽华君说明为什么不用"女性诗话",不在"诗话"前冠以"妇人""闺阁"

"闺媛""名媛""香奁"的理由;并对"闺秀"的广义与狭义之别做了辨析。在丽华君看来,"以'闺秀诗话'来指称传统文化中这类专门评述古代文学女性及其创作的诗话,既符合民族文学传统,也最为文雅、恰切。"我以为丽华君选用"闺秀"一词指称古代社会各阶层有才华的女性,准确恰当,做到了"丽而雅"。

上编在考辨文献、正本清源的基础上,从类型诗话研究角度出发,考察闺秀诗话的生成背景和创作目的,总结闺秀诗话的成书方式和创作特点,爬梳闺秀诗话的著录与流传情况,描述闺秀诗话的发展流变(初创——繁荣——结响)。有纵有横,全面系统。在谈到闺秀诗话内容特点时,丽华君指出:

> 闺秀诗话虽然创作动机已不再是早期诗话的"以资闲谈",但在体制和内容上却体现出向诗话本体回归的倾向,即注重记事记人,话多而论少,以"论诗及事"为主,保持了诗话"话"之本色,以保存资料而非阐发理论见长。

因此,她概括闺秀诗话内容的第一个特点是"回归'诗话'之根本:突出的记事性"。这个概括不但把握了闺秀诗话内容的重要特点,亦有助于认识诗话的本色。在相当长的一段时间里,诗话研究领域的主流观点认为,早期诗话重在记事,后期转向了诗评、诗论,并认为"是质的飞跃,是诗话之体逐步发展、成熟、完善的标志"云云,每每以《沧浪诗话》作为后期诗话的代表。窃以为这种观点似是而非。明清至民国的闺秀诗话仍然具有突出的记事性,并没有转向诗评、诗论。又据有关学者考证,《沧浪诗话》非严羽所编,《诗辨》等五篇原本不是一部完整的诗话著作,而只是一些单篇著作。这些著作由严羽的再传弟子元人黄清老(1290—1348)汇集在一起("裒严氏诗法"),至明正德十一年(1516)才被胡琼(？—1524)冠以《沧浪诗话》之名,而其定名《沧浪诗话》则是在明末。就《沧浪诗话》内容来看,其由《诗辨》《诗体》《诗法》《诗评》《考证》五部分组成,是诗论而非诗话;也就是说,《沧浪诗话》虽以"诗话"命名,实际上它是"典型的诗论著作"。丽华君对闺秀诗话内容特点的概括,不囿于主流观点,彰显了诗话的文体特征,尤为难能可贵。

如果说上编侧重对闺秀诗话的本体研究,下编则阐释闺秀诗话的多维价值:从闺秀诗话追寻女性诗人生成与成长的社会机制,考察明清女性诗人的诗文化生活,诠释明清的女性文学批评观念,以及研讨闺秀诗话与女性文学史建构及女性文学文献学研究的关系。这种开阔的学术视野和学术思路,表明丽华君对闺秀诗话有较为全面、深入的认识。在讲到明清女性文学批评观念时,丽华君别具慧眼,拈出一个"清"字:"统观几部重要的闺秀诗话作品会发现,在批评者对闺秀诗歌进行评判时,'清'出现频率极高,是明清女性诗歌风格论中的核心概念。"而"清"能成为女性文学批评的核心,与钟惺(1574—1624)的倡导有关:"以著名诗人和诗论家钟惺的身份,在女性文学繁荣之初给出的这一审美标准,对于后来女性文学自身之发展与女性文学批评观念之影响自然不容小觑。"丽华君肯定了钟惺在确立"清"为女性文学批评核心观念过程中举足轻重的作用,颇有见地。

结语总括全书,进一步阐明闺秀诗话的多维价值,指出闺秀诗话的不足和研究时应该注意的问题。

综上所述,《闺秀诗话研究》主旨鲜明,考据精审,体例完备,是一部守正出新的诗话研究专著。

走笔至此,我忽然想到,诗话这种批评文体不独中国有,韩国、日本亦能见到她的倩影芳踪(如徐居正《东人诗话》、许筠《惺叟诗话》、姜坑《睡隐诗话》、师炼《济北诗话》、芥川丹丘《丹丘诗话》、西岛长孙《敝帚诗话》等）。如果韩、日诗话中也有闺秀诗话，则是否可以考虑写一本《东亚闺秀诗话研究》？寄希望于丽华君。

是为序。

甲辰冬月谨识于容膝庵

# 目　录

## 上　编

## 下　编

# 导　　论

　　诗话是中国传统诗学批评开展的重要形式,历经先宋、宋、元、明代的发展①,"至清代而登峰造极"②。有清一代,"严格意义的诗话已知就有一千四百七十余种"③,创作规模远迈前代④,诗话发展之繁荣局面于此可见一斑。向类型化、专门化方向迈进,是诗话繁荣的必然结果之一。清代以来,最典型的类型诗话有以下几种:其一,断代诗话,如查义的《元人诗话》、孙涛的《全宋诗话》、王葆的《全唐诗话》;其二,专人或专体诗话,如吴瞻泰的《陶渊明诗话》、陈廷敬的《杜律诗话》;其三,地域诗话,如陶元藻的《全浙诗话》、郑方坤的《全闽诗话》、梁章钜的《长乐诗话》等;其四即为闺秀诗话。明代中后期,"公安派"之中坚江盈科所撰《闺秀诗评》即以闺秀诗歌为评论对象,开闺秀诗话创作之先河。明末清初,陈维崧作《妇人集》继轨于后。清乾嘉以来,闺秀诗话专著渐多,以苏畹兰的《名媛诗话》、王琼的《(爱兰)名媛

---

① 中国诗话史的演进,可划分为先宋诗话与宋后诗话两个阶段。参看肖砚凌《诗话新论——对诗话研究中存疑之处的探讨》一文,《四川师范大学学报》,2012年第2期,第102页。

② 郭绍虞:《清诗话续编序》,《清诗话续编》,上海古籍出版社,1983年,第1页。

③ 蒋寅:《清代诗学史》(第一卷),中国社会科学出版社,2012年,第13页。

④ 郭绍虞《宋诗话考》等统计宋代诗话专著在140种左右;《宋诗话全编》收562家,其中专著170余种。《明诗话全编》收722家,其中专著120余种;陈广宏、侯荣川《关于明诗话整理的若干问题》(《复旦学报》,2013年第1期)认定明代诗话专著有200余种。

诗话》、杨芸的《金箱荟说》声名较著。至道光、咸丰、光绪年间,闺秀诗话力作频出,最可称扬者如沈善宝的《名媛诗话》、梁章钜的《闽川闺秀诗话》、淮山棣华园主人的《闺秀诗评》、丁芸的《闽川闺秀诗话续编》等,各具特色且均卓有成就。逮至民国,纂辑闺秀诗话之风气更盛,特别是民国前期,王蕴章之《然脂余韵》、苕溪生之《闺秀诗话》、金燕之《香奁诗话》、雷瑨与雷瑊之《闺秀诗话》、雷瑨之《青楼诗话》、施淑仪之《清代闺阁诗人征略》等作集中涌现,短短十年之间专著数量之多、规模之大引人瞩目;更值得注意的是,报刊与杂志等新型媒体也成为闺秀诗话发表的重要阵地,此时借新媒体发表的闺秀诗话数量在 40 种以上,已超过史上闺秀诗话专著数量总和,这一现象应引起研究者的重视。闺秀诗话既在不同时期、一定程度上推动了古代女性文学的发展,更载录有关古代女性文人生活与创作的各类资料,为后人留下了一笔宝贵的文化财富。

## 一、"闺秀诗话"之名及其研究范围

在闺秀诗话的概念表述中,有两点须作具体说明:第一,因何用"闺秀"一词为此类诗话冠名;第二,"古代女性诗人"的范围如何界定。

### (一)释名章义:因何以"闺秀诗话"为名

闺秀诗话是指系统地记载、评论中国古代女性诗人及其创作的诗话作品。若参照"地域诗话"等术语以诗话内容特征为指向的命名方式,似乎当以"女性诗话"来指称。但在女性文学研究学术话语体系中,已形成了以"女性文学"指称女性创作的文学作品(即强调创作主体的女性身份)的惯例,推而论之则"女性诗话"应指由女性文人创作而评述对象为男性文人、女性文人或两者兼而有之的诗话,这显然与本书所论之评述内容必须为女性文人及其创作的诗话不是同一范畴。另外,闺秀诗话的创作者既有男性,也有女性,因而女性有时兼具诗话创作者与被记载者的双重身份,可见,"女性诗话"之名极易引发理解的混乱。基于以上两个因素,不宜称之为"女性诗话"。

返归中国古代女性文学传统本身,采用具有民族特色的术语为这类诗话命名,当是一条可行之路。考诸各类目录学著作可知,总集或诗文评系统,常以"妇人""闺阁""闺秀""闺媛""名媛""香奁"等指称古代女性创作群体。其中,见诸《隋书·经籍志》等目录书的明代以前的近 10 部女性文学总集绝大多数均以"妇人"命名,但若以"妇人诗话"或"妇女诗话"为名,必然会带来与以"女性诗话"命名一样的问题。明代以后的女性文学总集与女性文学批评著作,则以"闺秀"为名者数量称最。如,明代编纂的女性文学作品总集在 40 种左右,其中以"闺秀""宫闺""名闺"命名者 7 部;清代百种左右女性文学总集中,以"闺秀"命名者有 26 部①,占总数的 1/4 强;清代到民国最常见的 20 余种记载女性文学创作的诗话中,以"闺秀"名篇者就有 10 余种。可见,在各类古代女性文学文献的命名中,"闺秀"一词被使用的频率是最高的。

我们还有必要深究一下"闺秀"之内涵及其应用于女性文学文献时具体涵盖的范围。"闺"本义为"特立之户",后用以指女子居住的内室,进而借指妇人。"闺秀"一词语出《世说新语·贤媛》:"王夫人神情散朗,故有林下风气;顾家妇清心玉映,自是闺房之秀。"《汉语大词典》"闺秀"条也引《世说新语·贤媛》篇句,并释曰:"后以'闺秀'称大户人家的有才德的女儿,多指未婚者。"《辞源》"闺秀"条:

---

① 参看陈启明《清代女性诗歌总集研究》附录一《清代女性诗歌总集叙录》,复旦大学出版社,2022 年。

　　　旧称富贵人家之女子,《世说新语·贤媛》:"顾家妇清心玉映,自是闺房之秀。"宋建安徐氏著《闺秀集》二卷,见宋陈振孙《直斋书录解题》十八。后又称妇女之有才者。清李斗《扬州画舫录》二:"扬州闺秀吴政肃,字静娴,工山水,笔力老健,风神简古。"

　　可见,"闺秀"一词在使用中有广义与狭义之别。狭义的"闺秀"指富贵名门有才德之女;而广义之"闺秀"即为"闺房之秀"的省称,指女性中之有才。在中国古代女性文学演进过程中,上述两种范畴的"闺秀"涵义均有使用,由此也为读者带来一些困扰。如清代恽珠编《闺秀正始集》"所选以性情贞淑、音律和雅为最,风格之高尚其余事。至女冠缁尼不乏能诗之人,殊不足以当闺秀,概置不录","青楼失行妇人,每多风云月露之作,前人诸集津津乐道,兹集不录"①,以性情贞淑为衡量闺秀诗之标准,而将特立于世的方外女性与失行于青楼的女子置于闺秀群体之外;清代梁章钜的《闽川闺秀诗话》、丁芸的《闽川闺秀诗话续编》,民国雷瑨、雷瑊所辑《闺秀诗话》与施淑仪之《清代闺阁诗人征略》中,亦不选方外、青楼与寂寂无名的文学女性,显然这些作品题名所用"闺秀""闺阁"等词均取其狭义内涵。当然,取"闺秀"一词"称妇女有才者"之宽泛意义的作品更为常见。明清两代以"闺秀"或"名媛""闺阁"命名的总集或诗话,大多收录或评论的对象都会涵盖各个阶层、不同身份的女性,上自宫妃贵嫔、名门闺媛,下及普通士人或民家之女,以至宫女、婢女、女冠、女尼、青楼女子与生平无考的无名女性,均有选入。目前所见最早的闺秀诗话为明代江盈科之《闺秀诗评》,所评既有西蜀孟昶宫嫔花蕊夫人,又有杨用修

---

① 恽珠:《闺秀正始集·例言》,道光辛卯(1831)红香馆刻本。

妻等名门闺媛,更有女冠鱼玄机、元好问妹,以及廉氏、薛氏、李氏、翁客妓、豫章妇等出身低微的女性;张倩的《名媛诗话》,收入木渎女道士吴静婉诗;民国初苕溪生之《闺秀诗话》所选女性诗人也不拘身份地位。总集中,托名明代钟惺的《名媛诗归》收入薛涛之作;晚明郑文昂编《古今名媛汇诗》于序言中直言选诗"但凭文辞之佳丽,不论德行之贞淫;稽之往古,迄于昭代,凡宫闱、闾巷、鬼怪、神仙、女冠、倡妓、婢妾之属皆为平等,不定品格,不立高低"①。男性编者之外,明末清初女性季娴所编《闺秀集》也是既选入方维仪、朱静庵等名媛,亦收录薛素素、柳如是等风尘女子,且序次不以身份地位为先后。这一做法被清代很多选家接受,如嘉道年间,许夔臣所选《国朝闺秀雕华集》《国朝闺秀香咳集》及黄秩模《国朝闺秀诗柳絮集》等,收录规模虽有小有大,但均未将青楼女子、女冠女僧等排斥在外。总体而言,在女性文学语境之下,"闺秀"一词虽然偶被取用狭义层面的意义,但大多情况下还是用于概指社会各个阶层中有文学才华的女性。也就是说,"闺房之秀"更强调女性才华之卓荦不凡,而非强调社会阶层分野或身份差别。故而,以"闺秀诗话"来指称传统文化中这类专门评述古代文学女性及其创作的诗话,既符合民族文学传统,也最为文雅、恰切。

**(二) 选文定篇:研究对象的时间范围与文本形态**

1. 时间范围

闺秀诗话的评述对象为中国古代女性诗人及其诗作,对其作整体研究之前,还须明确"古代女性诗人"所指,即在时间上确定闺秀诗话研究对象的范畴。笼统地讲,自有文字记载以来至 1919 年(近代

---

① 郑文昂编:《古今名媛汇诗》,《四库全书存目丛书》集部第 383 册影印明泰昌元年张正岳刻本,齐鲁书社,1997 年,第 10 页。

文学终结)之前进行诗歌创作的女性即是"古代女性诗人",似乎指称明确。然而,当我们对闺秀诗话做系统研究时就会发现,这样的界定上限自是没有问题,即大体从《诗经》时代开始出现的女性作家算起,下限的确定却没那么简单。原因在于,清民易代之际乃至1919年现代文学的起点到来之后,虽然新的文化类型逐渐占据文坛主流,但秉持旧传统进行古典诗词写作的人仍大量存在,不少女性依然从事旧诗的创作,自然也有不少文人着力于搜辑、评论女性的传统诗词作品。事实上,民国年间,文人记载、评价女性旧诗创作的热情更为高涨。显然,这时的闺秀诗话也应纳入我们的研究视野。这样的处理方式正与清代诗学研究专家张寅彭先生为《新订清人诗学书目》划定收录范围的尺度相合:"民国诗学著作,例有说旧体诗与说新诗之别",而所收"以说旧体诗者为限","此一类著作,得承晚清旧体诗创作复盛之势,又隐得其时西学大炽背景之助,故其说或被指为保守,实于旧体诗之总结,已颇有新义可采"①。这一时期还出现了关于女性新诗创作的评论以及用白话语体论女性旧诗创作的诗话,这些自然不属于本题研究范围。概言之,1949年新中国成立之前产生的以文言语体论女性旧体诗创作的诗话,都在我们的研究之列。

2. 文献形态

作为专题研究,还应从文献存在形态出发来限定研究对象。回顾古代文学批评发展史可知,对古代女性诗歌创作的系统批评肇始于明代,持续到民国年间,主要借助诗话、选本、论诗诗与诗文集序跋等进行,其中闺秀诗话是开展女性诗歌批评最系统、最直接的方式。细而论之,闺秀诗话有四种存在形态。第一种是闺秀诗话专著,江盈科之《闺秀诗评》、陈维崧之《妇人集》、沈善宝之《名媛诗话》、梁章钜

---

① 张寅彭:《新订清人诗学书目》,上海古籍出版社,2003年,第174页。

之《闽川闺秀诗话》、雷瑨与雷瑊之《闺秀诗话》等均属此类。第二种
是见于综合性诗话中的闺秀诗话。清代不少综合性诗话中都有论闺
秀诗的条目且数量不小,有些作品中闺秀诗话散布于全书,如吴乔的
《围炉诗话》、袁枚的《随园诗话》、吴骞的《拜经楼诗话》等;有的则丛
聚闺秀诗话,形成相对独立的整体,如王士禛《带经堂诗话》列"闺阁
类",法式善《梧门诗话》第十五、十六两卷只论闺秀诗。但总体而言,
综合性诗话对闺秀诗歌活动的评述材料较为零散且所论女性诗人数
量有限,系统性不强。第三种是各类诗文总集中对收录的女性诗人
及其作品的诗话性述评。明清大量的诗歌选本多是以人立目,每一
条目之下往往先列人物小传,简述诗人生平事迹,有的还评价诗人及
其创作,而后再录诗。其中,综合性总集如钱谦益的《列朝诗集》、沈
德潜的《国朝诗别裁集》、符葆森的《国朝正雅集》、徐世昌的《晚晴簃
诗汇》等全国性诗歌总集,阮元的《两浙輶轩录》、王豫的《江苏诗征》
等地方性诗歌总集①,在对女性诗人的述评中多蕴含丰富的闺秀诗
话;专题性的女性文学总集如明代署名钟惺的《名媛诗归》、清代王士
禄的《然脂集》、王端淑的《名媛诗纬初编》、汪启淑的《撷芳集》、蔡殿
齐的《国朝闺阁诗钞》、黄秩模的《国朝闺秀诗柳絮集》及恽珠的《国朝
闺秀正始集》等作中诗话性述评更为常见。这些总集的女性诗人述
评很多均可单独辑出为闺秀诗话,事实上,这样的做法也早有前例:
如康熙年间刘云份所辑明代妇女诗歌总集《翠楼集》之评语在施淑仪
《清代闺阁诗人征略》中即被引作《翠楼集诗话》,蒋机秀《国朝名媛诗
绣针》之评语被《江苏诗征》引称为《名媛绣针诗话》;不少闺秀诗话专
著的条目,更是直接从总集女性诗人小传里抄录或辑得。第四类是

---

① 有关清诗总集的类别划分,可参看叶建远、朱则杰的《清代诗歌研究——关于清诗总集
　的分类》,《甘肃社会科学》,2008 年第 1 期。

在近代传媒影响之下分载于报纸、杂志的大量闺秀诗话,如周瘦鹃的《绿蔷芜馆诗话》、苏慕亚的《妇人诗话》、俞陛云的《清代闺秀诗话》等。王蕴章之《然脂余韵》最初散载于涵芬楼各月刊中,后结集成专书出版,是一种比较特殊的闺秀诗话。

以上四类闺秀诗话并行于明清直至民国的文学发展之中,显然,闺秀诗话专著最堪为此类型诗话的代表;报刊闺秀诗话虽然文本形态与传统诗话专著有别,但将不同期数报刊上的同一作品聚合起来自是闺秀诗话专集。因本研究意在将闺秀诗话作为一种特殊类型的诗话予以系统考察,故从尊体角度出发,仅以传统诗话中的闺秀诗话专集即前述第一、第四类为研究对象;综合性诗话中散见的闺秀诗话以及各类诗歌总集中之女性诗人述评,考虑到其为体不够纯粹且资料零散,暂且不列入本研究的考察范围。不过,若剔除从类型诗话角度探讨闺秀诗话特质之因素的话,全面的闺秀诗话研究是应以上述四类作品为考察对象的。可以预见的是,散见闺秀诗话文献的汇辑定然费时耗力,短时间之内很难完成,相关的文献整理与研究工作尚需学界群彦的后续努力。

此外,为避免"拘墟一格",很多闺秀诗话都部分地采入了词与杂文,因其所论主体为诗歌,所以依然视之为诗话。清代还有专门的闺秀词话,如雷瑨、雷瑊辑《闺秀诗话》的同时也辑录了《闺秀词话》,闺秀词话与诗话的分界是很明显的,所以不纳入我们的研究范围。

值得注意的是,一些目录书或论文将论"男性写女性的诗"与论"女性所写的诗"的诗话作品混为一谈,前者显然不是闺秀诗话。当然,因诗话创作多具有随意性,有些闺秀诗话中偶尔混入几则男性创作的描写女性的诗歌,因所占比重极小则可忽略不计,这类作品自然还应被视为闺秀诗话。

还有一个需说明的问题。闺秀诗话最有代表性的成果多集中在

清代,且闺秀诗话所论女性诗人95％以上皆生活在清代,为突出清代
在闺秀诗话发展中的特殊地位,此前有关闺秀诗话的研究成果往往
前加"清代"二字,如由王英志师主持、笔者亦参与的闺秀诗话文献整
理的最终成果即以《清代闺秀诗话丛刊》为名,此后一些研究成果如
陕西师大王晓燕的硕士论文《清代闺秀诗话研究》(2014)、安徽大学
李萌的硕士论文《清代闺秀诗话研究》(2022)等情况也是如此。在本
研究推进过程中,笔者发现,以"清代"限定闺秀诗话会造成一些问
题。其一,就作品生成时段而言,闺秀诗话的发展还是存在清代与民
国的分界的,如果合观专著与报刊诗话,则无论从单个作品规模上
看,还是就总数讲,民国年间都要超越清代,而上述成果的研究对象
实际都覆盖清代和民国两个时段,显然以"清代"来限定并不准确。
其二,若将"清代闺秀"作为诗话的定语,即理解为"论清代闺秀的诗
话",则因诗话述评对象大多都兼及清前特别是明代或清后暨民国女
诗人,显然也不合适。本研究意在将闺秀诗话作为一种特殊的类型
诗话作整体研究,故打破常规做法,"闺秀诗话"之前不再加"清代"之
限定,一来可避免因"清代"的限囿而造成对闺秀诗话专著生成时间
的误解,二来便于将所有闺秀诗话纳入研究视野以对传统的闺秀诗
话作系统而全面的描述与阐释。

　　概言之,我们的研究对象为明、清两代及民国时期的闺秀诗话专
著与民国以来报纸、杂志所载之闺秀诗话,共涉及闺秀诗话专著近30
部,报刊闺秀诗话40余部。

## 二、研究背景及文献综述

　　闺秀诗话既是诗话领域的一种特殊类型,也是清代女性文学的
重要组成部分。全面而系统的闺秀诗话研究,对于促进女性文学研
究的细化与深入、丰富诗话研究范式、拓展清代文学研究视域均具有

积极意义。诗话研究与女性文学研究,均是清代文学研究中的重要领域,学界多有关注;相对而言,处于两个领域"交集"之内的闺秀诗话研究局面较为冷清,文献考辨与整理工作亟待推进,理论研究视野尚需拓展。

就文献梳理而言,郑静若《清代诗话叙录》(1975)、蔡镇楚《清代诗话考略》(1995)、吴宏一《清代诗话知见录》(2002)、张寅彭《新订清人诗学书目》(2003)、蒋寅《清诗话考》(2005)等清代诗话目录学成果中均或多或少地载录了闺秀诗话,并对闺秀诗话作了不同程度的梳理,为闺秀诗话的专题研究提供了重要的文献基础。蒋寅《闺秀诗话十二种叙录》(2004)是较早的闺秀诗话专题目录成果,文章选取 12 种重要的闺秀诗话作简单叙录,引起人们对闺秀诗话这一专题诗话的关注;潘静如《近代杂志所载闺秀诗话考论》(2014)初次考证了 1911 至 1941 年在杂志上刊出的 27 种闺秀诗话,叙其大要,为近代报刊闺秀诗话文献目录的梳理导夫先路。王英志师主编的《清代闺秀诗话丛刊》(2010)第一次将闺秀诗话中重要的十余种作品整理出版,以丛书形式呈现了闺秀诗话的大概面貌,"是研究古代女性文学史与女性文学批评不可或缺的文献,具有较高的文学和文献价值"[①],为学界女性文学研究提供了较大便利。周兴陆等辑校的《民国报刊诗话选编》(2023)中收入 10 种左右报刊闺秀诗话,对作品的刊载情况、基本内容与价值作了述评。上述成果在闺秀诗话基础文献梳理与整理方面成就斐然,但是对闺秀诗话的文献搜罗多不够全面或失于零散,存世的个别闺秀诗话专著依然明珠蒙尘未为人所识,民国报刊闺秀诗话尚未系统整理,散落于综合性诗话中的大量的闺秀诗话有必要单独辑出;此外,部分成果的内容还存有讹误,系统的考辨工作有待

---

① 王翼飞:《清代女性文学批评研究》,武汉大学博士论文,2014 年,第 10 页。

继续深入和细化。

　　闺秀诗话的研究可从个案研究与整体研究两个角度考察。相对而言,宏观的整体研究成果较少。王英志师等的《清代闺秀诗话笔谈》(2009)首次集中对十种诗话作了评述,虽为分篇单论,但有助于对闺秀诗话的整体把握。周少华的《晚清民初闺秀诗评的开创性》(2012)探讨了梁章钜的《闽川闺秀诗话》、陈芸的《小黛轩论诗诗》、淮山棣华园主人的《闺秀诗评》三部作品所体现的晚清民初这一特殊时期闺秀诗批评的开创性。吴国庆、张丽华的《闺秀诗话所见之女性文学观念》(2021)从强调"只求性情"的诗本观、赞誉闺中之"别调"、以"清"为女性诗歌核心的审美范畴三个方面论述了闺秀诗话整体上呈现的最突出的文学观念。几篇学位论文分别从不同角度对闺秀诗话作了宏观观照。以《清代闺秀诗话研究》为题的有两篇,一篇为陕西师范大学文艺学方向硕士生王晓燕所撰(2014),着重从文学批评角度入手,分析清代闺秀诗话辑录和品评诗歌的标准与批评方法,指出闺秀诗话的价值与局限;另一篇为安徽大学古代文学硕士生李萌所撰(2022),探讨了闺秀诗话的产生原因、发展概况及特征、辑录标准、题材内容、女性观念、审美倾向等问题。这两篇文章对于总体了解闺秀诗话有一定的积极意义,但很多分析尚有深入的余地,且在基础文献考辨方面都明显不足,后者更是将女性文学总集(如《国朝闺秀正始集》《撷芳集》《国朝闺秀柳絮集》等)与闺秀诗话混为一谈,立论自然难免失当之处。兰州大学吴永萍的博士论文《清代女性诗话研究》(2019)系统研究清代女性创作的十余部诗话,其中论及几种闺秀诗话,除基本情况梳理之外,主要从存史意识、生命意识、知人论世意识等角度对诗话的内容作了分析。近代报刊闺秀诗话的整体研究也出现了专题成果。张晴柔的《民国时期报刊妇女诗话略论》(2017)对民国报刊所载闺秀诗话的主要特征作分析,勾画了其总体面貌。李德强的《近代报刊诗话研究》(1870—1919)(2017)之第三章《近代报刊特色诗话研究》设专节梳理、介绍报刊闺秀诗话的创作。还有一些成果以清代闺秀诗话的材料为研究基础,从不同角度阐述不同领域的问题。如丁淑梅、黄晋卿的《揄扬·规戒·悼亡——论清代闺秀诗话中的神异叙述》(2017)分析了清代闺秀诗话中出现的诸如气蕴、梦兆、游仙、诗谶等神异叙述及其文化意义。龙世行的《从清代闺秀诗话丛刊看才媛的"宗陶"现象》(2020)以闺秀诗话中女性诗作为论据,探讨才媛宗陶的特点、缘由。此外,虞蓉的《中国古代妇女的文学批评》(2004)、段继红的《清代女诗人研究》(2005)、周兴陆的《女性批评与批评女性——清代闺秀的诗论》(2011)、陈启明的《清代女性诗歌总集研究》(2022)、王翼飞的《清代女性文学批评研究》(2014)等一些女性文学或女性批评的整体性研究成果中也涉及对闺秀诗话的综合论述。这些宏观研究成果,选取的角度不一,发散性很强,综合来看不外乎三类:其一,将多篇闺秀诗话重要作品集于一文逐一作评述,如《清代闺秀诗话笔谈》《民国时期报刊妇女诗话略论》《近代报刊诗话研究》等;其二,从不同角度分析闺秀诗话的理论意义,如《晚清民初闺秀诗评的开创性》《清代闺秀诗话研究》等;其三,借助闺秀诗话中的材料作其他研究,如《揄扬·规戒·悼亡——论清代闺秀诗话中的神异叙述》《从清代闺秀诗话丛刊看才媛的"宗陶"现象》等。总体看来,将闺秀诗话作为一种特殊的类型诗话,系统阐述其发展流变、深入探讨其独特之处、全面挖掘其内在价值的研究还很欠缺。

　　个案研究是目前闺秀诗话研究的主导方向。其中,沈善宝的《名媛诗话》最受关注。有两篇硕士论文对其作了专题研究,安徽大学肖妍的《〈名媛诗话〉研究》(2007)侧重剖析《名媛诗话》的诗学观,浙江大学刘蔓的《沈善宝〈名媛诗话〉研究》(2009)主要探讨《名媛诗话》的文学价值。期刊论文成果最多,有以《名媛诗话》为出发点,考察女性文学创作活动的，如詹颂的《道咸时期京师满汉女性的文学交游与创作——以沈善宝〈名媛诗话〉为主要考察线索》(2009)、赵厚均的《〈名媛诗话〉与乾嘉道时期的闺秀文学活动》(2012)、戴菁的《〈名媛诗话〉关于女诗人于归前后创作评述》(2015)、尚悦的《清代才媛诗人群体的结社与文学交游考述——以沈善宝〈名媛诗话〉为主要考察线索》(2023)等。王力坚的《从〈名媛诗话〉看家庭对清代才媛的影响》(2006)、《〈名媛诗话〉与经世实学》(2006)、《从沈善宝〈名媛诗话〉看清代才媛的历史观念》(2011)与李静等《从〈名媛诗话〉看清代女性文人的贞节观》(2010)以《名媛诗话》所载资料为文献基础，考察了清代的思想学术与文化观念。聂欣晗的《女性文学经典化的焦虑与策略——论沈善宝〈名媛诗话〉异性话语体系下的传播技巧》(2007)、王力坚的《〈名媛诗话〉的自我指涉及其内文本建构》(2008)则以西方文学理论观照《名媛诗话》，对文本及作者创作心理作深入解读。陈洪的《中国文学批评史领域的新"矿源"——〈名媛诗话〉的文献及学术价值》(2021)深入挖掘了《名媛诗话》对于女性文学研究与女性文学批评的重要意义。此外，有关沈善宝的研究如聂欣晗的《清代女诗家沈善宝研究》(2005)、张秀珍的《清代女性作家沈善宝研究》(2016)等也多涉及《名媛诗话》。

　　研究者关注相对较多的还有王蕴章的《然脂余韵》。史化的《王蕴章〈然脂余韵〉》(2009)、周秀蓉的《王蕴章〈然脂余韵〉研究》(2016)与《论王蕴章〈然脂余韵〉的史料价值和女性社会学意义》(2017)、曹瑞冬的《德才之争——〈然脂余韵〉的编选与价值》(2019)分别探讨了《然脂余韵》在文学、史学、社会学、伦理学等不同领域的价值；尹玲玲的《从〈然脂余韵〉看清代才女的生存状态及其创作心理》(2016)、黄晋卿的《交融与冲突中传统女性形象的写照——民国视野中的〈然脂余韵〉》(2017)、习婷的《〈然脂余韵〉与民国的女性词批评》(2019)则主要从文学角度探讨作品的意义。有关梁章钜《闽川闺秀诗话》的研究也有几篇论文，如笔者的《梁章钜〈闽川闺秀诗话〉》(2009)、欧阳少鸣的《梁章钜〈雁荡诗话〉〈闽川闺秀诗话〉探论》(2012)、黎育瑶的《梁章钜〈闽川闺秀诗话〉探析》(2019)均为综合论述；李程的《梁章钜对女性创作批评所持的诗歌观念——以〈闽川闺秀诗话〉为例》(2010)、温珮琪的《家族、地域与女性选集——梁章钜〈闽川闺秀诗话〉研究》(2010)、许琛琛的《梁章钜〈闽川闺秀诗话〉诗学思想探微》(2021)则从文学批评角度进行了探讨。相对而言，施淑仪的《清代闺阁诗人征略》研究成果也比较多。赵娜的《施淑仪〈清代闺阁诗人征略〉》(2009)作了综合述评；姜瑜的《施淑仪〈清代闺阁诗人征略〉研究》(2011)主要展现作品的时代精神与文艺精神；王细芝的《从〈清代闺阁诗人征略〉看清代女诗人的早逝现象》(2013)以闺秀诗话为研究材料探讨文化现象；莫立民的《〈清代闺阁诗人征略〉的文献编纂特色》(2015)指出《清代闺阁诗人征略》在编纂对象、编纂体例、资料搜采、文艺思想展示等文献编纂结构上均具有鲜明的个性；李景媛的《〈清代闺阁诗人征略〉研究》(2019)从文献形态、文献征引、文献勘误、文献价值等方面入手，意在解决文献学视角下《清代闺阁诗人征略》及相关研究中存在的问题。

　　上述几部作品之外，其他闺秀诗话的相关研究成果较少。林怡的《陈芸〈小黛轩论诗诗〉》(2009)、王丹的《陈芸〈小黛轩论诗诗〉研究》(2016)、黄佳汇的《浅析〈小黛轩论诗诗〉诗注互补的必要性》(2016)对陈芸的《小黛轩论诗诗》的诗学理论与贡献作了分析。宋清秀《〈闺秀诗话〉与〈闺秀诗评〉关系及作者考述》(2011)一文比对了棣华园主人的《闺秀诗评》与苕溪生的《闺秀诗话》，发现《闺秀诗话》直接抄录了《闺秀诗评》的很多条目，同时考证出棣华园主人应就是清代戏曲家黄钧宰，苕溪生与民初小说家徐枕亚有相似之处。张文婧的《棣华园主人〈闺秀诗评〉研究》(2016)着重论述了《闺秀诗评》具有开创性的品评方式。成洪飞的《苕溪生〈闺秀诗话〉研究》(2014)着重论述苕溪生"钟情"思想及其在《闺秀诗话》中的表现,同时涉及《闺秀诗话》诗学思想、艺术价值及社会学意义的探讨。有关雷瑨、雷瑊所辑《闺秀诗话》的研究论文有两篇。一是笔者的《雷瑨、雷瑊〈闺秀诗话〉》(2009),对诗话的辑录者、特色、价值和缺陷作了概括性述评;另一篇是梁永娟的《雷瑨、雷瑊〈闺秀诗话〉研究》(2023),从文献学与文学批评角度对雷氏《闺秀诗话》的成书过程、编选原则与评价准则、文献价值等作了分析。

总体来讲,21 世纪以来,闺秀诗话已引起学界的重视,研究局面渐开,在基础文献梳理与理论研究上都取得了可喜的成绩:大陆、台湾两地学者的叙录、提要、考证与文本整理等文献学成果,为后续研究提供了较扎实的文本基础;个案研究特别是对《名媛诗话》的研究视野较开阔,角度亦新颖,为闺秀诗话的研究拓宽了思路;几部重要的闺秀诗话的个案研究推进较大,深入而细化的研究增多,出现了一些水平较高的研究成果。凡此均为后续研究奠定了良好的基础。

当然,闺秀诗话研究中也存在不少显见的问题。首先,研究视野狭窄,亟待拓展的空间很大。如,研究方式以个案研究为主的特点较为突出,局部或整体的宏观研究明显不足,目前仅王晓燕的《清代闺秀诗话研究》从总体上中对闺秀诗话的创作者、辑录动机与价值等作了粗线条勾勒,但又存在研究对象界定不清等突出问题,将闺秀诗话作为一个整体,系统考察其异于其他诗话之特质的成果尚付阙如;闺秀诗话完整而系统的发展链条尚未被呈现,个案研究基本止于几部部头较大、分量较重的作品,大多诗话还未进入研究者视野,研究范围有待拓展;研究角度不够多样,多数成果都是从闺秀诗话的史料价值切入,考察其载录材料折射出的文学或文化现象,全面考察诗话文本形态,或从文学批评角度系统探讨纂辑者文学观念的成果嫌少。其次,从本体研究和文献学角度来看,一些重要的基础性问题尚未解决。如,对闺秀诗话的概念缺乏探讨;对其研究范围的界定较为笼统模糊;目录学成果颇有成效但各家著录的闺秀诗话数量不一,且均不够系统全面,更有不少错讹、疏漏之处,亟须修正、充实;闺秀诗话的基础文献尚无系统全面的爬梳,故而也难以对其发展历史作宏观而细化的把握;基础文献特别是稀见闺秀诗话与报纸、杂志闺秀诗话的系统整理、考辨、校勘亟待推进,诗文总集与综合性诗话中的闺秀诗话亦须先辑出而后聚合,如此方能彻底、清晰地展现闺秀诗话的全貌,进而准确定位每一部闺秀诗话的价值与存在意义。可见,闺秀诗话的研究处于缓慢发展之中,需系统考辨、深入探讨的问题还有很多。闺秀诗话所蕴含的丰富宝藏有待研究者进一步去挖掘,对其进行深入探索必然会有效推动女性文学研究与古代文学批评研究的进展。

### 三、研究价值与创新之处

#### (一) 研究价值

闺秀诗话是诗话领域的一种特殊类型,是诗话发展兴盛期的典型产物。统计各类目录著作可知,明清以来出现的闺秀诗话在 70 种以上,虽然闺秀诗话在数以千计的诗话队伍中占比并不大,但是,它无疑是诗话群体中最具特色的类型诗话之一,且对于古代女性文学研究意义非凡,将其作为一个整体来研究是必要且可行的。具体来讲,闺秀诗话的研究,至少有以下几重价值。

其一,探索类型诗话或专题诗话的研究模式。闺秀诗话主要出现在清代以后。清代诗话研究成果斐然,但研究视野尚需拓展。现有研究成果多聚焦于某一单一文本,着眼于局部或整体的宏观、综合性研究成果亟待补充，即是其表现之一。诚然，在诗话研究中，着眼于单个文本的个案研究是十分必要的，但从新视角切入的研究对于推进清诗话研究具有积极意义，局部或整体的宏观研究即为亟待开拓的方向。从性别角度入手，对清代"闺秀"一类诗话作专题考察，考辨文献，从生成背景、创作机制、发展流变、基本特征与价值等方面对闺秀诗话作整体研究，既能彰显闺秀诗话异于其他类诗话的特质，又可以探索类型诗话或专题诗话的研究模式，在以综合研究与个案研究为主导的诗话研究局面中另辟一径，为诗话研究探寻新路。

其二，推进女性文学与明清文学研究。"明清妇女文学研究具有重构文学史版图的重要意义"①，众多女性参与到文学创作活动中，是明清文坛异于前代的一大景观，女性文学研究的良好发展必然推动明清文学研究的进程。闺秀诗话堪称女性文学研究中的一座宝库，它保留了大量女性诗人生活与诗歌创作史料，生动地再现了以明清两代为主体的女性诗文化生活场景。对闺秀诗话深入全面地考察，可以推进女性文学文献学（如女性诗人诗作的进一步挖掘整理，女性诗人别集补遗等）、女性文学生态（如女诗人的生成机制、女诗人的诗歌生活场景等）、女性文学批评思想的研究，有利于明清文学与女性文学研究的细化与深入。

其三，促进女性文学与其他学科的交叉研究。与诗文创作不同，"诗话是古代文人的生活方式、文化心态、审美情趣的真实记录和生动体现"②。因而，诗话不但有文学价值，更有社会学价值。闺秀诗话也不例外。与单纯反映女性情思和生活的诗歌作品相比，闺秀诗话呈现出广阔的文化视野：不但收录女性的诗词作品，还记载女性文

---

① 傅璇琮、蒋寅主编：《中国古代文学通论·清代卷》，辽宁人民出版社，2005年，第375页。

② 蔡镇楚：《诗话研究之回顾与展望》，《文学评论》，1999年第5期，第102页。

人的家世生平、生存状况、命运轨迹、文化活动、诗歌创作本事与流传情况，评价女作家的创作特点与成就，涉及女诗人的出身、教育、社会交往与社会关系、诗学渊源与文学观念以及时代之文化氛围、思想道德观念等问题。也就是说，闺秀诗话的研究，在古代文论与女性文学研究之外，还与教育学、伦理学、社会学、传播学、妇学与文艺心理学等学科密切相关，与思想史、文化史、印刷史等密不可分，其跨学科交叉研究的性质极为突出。清代"学术的重心将由文献转向文学，由文学推广到文化"①，闺秀诗话的研究与清代这一学术方向正相契合。以闺秀诗话为中心辐射开的跨学科研究，将拓展古代文学研究的视域。

此外，在女性文学特别是网络女性文学如火如荼开展的当下，本研究再现的古代女性文学生活场景、女性文学创作与时代风潮及思想观念之关系等，也会对当代女性作家有所启发。

**（二）创新之处**

本研究以文献考辨为基础，在尽可能全面、准确地统观、把握基础文献后，从动态的文学发展史观出发，将闺秀诗话视为一个整体作宏观研究。首先，考察这一类型诗话的生成背景、创作目的、成书方式，揭示其在内容与体例上异于其他诗话的特点；其次，呈现闺秀诗话发展流变的历史，同时结合微观研究，论定每一部诗话在整个闺秀诗话发展史上的地位，进而考察个体与整体的关系、个体与个体的联系；再次，文献学与文学社会学、文学批评研究并行，充分挖掘闺秀诗话在女性文学生态呈现、女性文学批评观念表达、女性文学史建构、女性文学文献整理等方面的史料价值。本研究力图展现传统闺秀诗话的整体状貌，闺秀诗话异于综合性诗话和其他类型诗话的特质，以

---

① 傅璇琮、蒋寅主编：《中国古代文学通论·清代卷》，第 528 页。

及闺秀诗话的独特价值。在研究过程中,注意从文体学层面强调闺秀诗话的本体特性,从文献学层面强调基础文献的考辨梳理,以期将研究建立在扎实的文献基础与严谨的理论体系之上。

　　本研究对现有研究成果的推进主要表现在以下方面。第一,明确界定闺秀诗话的概念与研究范围,钩隐抉微,对一些深细问题作出探讨。第二,全面搜罗、考辨包括单行本与报刊在内的闺秀诗话作品,订正部分目录著作与研究论著的讹误,从文献学层面厘清一些重要问题,为后续研究奠定文献基础。第三,探索宏观的类型诗话的研究路径:发掘闺秀诗话与其他诗话的不同之处,如独特的创作目的、编撰方式、内容与体例特点等;系统梳理闺秀诗话的发展脉络,论定重要作品在整个闺秀诗话发展链条中的位置。第四,全面挖掘闺秀诗话的文学史料价值、社会学史料价值、文学批评价值与文献学价值。

# 上 编

　　作为诗话领域中非常独特的一种类型，从生成背景、成书方式到创作动机、创作特点，闺秀诗话多异于其他诗话。本编研究以导论中的范围界定为前提，力图在文献考辨、正本清源的基础上，从类型诗话研究的角度出发，勾勒闺秀诗话发展演变的轨迹，揭橥闺秀诗话在生成与发展背景、创作目的、成书方式、创作特点等方面独具的特质。

# 第一章　闺秀诗话的生成背景
## 与创作目的

作为一种诗学批评形式,诗话从宋代欧阳修《六一诗话》成型,历宋、元、明、清四朝的发展,至民国年间依然力作频出,且借助报纸、杂志等新型媒体焕发着生机。闺秀诗话产生、发展、兴盛于特定的历史条件之下,既与文学自身发展的诸多因素密不可分,也同时代的文化环境有关,其创作目的与一般诗话有较大差异。

## 第一节　闺秀诗话产生与发展的背景

闺秀诗话产生于晚明时期,清代乾隆朝后逐步发展兴盛,至民国年间创作之风犹炽。闺秀诗话的产生与发展,是以明清女性文学发展繁荣为前提的,也是女性文学批评渐成风气、清代诗话繁荣的必然结果,同时又与明清以来的个性解放思潮、清人强烈的文献整理意识和文化建设意识等非文学因素密切相关。

### 一、女性文学的发展与繁荣

闺秀诗话是一种重要的女性文学批评形式,而包括文学批评在内的文学理论建构必然以相当规模的创作队伍与作品数量为基础。

如同唐代诗歌的高度繁荣与宋代诗歌创作的继续发展是宋代诗话兴起的材料积累和文化土壤一样,明清两代繁荣的女性文学创作也为闺秀诗话的产生提供了沃土,是闺秀诗话发展的前提条件。

　　中国古代的女性文学创作,肇始于《诗经》时代。在十六世纪之前的文学发展长河中,虽然也出现了许穆夫人、班婕妤、蔡文姬、左芬、谢道韫、上官婉儿、李冶、薛涛、李清照、朱淑真等以文采著称于世的女性作家,但总体来说文学女性寥若晨星。明代中后期开始,在个性解放思潮兴起、江南出版事业繁荣与文化家族之孕育等因素影响下,女性文学创作渐成规模;衍及清代,女性文学之发展更是登其峰而造其极,所谓"琼闺之彦,绣阁之姝,人握隋珠,家藏和璧"①,特别是"乾嘉之际,国运方盛,士大夫优游于文学,而仓山、碧城诸人又复提倡风雅,故妇女作家亦多如过江之鲫"②,清代女性文学发展超迈前代、大放异彩的繁荣局面于此可见一斑。至近代,在妇女解放思潮的推动下,女性逐渐成为文学写作中一支重要的力量而不再是文学创作队伍中的"边缘"组成,文学史上女性的声音也越来越响亮。据胡文楷《历代妇女著作考》及其他研究成果统计可知,明清两代有作品集见载的女性作家在 4 000 人左右,占有集可考的古代文学女性的90％以上;杜珣《闺海吟——中国古、近代八千才女及其代表作》辑录有作品传世的历代女作家计 8 600 余人(只见事迹无作品传世的女作家不收),其中明代 1 277 人,清代 6 209 人,辛亥民初 381 人,明代以来有作品流传的女性作家总数在 7 800 人以上,占古代女性作家的十分之九强。明清特别是清代女性文学的发展辉耀文坛,堪为这一历史时期最独特的文学景观。女性最擅长的文学体裁是诗歌,学

① 易顺鼎:《清代闺阁诗人征略序》,见王英志主编《清代闺秀诗话丛刊》,凤凰出版社,2010 年,第 1695 页。
② 梁乙真:《中国妇女文学史纲》,《民国丛书》选印,上海书店出版社,1990 年,第 374 页。

者蒋寅称:"前人论文学说'一代有一代之胜',数到清代似乎就没有所胜可举了。如果考虑到女性诗歌繁荣的事实,我们不妨将女性诗歌举为清代文学之胜吧。"①所论颇有见地。

与女性诗歌创作形成良性互动的是以选本和诗话等形式开展的对女性诗人及其诗歌作品的记载、评论和传播活动。当然,女性文学批评的开展必然滞后于女性文学的发展。明末江盈科的《闺秀诗评》是闺秀诗话的开山之作,但仅对古今近 30 位女性诗人的创作本事及 40 余首诗歌作了记载和评价,这一方面同作者较为随意的创作态度有关,同时也与明代中后期女性文学正兴起、作家与作品数量有限以及女性文学批评意识刚刚萌生有关。至清代乾嘉年间,女性文学创作经过百余年的沉淀与积累,作家队伍与创作数量已颇为可观。乾隆后期汪启淑编《撷芳集》收清初至乾隆年间诗人 1 900 余家、诗作 6 000 余首;咸丰初黄秩模选《国朝闺秀诗柳絮集》所录清代女性诗作已达 8 200 余首。章学诚云:"盖论诗多寡,必因诗篇之多寡以为区分,理势之必然者也。"②繁富的女性诗歌作品必然引起诗论家的关注。乾隆间性灵派领袖袁枚称编《随园诗话》录闺秀诗为多③;道光时期钱塘沈善宝之《名媛诗话》收录女性诗人已达 700 余位;与沈作同时代产生的梁章钜之地方性诗话《闽川闺秀诗话》只录闽地女诗人已超过百人,光绪年间梁章钜的同乡后辈丁芸又补续梁作成《闽川闺秀诗话续编》,增收闽地女性诗人 130 余位;民国初期,雷瑨、雷瑊之《闺秀诗话》与施淑仪之《清代闺阁诗人征略》所录女性诗人均达千人以

①　蒋寅:《清代闺阁诗集萃编·序》,见李雷编《清代闺阁诗集萃编》,中华书局,2015 年,第 1 页。
②　章学诚著,叶瑛校注:《文史通义校注》,中华书局,2004 年,第 567 页。
③　王英志师将袁枚散见于各类著作中的闺秀诗话辑为一集,收入《清代闺秀诗话丛刊》第一册。略作统计可知,《随园诗话》及《随园诗话补遗》中计有 180 条左右收录、评论闺秀诗的条目。

上。闺秀诗话创作规模的增长变化过程，正是女性文学创作由发生到发展、繁荣的一种反映。

## 二、女性文学批评的发展

闺秀诗话是女性文学批评的一翼，与女性文学批评的推进相伴而生。明代中叶开始，女性文学创作逐渐进入文人的批评视野，梳理女性诗歌发展脉络、评论女性诗歌成为文人关注的新问题。明代中叶至清代前期，对女性诗歌的记载与批评，主要以诗歌选本的方式缓慢行进。明代编选的女性诗歌总集在 40 部左右，其中既有男性编者所选者如田艺蘅的《诗女史》、郑文昂的《古今名媛汇诗》、张之象的《彤管新编》、万梦丹的《彤管遗编》等；也有女性文人所辑之作，如安徽桐城方维仪的《宫闺诗史》、吴江沈宜修的《伊人思》等。清代初期，文人记载、批评女性文学的主观意识更为强烈，编选女性诗歌总集的选本批评依然是人们关注女性作家与女性创作的重要方式，季娴的《闺秀集》（顺治九年）、王士禄的《然脂集》（顺治十五年）、王端淑的《名媛诗纬》（康熙六年）、揆叙的《历朝闺雅》（康熙年间）、胡孝思的《本朝名媛诗钞》（康熙五十五年）等均是这一时期的产物。

然而，就文学批评来讲，选本批评在话语展开上显然有诸多局限。乾隆以后，在性灵派的推扬与女性文学倡导者影响之下，女性诗歌写作得到长足发展，单纯的选本批评已经无法满足女性文学批评发展的需要。随着女性文学的不断发展壮大，人们为女诗人留名、记事、传诗的观念越来越强，而对女诗人的嘉言懿行与美德的揄扬，在一定程度上似乎已经超越了对女性诗歌本身的记载，沈善宝《名媛诗话》、梁章钜《闽川闺秀诗话》等作中对贞孝节烈文学女性的大量记载或大肆表彰，直接反映了著者注重为女性诗人立传的观念。与总集相比,诗话条目可长可短,记事、录诗与评论随机生发,创作形式灵活,特别是其"论诗及事"的特点,能够最大程度地满足撰辑者记载女性诗歌活动及其道德品行的需要,可以说,闺秀诗话为女性文学批评的开展提供了最佳方式。因此,清代中期以后,闺秀诗话数量大增,与女性诗文总集双峰并峙,成为中国古代女性文学批评的两种主要形式,在此后几近百年的时间里一直长盛不衰。

### 三、诗话发展的专门化趋势

清代处于中国传统文化的总结期,也是文学批评最繁荣的时代。诗话一体,至清代极盛。就数量而言,清代"不算诗选和评点类的出版物,仅严格意义的诗话,已知就有一千四百七十余种"①,数量超过宋、金、元、明历代诗话著作的总和,"其卷帙之繁富,体系之完整,理论之精确,成就之卓著,已经远远超过以前任何一个时代的诗话"②。

诗话兴盛的必然结果之一,是向专门化、精细化方向发展。郭绍虞先生在《〈清诗话〉前言》中已经指出,李调元的《雨村诗话》有论古、论今两种,康发祥的《伯山诗话》以前集论古人、后集论清代人,"这样区分已使诗话成为专门化",并进一步论证:

> 如郑方坤的《全闽诗话》专论闽诗,陶元藻的《全浙诗话》专论浙诗,这是论地方诗的较大著作。他如《南浦诗话》《海虞诗话》《菱溪诗话》《雁荡诗话》《三山诗话》《西江诗话》《漱浦诗话》以及《楚天樵语》《昭阳述旧编》《滇南草堂诗话》等更是多得不可

---

① 蒋寅:《清代诗学史》(第一卷),第13页。
② 蔡镇楚:《中国诗话史》,湖南文艺出版社,1988年,第212页。

胜举。那么诗话通于方志更是专门的著作了。又如林昌彝之《射鹰楼诗话》专论鸦片战役之作,沈善宝之《名媛诗话》、梁章钜之《闽川闺秀诗话》专论妇女之作,则诗话而通于史传,也成为专门著作了。这些虽与理论无关,然而态度严肃,绝非只以"以资闲谈"为目的了。这是清诗话的特点之一。[①]

郭先生指出,专门化是清诗话的特点之一。除他提到的地域诗话、闺秀诗话外,清代的专人诗话、断代诗话作品也不在少数。在诗话向专门化、精细化发展的过程中,女性诗歌文献因本身的特殊性是极易引起诗话创作者的关注的,因此,闺秀诗话也就自然成为专门性或称类型诗话创作者所青睐的对象。

### 四、个性解放思潮与女性解放运动

以上论及的三个因素都源于文学发展内部。在梳理闺秀诗话发展史时,我们不难发现,闺秀诗话的发生、发展还与个性解放思潮及其影响下的女性解放运动等非文学因素密切相关。

第一部闺秀诗话的作者江盈科,是晚明公安派的重要人物,"在公安派的创立与发展时期,江盈科实际上是作为这个流派的副将而与主将袁宏道齐名,他的功绩与影响,仅次于袁宏道,而在公安派其他成员之上。就文学思想与诗文创作而言,大致与袁宏道倾向相近而又独具特色,的确可称为公安派的大家"[②]。晚明公安派在文学上倡导"独抒性灵,不拘格套",他们不仅明确肯定人的生活欲望,还特别强调表现个性,是晚明个性解放思潮在文学领域的回应。明

---

① 载《清诗话》,上海古籍出版社,1999 年,第 6—7 页。
② 江盈科著,黄仁生辑校:《江盈科集》(增订本)之《前言》,岳麓书社,2008 年,第 8 页。

代后期，受个性解放思潮影响，一些得风气之先的女性自我意识也逐渐觉醒，她们不再安于一直处于男子附庸的地位，而是希望发出自己的声音，展现自己的价值，因此，不少文化女性萌生了借文学作品留名于世的念头，如女诗人项兰贞临终前称："吾于尘世，他无所恋，惟云露小诗，得附名闺秀后足矣。"①毛西河选闺秀诗独遗山阴女子王端淑，端淑献诗云："王嫱未必无颜色，争奈毛君笔下何？"这一事件本身已足可昭示女子为自己争取诗史地位的勇气。而袁枚《随园诗话》、沈善宝《名媛诗话》等大量诗话与总集作品对此事津津乐道，无疑又是对女性为自己争名以获取价值实现途径行为的一种肯定。

作为性灵诗说的集大成者，乾嘉诗坛主将袁枚亦倡导个性解放。他通过招收女性弟子、为女性诗集撰写序跋、参与女性诗歌活动等方式，肯定、鼓励并宣传女性的文学创作；同时，袁枚在《随园诗话》等作中大量记载女性的诗事活动，以乾隆诗坛主持者的身份推扬女性作家，这些行为都极大地促进了乾隆后期以至晚清的女性文学发展，也为闺秀诗话的创作迎来第一个高峰，沈善宝的《名媛诗话》、梁章钜的《闽川闺秀诗话》、淮山棣华园主人的《闺秀诗评》等重量级作品相继问世。

民国年间也是闺秀诗话发展的重要时期，此时闺秀诗话的创作规模尤引人瞩目，既有如雷氏兄弟的《闺秀诗话》、施淑仪的《清代闺阁诗人征略》等大部头专著，更有大量的报刊闺秀诗话流行。就报刊而言，"1900 年代及以前的报刊，很少刊载闺秀诗话，但在那之后，各种杂志上的闺秀诗话急剧增多——本篇所考录，无一在 1910 年以前。闺秀诗话当然是我国固有的'文艺批评'，不过，大量出现于 1910

① 钱谦益：《列朝诗集小传》"项氏兰贞"条，上海古籍出版社，1959 年，第 753 页。

年以后，除报刊激增而外，我们有理由把它与 1900 年代的女子解放运动联系在一起，视为该运动的衍生物之一"①。1910 年代以后，人们对闺秀诗话专著的创作热情依然不减，报刊闺秀诗话又集中涌现，与女子解放运动有很大关系。《清代闺阁诗人征略》编者、清末民初开风气之先的女教育家施淑仪的宣言可以为证："恽氏《正始集》，以黄忠端、祁忠敏殉节于前朝，不录蔡、商两夫人诗。不知著述乃个人之事，与夫无关……今既认女子亦具独立人格，故仍从甄录。"②肯定女性独立之人格，珍视女性创作之价值，这正是民国间很多创作者编撰闺秀诗话的根本出发点，包括《清代闺阁诗人征略》在内的诸多闺秀诗话的编纂与其时女性解放思潮密不可分。

　　仔细寻绎不难发现，闺秀诗话的萌生、发展与繁荣，都恰恰处在个性解放思潮勃兴的时期，可见，二者之间有着紧密的联系。此外，清代是中国传统文化的大总结时期，从最高统治者到普通文士大多具有较强的文化建设与文献编纂意识，有清一代编纂的各类文献总数在 22 万种以上，官方的文献整理硕果累累，民间的文籍整理与刊刻也如火如荼。受时代气候之影响，人们对各类文集的编纂都表现出前所未有的热情。女性文学在清代发展臻于极轨，亦是文坛中的新生派，必然引发文人的关注热情。编纂闺秀诗话以为女性诗人在诗歌史与文化史上留存印迹，存人、存事、存诗，自然也与清人自觉的文献保存意识密不可分。

① 潘静如：《近代杂志所载闺秀诗话考论》，《汉语言文学研究》，2014 年第 3 期，第 50 页。
② 施淑仪：《清代闺阁诗人征略·凡例》，王英志主编《清代闺秀诗话丛刊》，第 1697 页。

## 第二节　闺秀诗话的创作目的

　　诗话一体,或认为出自钟嵘之《诗品》,或以为本于孟棨之《本事诗》①,"但是严格地讲,又只能以欧阳修的《六一诗话》为最早的著作"②。《六一诗话》是欧阳修晚年致仕后退居汝阴集以资闲谈的产物,"以资闲谈"可以说是对诗话作品功能的最初定位,表明欧阳修编撰诗话的目的在于记诗人、诗事以为谈资。宋代特别是北宋很多诗话都是如此,"比起宋以前的论诗专著,宋人的诗话明显地带有浓厚的消遣成分"③。以故诗话作品从产生之初即具灵活性、随意性又"体兼说部"④的特点。当然,随着诗话创作风气日浓、作品日增,撰修诗话者的创作目的也渐趋多样化。仅以宋代诗话而论,如果说北宋诗话不少还是以"资闲谈"为创作目的的话,那么,至南宋张戒《岁寒堂诗话》则已通论古今诗人,偶及诗法,卷下复举单篇诗作立论,实兼诗评、诗法、诗事、鉴赏于一,其创作显然意在彰显个人的诗学观念,此后明胡震亨《唐诗癸签》、清吴景旭《历代诗话》等作均属此类;南宋末严羽之《沧浪诗话》虽可能为后人辑出之作,然就内容编排而言首诗辨、次诗体、次诗法、次诗评、次诗证,凡五门,创作目的在于论诗法以指示作诗门径而非资闲谈,历元、明、清三世,以此为创作目的的诗话作品数量大增,亦成为诗话群体中的一大宗;再如蔡梦弼《杜工部草堂诗话》二卷采辑宋人诗话、语录、文集、说部诸作中论杜甫诗之语,

① 详参肖砚凌《诗话新论——对诗话研究中存疑之处的探讨》,《四川师范大学学报》,2012 年第 2 期。
② 郭绍虞:《〈清诗话〉前言》,载《清诗话》,第 1 页。
③ 黄景进:《严羽及其诗论之研究》,台湾文史哲出版社,1986 年,第 48 页。
④ 纪昀等:《四库全书总目》卷一九五,中华书局,1965 年,第 1779 页。

纂辑工部诗话资料裒为一集。大体来讲，资闲谈，显诗观，明诗法，集资料，凡此四种，当为诗话最常见的创作目的。他如叶梦得《石林诗话》扬王安石而抑元祐诸人以见门户之私，许顗《彦周诗话》以黄庭坚、陈师道为宗而力推江西等等，虽看似千差万别，亦皆可归入以上诸类。衍及清代，受朴学之风的影响，以阐发诗学主张为目的的诗话增多，但"随笔式的'以资闲谈'的著作，其数量也并不太少"①。

闺秀诗话主要产生于清至民国时期。逐一考察现存20部清代与民国时期的闺秀诗话专著可知，在汇集资料这点上，闺秀诗话的创作目的体现出与其他诗话较大的一致性；而其他诗话"以资闲谈"的创作目的在闺秀诗话专著的写作中则发生较大迁移，至民国报刊闺秀诗话虽有一定的回归但也属表面现象；另外，闺秀诗话中虽也有一定的论诗话语，但其创作目的基本与弘扬个人诗观、指示作诗门径无涉。推扬女性文学创作，以诗存人，以事存人，为古代女性作家留名，以促进女性文学之发展，是大部分闺秀诗话最主要的创作目的，这一创作目的以或显或隐的不同方式表达出来。此外，进入民国以后，闺秀诗话的创作目的也呈现出多样性特点：或为继踵前贤留名后世，或作闺秀诗话以为道德教化之具，或欲在闺秀诗话发展的最后时期荟萃众长以为总结，多与时代风气有所关联。总体来说，与其他类型的诗话相比，闺秀诗话的创作目的具有较大的特异性。

一、扬灵芬于并世，搜残艳于坠简——以存诗传人为主的创作目的

彰显女性文学之价值，存闺秀创作之风貌，为文学女性留名青史，"庶闺阁清芬，得以旁流远绍"②，使其免于湮灭，是绝大多数闺秀

① 郭绍虞：《〈清诗话〉前言》，载《清诗话》，第4页。
② 王蕴章：《然脂余韵·凡例》，王英志主编《清代闺秀诗话丛刊》，第621页。

诗话主要的创作目的。

对创作目的的考察，作者的"夫子自道"显然是最确凿的依据。具体到诗话一体，则作品辑评者之自序或跋语往往最能直接彰显其创作目的。目前可见的 20 种闺秀诗话专著中，仅张倩的《闺秀诗话》、陈芸的《小黛轩论诗诗》、雷瑨与雷瑊的《闺秀诗话》、王蕴章的《然脂余韵》有辑录者自序；沈善宝的《名媛诗话》无自序，但卷一之下有引言一段，交代写作缘由，性质与序言相似；王僔所编《名媛韵事》前有参与校录工作并亲历成书始末的妻子杜玉贞之序，基本等同于编者自述宗旨。此外，有近 10 种诗话有他人序言或跋语，也隐约可见诗话作者创作目的。其余作品则直接论诗录诗，无序言跋语，自然也难寻创作者之心迹。几部有"夫子自道"序语的闺秀诗话，无一例外地都对诗话的创作目的作了着重阐述。解读闺秀诗话作者之自序文可知，清代闺秀诗话最主要的编撰目的当是：主动积极地保存女性诗人的名篇佳什及生平逸事，使其留名后世，以此彰显文学女性的价值，即所谓"扬灵芬于并世，搜残艳于坠简"①。

清代闺秀诗话的作者既有女子，也有男性，但他们都认同"闺秀能诗，古今矜为韵事"②的观念，认为女子为诗不易、作品流传更是大为不易：

> 窃思闺阁之学，与文士不同，而闺秀之传，又较文士不易。盖文士自幼即肄习经史，旁及诗赋，有父兄教诲，师友讨论。闺秀则既无文士之师承，又不能专习诗文，故非聪慧绝伦者，万不能诗。③

---

① 王蕴章：《然脂余韵·凡例》，王英志主编《清代闺秀诗话丛刊》，第 621 页。
② 雷瑨：《闺秀诗话·序》，王英志主编《清代闺秀诗话丛刊》，第 872 页。
③ 沈善宝：《名媛诗话·卷首》，王英志主编《清代闺秀诗话丛刊》，第 349 页。

　　在传统礼教的束缚之下,受"外言不入于阃,内言不出于阃"等观念围蔽,封建社会中只有个别女性可以接受一点文化教育,女性的生存与社会交往空间极为有限,加之天分的制约,闺秀能诗,实属不易。而闺秀之才名与作品若要得以传扬,则是难上加难了。原因何在?其一,女性文学作品往往为后世选评家无视或轻视,大多选家"往往弗录闺秀之作,即有之,常附列卷末,与释、道相先后"①,且搜择未精,敷衍塞责,以致闺秀之作多付诸荒烟蔓草。其二,作品能否流传,才名能否传播,与女作家的出身与人生际遇关联甚大,"生于名门巨族,遇父兄师友知诗者,传扬尚易;倘生于蓬荜,嫁于村俗,则湮没无闻者,不知凡几"②。女性文学作品的散佚与流失,令闺秀诗话的创作者深感痛惋:

　　　　徒以自古迄今,名媛淑女之谐吟咏、工声律者,咸思以呕心镂肝之词,托诸好事文人,载其一二惬心语,以供知音者之流连吟赏。使名篇佳什,零落散佚,无人焉为其悉心搜辑,勒成一书,恐不及数十载,文词锦绣,荡为云烟,而姓氏且不流于人口。后世即有风雅名流,搜求遗佚,而名闺著述渺焉难求,不亦闺媛所伤心,而为艺林之憾事乎?③

　　"谐吟咏、工声律"的女诗人往往无力自刊作品使之流传,只能把凝聚着个人情感、精神与心血的诗篇托诸好事文人,以使其得以载录下来传与知音者吟赏。倘若无人为其悉心搜辑,很快便会荡为云烟,人与诗俱灭,闺秀著述之资料也渺焉难求,这既是闺秀诗人的悲哀,

---

① 陈芸:《小黛轩论诗诗·叙》,王英志主编《清代闺秀诗话丛刊》,第 1519 页。
② 沈善宝:《名媛诗话·卷首》,王英志主编《清代闺秀诗话丛刊》,第 349 页。
③ 雷瑨:《闺秀诗话·序》,王英志主编《清代闺秀诗话丛刊》,第 872 页。

也是艺林的损失。为使这些名篇佳什、锦绣文词免于零落散佚，闺秀诗话的作者们往往广为摭拾搜辑，“意在扬榷群言，不敢拘墟一格，庶闺阁清芬，得以旁流远绍”[1]，“亦冀此以广其传”[2]。可见，沈善宝、雷瑨、王蕴章、陈芸等闺秀诗话的编纂者均具有强烈而明确的保存女性诗歌文献以使其流播后世的意识。

而道光年间女子张倩编《名媛诗话》则不仅仅意在存诗存人，更有为女性的文学独立大声疾呼之用意。诗话《自序》开篇即云：“诗话之作由来久矣，而闺秀诸诗多杂附焉，未见有专刻者。岂丝萝附树而生，不得自立门户耶?”张倩对闺秀诗多杂附于综合诗话之中而无闺秀诗话专刻的状况极为不满，在女性文学发展日趋繁盛且引人瞩目的大环境下，闺秀诗话专书的出现已是文学发展的必然趋势，张倩敏锐地捕捉到了这一时代气息，“学诗以来，矢志辑成《名媛诗话》一书，使知我脂粉中自山斗也”[3]。张倩欲以诗话肯定文学女性的杰出才能与人生价值，以闺秀诗话专著为女性文学独立张目。可见，撰著《名媛诗话》，是张倩对自己“总持闺秀之志”[4]的践行，突出体现了她强烈的女性主体意识与肯定女性价值、为杰出女性文人留名的迫切愿望。与张倩《名媛诗话》几乎同时成书的还有王偁的《名媛韵事》，虽然王偁妻杜玉贞在序言中称“聊编其诗以消穷居之岁”，但“俾世之阅是集而有以知寿人之难，而自寿者为尤难”等话语更能传达编纂此书的目的乃为“寿人”兼“自寿”，即为女性文人留名、为个人立言。可见，以诗话载录文学女性及其创作，使其流芳后世，进而肯定文学女性独特

---

① 王蕴章：《然脂余韵·凡例》，王英志主编《清代闺秀诗话丛刊》，第 621 页。

② 雷瑨：《闺秀诗话·序》，王英志主编《清代闺秀诗话丛刊》，第 872 页。

③ 张倩：《名媛诗话·自叙》，肖亚男主编《清代闺秀集丛刊续编》第 21 册《留香集》卷下，第 91 页。

④ 牧樵：《名媛诗话·选叙》，肖亚男主编《清代闺秀集丛刊续编》第 21 册《留香集》卷下，第 92 页。

且独立的价值,是闺秀诗话作者最主要的创作目的。

　　为何选用诗话而不是其他形式保存传播女性文学作品呢? 对此,徐彦宽在王蕴章《然脂余韵》跋中有一段精细深入的论述:

　　　　闺人专集,其力量恒难行远,今之独在天地间者,不过易安居士等几人耳。若夫总集,存人虽易,然选楼鉴衡,未必适能尽撷其英华;兼之掎摭求广,乃自来通癖,于是萧艾偶入,兰蕙遂为不芳,或溢或泛,都易见过,则亦未为善制。惟此用诗文评体裁出之,乃最推胜著,既便甄综巨细,抑且琐事珍闻馨逸,时饶谈助,自令览者如苏长公之得陶诗,每日只取一篇讽之,惟恐其毕。①

　　徐彦宽认为,比较而言,女性别集大多难以流传久远;受选家选诗水平与态度的影响,总集在筛选过程中往往难以“尽撷其英华”,使得良莠杂陈,未为善制,因此播扬女性文名最好的文献形式就是以诗话为代表的诗文评。其优点在于,既能记闺秀生平事迹与嘉言懿行,亦可甄选佳作,使人与诗并传于世。

　　以诗话这种最适宜的形式,将弥足珍贵的女性文学作品流播于世,彰显女性才名,肯定女性的文学价值,改变长久以来闺秀之作湮没不彰的命运,是清代闺秀诗话创作者普遍的创作目的。创作目的是由创作动机激发的,而“作家艺术家的创作动机是由内部需要或外部的刺激所引发的”②。创作动机作为文学创作活动的内驱力,其产生乃至作用是作家极为复杂的生理和心理现象在文学创作过程中的

---

① 王蕴章:《然脂余韵》,王英志主编《清代闺秀诗话丛刊》,第864页。
② 李珺平:《创作动力学》,百花文艺出版社,1992年,第89页。

表现。① 闺秀诗话保存女性文学文献、彰显女性才名这一主要创作目的的生成,固然与清代女性创作盛况之感召的外部诗学环境紧密相关,更隐含着创作主体深层的心理动因,即对女性生命价值的充分肯定:闺秀诗话女性创作者肯定与赞扬女性实现自我价值的努力,诗话男性作家认同异性价值的声音,清代女性积极拓展生存空间的迫切需求,开明男性文人对女性参与文学史建构的认同等等,均隐含于这一创作目的及其深层心理之下。

### 二、以资闲谈,聊供消遣——被边缘化的创作目的

自欧阳修作《六一诗话》"以资闲谈",后世诗话中如杨万里《诚斋诗话》等以娱乐为目的"颇及谐谑杂事"②的"论诗及事"之作遂成一大宗。至清代,随笔闲谈式诗话亦为数不少,知名者如毛奇龄《西河诗话》、吴伟业《梅村诗话》、王士禛《渔洋诗话》、郭麐《灵芬馆诗话》等皆属此类,其写作的态度往往比较随意,多如王士禛《渔洋诗话》所言,以"生平与兄弟友朋论诗及一时诙谐之语可记忆者杂书之"③。"以资闲谈"为代表的消遣娱乐目的,显然是清代相当一部分诗话直接的创作目的。与其相比,闺秀诗话的创作态度大多较为严肃,其他类诗话"以资闲谈"的创作目的,在闺秀诗话中极为少见。

考诸目前所存大部分闺秀诗话,自言戏笔为诗话者于专著中未见,笔者仅于清末民初的报刊闺秀诗话中见到两例:一为清末民初吴门周瘦鹃辑《绿蘼芜馆诗话》,一为杨全萌之《绾春楼诗话》。《绿蘼芜馆诗话》前有作者之序语称:

---

① 童庆炳:《文学理论》,高等教育出版社,2008 年,第 128 页。
② 纪昀等:《四库全书总目》卷一九七,第 1787 页。
③ 载《清诗话》,第 164 页。

　　　　辛亥秋八月某晚,卧病绿蘼芜馆,明月入帘,花影横斜。长
夜无聊,因采近世女史诗,辑为诗话,并词如干首附其后。有句
皆香,无字不妍,窗间拈笔,写上蛮笺,柬寄《妇女时报》,以博大
雅一粲。①

　　这则简短的小序交代了创作诗话的具体时间、背景、契机与目
的。据作者之意,辑此诗话乃为消遣无聊之长夜,并"以博大雅一
粲"。杨全萌的《绾春楼诗话》自序云:

　　　　春间曾取闺秀小令清词,撰《词话》一卷,刊第七号《妇女时
报》中矣。日来骄阳肆威,热恼苦人。雪藕饮冰,读诗自遣而已。
偶有所获,笔之于书,积时兼旬,成诗话若干,则胥为闺秀之作。
写定后,仍付梓《妇女时报》中,诚可佐红闺销暑之资,殊未敢自
诩于著作之林也。壬子荷花生日,芬若自记。②

　　序言作于 1912 年农历六月,作者自言《绾春楼诗话》乃是她消暑
自遣的产物,因所撰皆为"闺秀之作",故可"佐红闺销暑之资"。对比
之下可知,《绿蘼芜馆诗话》与《绾春楼诗话》的创作目的几乎如出一
辙,一为打发难熬的时光,二为供他人娱乐消遣,创作目的庶几与欧
公所称"以资闲谈"相埒,其实都可归于娱乐目的。

　　在诸多闺秀诗话作品中,陈芸著、陈荭注《小黛轩论诗诗》是较为
独特的一部作品。作品采用论诗诗与评注结合的方式以"传人传
集",形式独树一帜。诗话前陈芸自叙称:"芸之此作,意在娱亲,实非

---

① 《妇女时报》,1911 年第 5 期,第 68 页。
② 《妇女时报》,1912 年第 8 期,第 75 页。

论诗。"《叙》所附芸妹陈荭按语亦云:"近年先慈病中苦寂,姊因作此……虽名为论诗,其意实出于娱亲。"①可见陈氏姊妹创作目的的特殊性:为给热爱文学的母亲薛绍徽解闷,以消遣沉闷而苦寂的病中时光。

　　表面上看,以上三部闺秀诗话在创作目的上均体现出与其他类型诗话的趋同性。但是,就数量而言,这类诗话在闺秀诗话中占比很小,可见,闺秀诗话创作资闲谈、供消遣的娱乐目的已被边缘化。而且,深入考察就会发现,这几部诗话"也不是率尔操觚的"②,创作目的并非如作者序中所称的那么单纯,消遣时间、供人解闷谑笑不过是他们写作的表层动机,存闺秀之作、扬女性之名以为女性文学张目,才是创作者更深层的创作目的。

　　周瘦鹃、杨全萌两部诗话均产生于妇女解放呼声最高的民国初年,且都发表于创刊初期的《妇女时报》月刊上。《妇女时报》以提倡女子学问、增进女界知识为宗旨,所刊作品以支持女子参政、呼吁男女教育平等为主要内容。周、杨二人虽一为男性、一为女性,但作闺秀诗话并寄刊发表,显然都有为妇女解放运动摇旗助威之意。陈芸之母薛绍徽(1866—1911)是晚清著名女性诗人,有《黛韵楼集》八卷,编女性词选《国朝闺秀词综》。陈芸天资聪颖且得承母教,于清代女性创作多有留意,尝搜罗清代女性文集六百余种。《小黛轩论诗诗·叙》虽自言以娱亲尽孝为创作目的,但也表达了作者对当时女性文学命运的思考:

　　　　嗟夫! 妇女有才,原非易事。以幽闲贞静之忱,写温柔敦厚

---

① 陈芸:《小黛轩论诗诗·叙》,王英志主编《清代闺秀诗话丛刊》,第1519页。
② 郭绍虞:《清诗话·序言》,载《清诗话》,第2页。

之语。芘经以"二南"为首,所以重国风也。惜后世选诗诸家,不知圣人删《诗》体例,往往弗录闺秀之作。即有之,常附列卷末,与释、道相先后,岂不怪哉?且有搜择未精,约略纂取百数十家,一家存录一二首,敷衍塞责,即谓已尽其能,与付诸荒烟蔓草湮没者何异乎?妇女之集多致弗克流传,正出于此。

作者深刻地认识到,女性进行文学创作不易,女性文学作品能够流传更为不易。对于女性的文学作品,选诗者或无视,或轻视,或搜择不精以致敷衍塞责,凡此种种都使得妇女之集多付诸荒烟蔓草,湮没无传。陈芸慧眼独具,她指出重视女性作品流传的重要性:"妇德、妇言,舍诗文外未由见,不于此是求,而求之幽渺夸诞之说,殆将并妇女柔顺之质皆付诸荒烟蔓草而湮没,微特隳女学、坏女教,其弊诚有不堪设想者矣!"[1]她把存女性诗文的意义提升到存妇德、弘女教的高度上,虽有道学家说教之意味,但也不失为有识之见。而此番论述之后,我们也可以看出,"娱亲尽孝"也只是《小黛轩论诗诗》表层的创作动机,存有清一代闺秀之作以引起人们对女性文学价值应有之重视,才是其潜隐的、更真实的创作目的。

行文至此,我们大体可得出如下结论:其他类诗话"以资闲谈"的创作目的,至闺秀诗话已基本完全迁移;事实上,存一代闺秀创作之风貌,彰显文学女性才名,弘扬女性文学价值,为女性争取独立的文学地位,是绝大多数闺秀诗话主要的创作目的,这一目的在不同的诗话作品中以或直接或潜隐的方式呈现出来。

### 三、民国以来报刊闺秀诗话创作目的的复杂性

清民之交,中华民族处于千年未有之大变局中,新、旧时代的交

---

① 陈芸:《小黛轩论诗诗·叙》,王英志主编《清代闺秀诗话丛刊》,第1519—1520页。

汇,中、西思想的碰撞,使得社会政体、思想观念等都极为复杂,社会
生活亦发生巨变,加之闺秀诗话发展末期流弊丛生引起有识之士的
反思,故而此时闺秀诗话的编纂目的可谓"五花八门",既部分因袭了
传统,更有独特新颖的一面。

**（一）寄报刊登,以饷读者**

应报刊刊载之需,亦即民众阅读娱乐之需而进行创作,是报刊闺
秀诗话与前代闺秀诗话一大不同。如,李玉成编《两株红梅室闺秀诗
话》是因为其丈夫急于投稿给《青年声》杂志:"丁巳十二月,外子樾侯
自泰县寒假归,索拙编诗话甚亟,云将寄往《青年声》刊登者,因以草
本,仍倩樾侯取去。"①绿蘋轩主作《绿蘋轩闺秀诗话》,更是直接应报
刊和读者之请:"前季予在《四明日报》附张闰报,著近代闺秀诗话,未
几辍笔,读者曾纷纷函催,率未继续。今《明星》创镌,昭绥向予征稿。
予不胜其絮烦,乃复握管续数节,以饷读者。"②易瑜作《瓶笙花影录》
也是因《妇女杂志》的莼农先生(《妇女杂志》主编王蕴章字莼农)"屡
函索拙作"故"掇拾成篇""录寄该社以副雅意"③。

民国时期不少报纸、杂志特别是与女性相关的都设有诗话专栏,
如《妇女时报》《妇女旬刊》《妇女杂志》《家庭杂志》《风月画报》《明星》
等。虽然大部分诗话前并没有说明性的序言,但从目前留存的报刊
闺秀诗话很多写作态度并不严谨、往往随意杂钞拼凑的情况看,这种
以获取稿酬为目的、应报刊刊载与民众娱乐之需而创作的作品在报
刊闺秀诗话中占比最大。

另如前文刚刚提到的吴门周瘦鹃之《绿蘼芜馆诗话》与杨全萌之
《绾春楼诗话》,两位诗话作者一因卧病无聊、一因夏日苦长而作诗话

---

① 《青年声》,1918 年第 1 期,第 9 页。
② 《明星月刊》,1926 年第 1 期,第 7 页。
③ 《妇女杂志》,1918 年第 4 卷第 7 号,第 1 页。

以自遣,但诗话创作之初就有明确的投稿目的,乃为娱人兼以自娱。从小序中似乎能感受到写作者对闺秀诗的喜爱之情,所谓"有句皆香、无字不妍""可佐红闺消暑之资"。因此,这两部作品质量明显高于大部分报刊诗话。

**(二) 易俗移风,以有裨于人心**

民国时期,有几部闺秀诗话的创作明确地以寓教化为目的。如,凌景坚为丁雪庵《近代闺秀诗话》作序,称作者辑近代闺秀诗乃是"慨于人心风俗日偷,欲以巾帼矫须眉,而示之模范"①,即以巾帼为须眉榜样,欲以女学矫男子之弊。另有一些诗话选辑女子诗是为了教育女性,如徐枕亚于《冰壶寒韵》序言中称诗话选录的标准是前清一代"淑媛静女""冰霜铁石之章、慷慨激昂之调",记其"大节可称"之生平,意在使"女学士于课余之暇,得是篇而讽诵之,读其诗想见其人,殆未有不肃然起敬、油然兴起者也"②,接受熏陶感染,以矫正女学昌明后女子越礼无德、逸乐思淫之习。苕溪生也有感于"近世自由结婚之说盛行,又不免有淫奔之弊",因纂辑《闺秀诗话》"以示女界于正轨"③。许慕西更是明言,作《苍崖室诗话》的目的就是为"有裨于人心风俗":

> 吾国文学,冠绝环球。香闺淑媛,绣阁名姝,妙擅挥毫,雅解吟哦者,代不乏人。唯叶韵拈题,寻章摘句,恒多风流旖旎之作,难免华而不实之讥。如宋之朱淑贞、李易安辈,率皆目为有才无德,几至悬为厉禁,甚非女界前途之福也。然泾清渭浊,各循其

---

① 转引自李德强《近代报刊诗话研究(1870—1919)》,上海书店出版社,2017 年,第 241 页。
② 徐枕亚:《冰壶寒韵》,《枕亚浪墨·艳薮》,大通书局,1932 年,第 75 页。
③ 载王英志主编:《清代闺秀诗话丛刊》,第 1665 页。

流，贞节淫哇，讵必同道？靡丽绝情之作虽多，而冰霜铁石之章亦复不少，安得一笔抹煞，谓女子之诗悉系月上柳梢之词，而无激昂慷慨之调乎？爰集有明及前清闺阁之诗，择其光明磊落、名贵不凡者，采录一二，以供绣阁才媛之讽诵浏览。虽不敢谓有裨于人心风俗，然较之于女红之暇，手小说、读盲词、笑语闲谈、虚掷时光者，其相去已不啻霄壤矣。①

　　许慕西认为传统女性有不少雕章琢句、分韵拈题、风流旖旎之作，形式雕琢，风格绮靡，题材单一，故华而不实，至于宋代朱淑真、李清照更因"失德"而不足为女性文人楷模。以故作者择选具冰霜铁石、光明磊落之品与激昂慷慨之调的闺秀诗，虽自谦"不敢谓有裨于人心风俗"，但寓风教于诗话的目的是显而易见的。诗话中表彰毛钰龙"守节六十余年而殁，乡人以'文贞'称之"；端淑卿"博通群籍，备有仪法，与其夫白首相庄，里党重之"；儒士郑坦室邓铃因"坦病殁，刲双耳自誓，诏旌表其门"；明末方孟式投水殉夫，"诗思清如水中明月，气节炳若天上日星"，所录皆为遵从程朱理教、德才兼备的女子，因此诗话末称"人谓女子无才便是德，吾不信也"。许慕西的思想显然极为保守，在民国时期可谓逆时风而行了。至 1942 年，李亚男以半文半白之语体写作的《明清妇女诗话》②，几乎是逐条精简、翻译了《苍崖室诗话》，可见这种思想至民国后期依然存在。在举国倡导妇女解放的思潮下，徐枕亚、许慕西等人却欲以诗话为旧道德的教化之具，据此也可窥见文化转型时期新旧思想持久而激烈的交锋。而将诗话作为女德教育的方式，这一创作目的显然极具特殊性，为闺秀诗话所独有。

---

① 《家庭杂志》(上海)，1915 年第 1 卷第 1 期，第 8 页。
② 《新民报》(半月刊)，1942 年第 4 卷第 2 期，第 27 页。

### (三) 萃选菁华,借以扬芬烈而资兴感

民国时期出现了以"剔除糟粕,留取菁华"为编撰目的的闺秀诗话。这类作品数量极少却值得注意,它意味着,辑录闺秀诗话不再仅仅是令人闻风而动的热潮,而是融入了深湛的理性反思,这种意识是极为可贵的。这一反思在 20 世纪 40 年代俞陛云所纂的《清代闺秀诗话》中有直接体现,其自序云:

> 我国女学之兴久矣,扬芬彤史,代有其人,清代尤闺英辈出。风秉内言不出之训,既不能以事功艺术,与世争长,举才识之所及、欣戚之所怀,悉寓于诗歌。或刊而未传,或传而不久。百十年后,磨灭于墨昏蠹蚀之中者,不知凡几,良足慨矣。近代选诗者,每于总集之后,附闺秀诗,而采录无多。若恽珠之《闺秀正始集》,妙莲保之《续集》,单受兹之《再续集》,又博采而未精选。梁章钜之《闽川闺秀诗话》等,则限于一隅,未能遍及,传播遂稀。以诗而论,各选集中,全篇完美者少,单词秀出者多。传世之作,贵精不贵多。余乃就众集中,仿摘句之例,编为诗话。燕泥庭草之吟,流传较易,复具其人之事略,举孝慈贞节英毅清高艰苦之懿行,悉载于篇,庶几不泯其人,借以扬芬烈而资兴感,乃余辑诗之微旨也。[①]

俞陛云的《清代闺秀诗话》是报刊诗话中篇幅较大、创作态度较严肃的一部作品。诗话小序中探讨清代女性文学文献之生成与整理、流传,认为古代文化女性代不乏人,清代尤闺英辈出,但受封建礼教之约束,才华不能为世所用,只能将个人情怀与识见悉寓于诗。但

---

① 《同声月刊》,1941 年第 1 卷第 12 期,第 25 页。

是女性之作流传大为不易,很多都湮灭于历史的尘埃之中,这是令人痛心的。俞陛云又指出了清代以来文学总集与诗话编选女性作品之失,或仅附缀于后采录无多,或博采而未精,或限于时地不能遍及,由此导致女性文学作品传播受限。有鉴于此,作者欲编选一部荟三百年来女性文学之英萃的诗话作品,借以扬芬烈、资兴感。虽然带有强调女性德行的道德化色彩,但在传统文化的总结期,俞陛云欲编录闺秀诗话以涵括有清三百年各类女性创作之精粹的"微旨",显然是符合闺秀诗话自身与时代发展的要求的。因续作未完,择选不广,俞陛云的诗话作品本身与他设立的目标还有一定的差距。受传统文化发展被中断与时代离乱之影响,萃选一代闺秀诗话这一历史性的任务被长久搁置。今天,当我们通观闺秀诗话时就会发现,闺秀诗话发展中的一大遗憾就是缺少一部集大成的精粹之作。显然,俞陛云的思考是极具前瞻性的。

**（四）踵武前贤,揄扬风雅,"立言"不朽**

部分闺秀诗话的创作明确以"立言"为目的。如王蕴章的《然脂余韵》初载于报刊,踵武前贤,揄扬风雅,是诗话作者的创作目的之一。其自序云:

> 吾宗西樵有《然脂集》之选……虽考订未悉,而按部就班,较为具体矣。书阙有间,《四库全书》仅采其例于"诗文评"中。观其条目,远出沈宛君《伊人思》、苏竹浦《胭脂玑》、邹流绮《红蕉集》、方夫人《宫闺诗史》、郦琥《彤管遗编》诸书之上。茫茫数百年,竟成绝响。尝有意续之而未逮。比年傭书于涵芬楼,楼中富藏书,戢暜所及,不加诠次……得若干家,共若干言,名曰《然脂余韵》。非敢纂西樵之坠绪,聊以阐闺襜之馨逸耳。[①]

---

① 王蕴章:《然脂余韵》,王英志主编《清代闺秀诗话丛刊》,第625页。

　　《然脂集》为清初王士禄辑选的古今闺秀文总集,虽然王蕴章在《凡例》中指出《然脂集》为"集部之宏编",而"此书体例,与西樵《然脂集》略异",乃为诗话之作,但从诗话的命名方式与其序言可知,王蕴章绍述前人之意甚明。再如丁芸的《闽川闺秀诗话续编》,集后有光绪丙申年(1896)梁溪杨蕴辉所书跋语:"予向读梁茝林中丞《闽川闺秀诗话》,窃怪中丞殁后,距今且数十年,女士间出,擅颂椒咏絮之才、湮没而不彰者不知凡几,何独无继中丞而作者乎?"①虽非丁芸的夫子自道,但诗话显然是接续其乡贤梁章钜《闽川闺秀诗话》之作,意在存地区闺秀群体文学创作风貌。事实上,清代闺秀诗话既使得女性文人的价值被认可,也为诗话创作者价值的实现提供了有效的途径。

　　总体来看,闺秀诗话的写作尤其是专著的写作大多创作态度较严肃。与传统诗话相比,闺秀诗话的创作目的带有突出的特异性、潜隐性与复杂性。传统诗话主要的创作目的之一——"以资闲谈"在闺秀诗话领域发生了明显迁移,搜罗保存女性作家之名篇佳什与懿行逸事以存一代闺秀及其创作风貌,彰显女性才名,弘扬女性文学价值,为绝大多数闺秀诗话主要的创作目的。闺秀诗话的创作鲜明地体现出创作者为女性文学张目的意图,这一点不同于综合性诗话而大体与地域诗话、八旗诗话等类型诗话有相似之处,即着意于为特定诗人群体存诗存名。如蒋寅先生所言,清诗话的创作也为"诗人出名及作品流传提供了机会"②,以揄扬女性文学的"立言"之功留名于后世,使个体价值得以显现,以免声名"湮没不彰"③,也是众多闺秀诗话

---

① 丁芸:《闽川闺秀诗话续编》,王英志主编《清代闺秀诗话丛刊》,第333页。
② 蒋寅:《清诗话的写作方式及社会功能》,蒋寅《清代文学论稿》,凤凰出版社,2009年,第130页。
③ 谢章铤:《丁耕邻墓志铭》,见丁芸《闽川闺秀诗话续编》,王英志主编《清代闺秀诗话丛刊》,第266页。

作者未便明言的潜隐的创作动机之一。可见,闺秀诗话为文人价值
的实现提供了有效的途径,这种价值的确立具有双向性——创作主
体既以诗话播扬其表现客体即闺秀文人之名,又借播扬女子之名而
留名后世,以此实现双"不朽"。闺秀诗话的创作具有突出的确立创
作主体与表现客体双重价值的意义。

# 第二章 闺秀诗话的成书方式
## 与创作特点

　　相较于一般诗话,闺秀诗话的成书方式更为多样,且明显地体现出撰著成书者少、抄纂成书者多的特点,这与闺秀诗话大多以汇聚材料存人存诗存事的创作目的有直接关系。从创作内容来看,闺秀诗话有鲜明的记事倾向与道德评判倾向;就体例而言,闺秀诗话的立目形式较多,序次于无序中又见有序。作为一种独特的类型诗话,闺秀诗话在成书方式、内容与体例上自具特色。

## 第一节 闺秀诗话的成书方式

　　成书方式即文献的形成方式。张舜徽先生在《中国文献学》中指出:"综合我国古代文献,从其内容的来源方面进行分析,不外三大类,第一是'著作',将一切从感性认识所取得的经验教训,提高到理性认识以后,抽出最基本最精要的结论,而成为一种富于创造性的理论,这才是'著作'。第二是'编述',将过去已有的书籍,重新用新的体例,加以改造、组织的功夫,编为适应于客观需要的本子,这叫作'编述'。第三是'抄纂',将过去繁多复杂的材料,加以排比、撮录、分

门别类地用一种新的体式呈现,这称为'抄纂'。"①张先生所讲的撰
著、编述、抄纂即是最常见的文献形式方式。闺秀诗话的成书方式较
为特殊,大体可分为撰著、编撰、抄纂、辑录四种。

　　撰著成书的闺秀诗话最具原创性,诗话条目多据作者独立获取
的第一手材料撰写而成,或者同时部分搜集采用总集、方志等文献中
的间接资料而参合己意贯通论列,如江盈科的《闺秀诗评》、陈维崧的
《妇人集》、张倩的《名媛诗话》、王僔的《名媛韵事》、沈善宝的《名媛诗
话》、棣华园主人的《闺秀诗评》、孙兆溏的《闺秀录》、王蕴章的《然脂
余韵》等,都可视为撰著成书。② 编撰成书的闺秀诗话一部分条目出
于原创,一部分直接抄撮他书,如《闽川闺秀诗话》《小黛轩论诗诗》。
抄纂成书的闺秀诗话基本择抄或全抄他书,不标出处且随意编排,个
人独立创作的内容微乎其微或没有,如民国年间雷瑨、雷瑊的《闺秀
诗话》、苕溪生的《闺秀诗话》、亶父的《闺秀诗话》等。还有一些闺秀
诗话以严格辑录他书资料的方式完成,如丁芸的《闽川闺秀诗话续
编》、石林凤的《闺阁诗话》《节录随园诗话(闺阁)》、施淑仪的《清代闺
阁诗人征略》,属辑录成书。总体来看,与一般诗话大多为撰著成书
不同,闺秀诗话的成书方式更为复杂,且其汇聚资料以成书的特点较
为鲜明。

---

① 张舜徽:《中国文献学》,东方出版社,2019 年,第 33 页。
② 杜泽逊师在《文献学概要》(修订本)中指出,孔子称自己"述而不作",班固以《史记》和
　自撰之《汉书》为"述"而非"著",王充以自己的《论衡》为"论",但"在今天看来,《春秋》
　《史记》《汉书》《论衡》都是著作,而且是优秀著作。对于'著作'的衡量标准,已远较古
　人宽泛了"(中华书局,2001 年,第 32 页)。因诗话是话他人之诗与事,闺秀诗话写作中
　基本都会用到一些即有的初始材料,就狭义而纯粹的意义讲不能算"著作",这一点与
　《史记》等典籍相似;但就宽泛意义而言,诗话主体内容为作者原创,同时少部分采用、
　改造原有典籍中的材料,非完全抄纂他人他书的诗话都可视为著作。

### 一、撰著成书

撰著体闺秀诗话是指诗话作者对掌握的基础文献进行筛选、比排、加工后融入个人思想与观点创作的诗话，具有突出的原创性。明代江盈科的《闺秀诗评》为其开端。江盈科因喜读闺秀诗，苦于易忘，故就平日读书所见摘取闺秀诗数首，并述诗事、缀评语，撰成个人独立创作的、最早的闺秀诗话。但《闺秀诗评》的创作颇具偶然性，且体量太小又为体不纯。

女性文学发展至十九世纪前后，出现了纯粹的闺秀诗话，如丹徒王琼与其侄女王迺德、王迺容之作，虽然现在丹徒王氏女性的三部闺秀诗话全貌已不可知，但从辑佚所得条目来看，诗话为作者原创毋庸置疑。稍晚于王琼的京口女子张倩，以强烈的女性意识创作了与王作同名的《名媛诗话》。张倩有感于"诗话之作由来久矣，而闺秀诸诗多杂附焉，未见有专刻者。岂丝萝附树而生，不得自立门户耶"，对于闺秀诗话不能自立门户而依附于男性诗话之后的现状大为不满，故矢志成闺秀诗话之专书，"使知我脂粉中自山斗也"[①]，竭力为女子在文坛上挣一头地。诗话记前代吴绡、王端淑、纪映淮等女诗人诗作，往往缀以个人感慨评价，此外更着意于对自己及身边诗人的诗歌活动作记载，作品虽然条目不多，却为女性文学史与文学批评史留下了弥足珍贵的史料。

张倩之后，女作家沈善宝著《闺秀诗话》十二卷并续集三卷，乃有意创作的闺秀诗话巨制。作为具有强烈女性主体意识的作家，沈善宝深感于闺秀之能诗、闺秀诗之流传大不易，而以往诗话的搜采过于

---

① 张倩：《名媛诗话·自叙》，肖亚男主编《清代闺秀集丛刊续编》第 21 册《留香集》卷下，第 91 页。

简略，为使闺秀能文者免于湮没无闻，故"摭拾搜辑而为是编"以"存其断章零句"①。作品的材料，一方面源于辗转征集、多方搜讨与友人投赠，另外还参考了《撷芳集》《闺秀正始集》《国朝诗别裁集》《池北偶谈》《图绘宝鉴》等作以及诸多的地方志、人物传记与墓志等。《名媛诗话》中的个别条目透露了材料来源信息，如卷一"顾若璞"条：

> 同里顾和知若璞，前明上林苑丞友白女，副车黄茂梧室，诸生黄炜母。著有《卧月轩诗文集》。文多经济大篇，有西京气格。常与闺友宴坐，则讲究河槽、屯田、马政、边备诸大计。每夜分，执卷吟讽，曰："使吾得一意读书，即不能补班昭《十志》，或可咏雪谢庭。"尝于食顷作《七夕》诗三十七首，一时叹为敏妙。和知早寡，侍舅孝，训子严。暮年纂《黄氏宗谱》，立义田。年九十无疾终，节行文章为吾乡闺秀之冠。惜文集早经散佚，《撷芳集》言之甚详，《池北偶谈》《正始集》俱载之。②

显然，作者在写作此条时阅读过《撷芳集》《池北偶谈》《正始集》等作。不妨将王士禛《池北偶谈》、恽珠《国朝闺秀正始集补遗》"顾若璞"条分列于下以见异同：

> 叶石林每令诸子女儿妇列坐说《春秋》。近日武林黄夫人顾氏，名若璞，所著《卧月轩文集》，多经济大篇，有西京气格。常与妇女宴坐，则讲究河漕、屯田、马政、边备诸大计。副笄中乃有此人，亦一奇也。③

---

① 沈善宝：《名媛诗话·卷首》，王英志主编《清代闺秀诗话丛刊》，第349页。
② 沈善宝：《名媛诗话》卷一，王英志主编《清代闺秀诗话丛刊》，第349页。
③ 王士禛：《池北偶谈》卷十五，中华书局，1987年，第353页。

顾若璞，字和知，浙江钱塘人。诸生黄炜母。著有《卧月轩稿》。和知为前明贡生黄茂梧室，早寡，奉姑教子，以清节称。学裕经济，著作等身，尤好讲河漕、屯田、边备诸大政，巾帼中奇人也。[①]

对比之后可知，对于所见材料，沈善宝不会直接抄录或引用，而是综合分析，择其所需灵活使用、适当补充，这与后世很多闺秀诗话直接抄录原材料显然是不同的。而且，沈善宝还将不少材料进行了整合，诗话中"同类相从"的条目极多，仅以卷一部分条目为例："歙县毕著"条下因俱有英烈孝义之气连及前明道州游击女将军萧山沈云英诗事，以"遇乱同、贞烈同、而诗体又同"附四川富顺陈氏于"益阳郭纯贞"条后，将沅陵杜小英、耒阳郑启秀、广州李氏、阳朔秦玉梅四位遭遇兵乱、守贞不屈的"多才奇节"女性置于一则之中等等，凡此均可见作者匠心独具。更为可贵的是，诗话中还记载了大量沈善宝与同时代、不同区域女性诗人结社唱和、谈诗论艺、诗文投赠的第一手材料，极大提升了作品的原创性。因材料翔实可靠且原创性强，规模在当时称最且撰著水平高，沈善宝的《名媛诗话》当之无愧为闺秀诗话中的上乘之作。

产生时代与《名媛诗话》相近的棣华园主人的《闺秀诗评》，则是一部独创性很强的当代诗话。作品所记为棣华园主个人的见闻及友人石生因其请而搜集的资料，对当时中下层女性诗人的优秀作品与生存境况予以热切关注，同时传达出作者进步的诗学观念。晚清孙兆溎的《闺秀录》与清末民初王蕴章的《然脂余韵》也是典型的独立撰著成书、原创性较强的闺秀诗话。《闺秀录》主要记乾嘉以来女性诗

---

① 恽珠：《国朝闺秀正始集》，道光辛卯(1831)红香馆刻本。

人,对家族诗事关注尤多,特别是以详细的笔墨生动细致地记载了身边文学女性的才能及其人生境遇,具有一定的纪实性。《然脂余韵》所记以清代为主,间涉元明,作者王蕴章对前代材料博观约取,选有清一代 500 余位女性诗人的材料,"撷腴揾华",重新编纂,灵活运用,参合己意,予以述评,兼涉考证,且对同时代诗人多有关注。此外,报刊诗话中也有原创性较强的撰著类作品,但大都条目太少,价值有限。

## 二、编撰成书

编撰体诗话是指诗话的内容一部分来自于作者的原创,一部分则直接引用其他典籍的材料,或全盘照搬,或略加修改,梁章钜的《闽川闺秀诗话》最具代表性。《闽川闺秀诗话》前有作者梁章钜之妹梁韵书的序言,交代了作品成书的背景:

> 余同堂兄茝林中丞公,著作等身,尤留意梓邦故实。尝辑唐以来《闽川诗钞》数十卷,并仿秀水朱氏《明诗综》之例,间缀诗话,而于国朝诸诗事尤详,已有十二卷书成,意欲先为脱稿单行。尝以闺秀门嘱余任之。余家藏书不多,闺中见闻寡浅,何足以裨益吾兄? 但既承谆谆,重委所不敢辞,爰就同时亲串诸家耳目较近者详加采访,录寄吾兄,以资编附。时吾兄就养东瓯,郡斋多暇,已将闺秀一门按先后次成四卷,先付梓人。①

梁章钜为所辑《闽川诗钞》撰诗话十二卷后,又萌生了撰集闺秀诗话的想法,遂着手搜集相关材料。从这篇序言与诗话正文内容可知,撰集诗话的材料有三种来源途径。其一,托其妹梁韵书搜集有关

---

① 梁韵书:《闽川闺秀诗话·序》,王英志主编《清代闺秀诗话丛刊》,第 189 页。

闺秀诗事的材料,韵书将"同时亲串诸家耳目较近者详加采访",录寄其兄。其二,梁章钜自己多方搜罗,如卷一记泉州林蕙,称郭韶溪学正为作者述林蕙《咏兰花》诗,并许为录家所藏林蕙《香咳集》残本,但梁章钜"屡索之不获见,近韶溪墓有宿草,此集盖不可复得矣"①,梁深以为憾;再如,梁章钜对具有气格的郑孟姬诗极为赞赏,尝向其曾孙许荫坪访求遗稿等等。《闽川闺秀诗话》卷二记郑方坤一门九女及其家族女性的创作,卷三记梁章钜本家诸多女性的文学活动与成就,显然是梁氏兄妹据多方搜集所得的第一手材料撰写而成的。

　　除上述两条途径而外,诗话的成书还直接参考了诸多总集、诗话、方志及人物传记或墓志铭中的大量资料,《莆风清籁集》《闺秀正始集》《国朝诗别裁集》《随园诗话》《榕城诗话》《福建通志》《漳州通志》《长乐县志》《古田县志》《永福县志》《连江县志》等文献均是作者取材的来源。如《闽川闺秀诗话》所收"黄幼藻"条:

　　　　黄幼藻,字汉荐,莆田人,前明苏州通判议女。归举人林仰垣,为仪部郎启昌子妇。有《柳絮集》,已梓行。郑兰陔《莆风清籁集》录其诗独多,并缀诗话云:姚园客称:汉荐丽才雅藻,何减《玉台》? 年未四十而卒,临终犹诵"残灯无焰影幢幢"之句,可悲也。宋比玉称:汉荐丰姿高秀,少受业于老儒方泰,年十三四工声律,通经史,知大节。仪部殁,家无余才,尽心力以事其姑,所居不避风雨,近戚罕见其面。年三十九患心病卒。汉荐有《明妃曲》云:"天外边风掩面沙,举头何处是中华? 早知身被丹青误,但嫁巫山百姓家。"见《莆风清籁集》。郑兰陔云:此诗亦见《黄米轩集》(笔者按:"米",当为"未",《闽川闺秀诗话》原误),惟起

---

① 梁章钜:《闽川闺秀诗话》卷一,王英志主编《清代闺秀诗话丛刊》,第198页。

二句稍异。然诗意婉约，自是香奁中语。今从《明诗综》《明诗别裁》诸选录之。[①]

　　《莆风清籁集》计六十卷，是福建莆田人郑王臣（字慎人，一字兰陔，乾隆六年拔贡，官至兰州知府）仿元好问《中州集》例编选的一部地方性诗歌总集，收自唐至清乾隆时期福建兴化府乡贤诗三千余首，作者近两千人。《四库全书总目》卷一九四集部总集类存目四著录，目前可见清乾隆三十七年（1772）刻本、光绪二十六年（1900）刘尚文铅印本。《莆风清籁集》是一部较为完善的地方诗歌选本，以人立目，每条下先列小传，多附选辑者郑王臣《兰陔诗话》，次录诗。其中卷五十一为"闺秀"门，"明代"之下收黄幼藻诗十首，诗人小传云："字汉荐，苏州通判议女，林仪部启昌子仰垣妻。有《柳絮编》。"下有诗话：

　　　　姚园客云：汉荐丽才雅藻，何减《玉台》？ 年未四十而卒，临终犹诵"残灯无焰影幢幢"之句，可悲也。宋比玉云：汉荐丰姿高秀，少受业于老儒方泰。年十三四工声律，通经史，知大节。仪部殁，倾家以事其姑，所居不避风雨，近戚罕见其面。年三十九患心痛卒。生一子，名钟，爱粤东山水，祝发名海印，亦能诗。[②]

　　对比上一段引文可知，《闽川闺秀诗话》作者介绍部分除改"宋比玉云"为"宋比玉称"、改"倾家"为"家无余资，尽心力"、改"心痛"为

---

① 梁章钜：《闽川闺秀诗话》卷一，王英志主编《清代闺秀诗话丛刊》，第 204 页。
② 郑王臣：《莆风清籁集》卷五十一，《四库全书存目丛书》集部第 411 册，齐鲁书社，1997年，第 720 页。

"心病"三处外，其余文字均与《莆风清籁集》同。《闽川闺秀诗话》所选《明妃曲》一首及其评语，除最后一词改"录入"为"录之"外，其余文字亦与《莆风清籁集》全同。

"方琬"条也参考了《莆风清籁集》，但却作了较大改动。《莆风清籁集》卷五十一录方琬《寄从姊佩青》及《看月》二诗，诗人小传云："字宛玉，号少君。诸生林树声妻，时勖母。有《断钗集》。"《兰垓诗话》：

> 少君博极群书，事姑至孝。姑病，祈天请代，有诗志感云："代死祈兹夕，哀忱巽达天。频将血泪拭，恐动见时怜。"年十九丧夫，冰霜自矢，青灯黄卷，自课其子，卒成名士。遗稿惜已不传。①

《闽川闺秀诗话》"方琬"条：

> 方宛玉早寡，抚孤守节以终，所存诗无多。《寄从姊佩青》云："可怜怀袖字，已是泪痕多。"《老姑病笃祈天请代》云："频将血泪拭，恐动见时怜。"《避乱舟中寄弟》云："丧乱相依吾弟在，艰危无奈老亲忧。"语语真挚，可以想见其人。闻有《断钗集》已梓行，觅之不得。仅从《莆风清籁集》及《国朝诗别裁集》中抄出数首而已。②

显然，梁章钜仅从《莆风清籁集》中摘引了一小部分资料。可见，梁章钜对其他文献的征引形式是比较灵活的。

---

① 郑王臣：《莆风清籁集》卷五十一，《四库全书存目丛书》集部第 411 册，第 722 页。
② 梁章钜：《闽川闺秀诗话》卷一，王英志主编《清代闺秀诗话丛刊》，第 198 页。

通观全书,《闽川闺秀诗话》有作者自撰的内容,但改编、引录他作的例子亦俯拾皆是,如卷一"许琛"条引林樾亭所撰《传》文、卷二"林琼玉"条引《闺秀正始集》、卷四"洪龙徵"条采吴贤湘撰《传》文、卷四"沈毅"条录钱塘陈文述为沈毅撰《画理斋诗序》等,卷一、卷二中采录材料尤多,且都审慎地注明了材料出处。这说明,作者梁章钜是以较严肃的态度进行诗话创作的,他在广泛搜罗的基础上将各类材料熔于一炉,或直接引用部分最有价值的材料,或整合删选,偶尔加入个人的诗学与道德评价,最终创作了一部翔实可信、质量上乘、典范成熟的集撰、编录为一体的诗话,因直接辑录的条目相对较少,我们可视其为编撰体闺秀诗话。

陈芸的《小黛轩论诗诗》是较为特殊的一部作品,其中陈芸所著诗话部分乃自撰,出于陈芸妹陈苌之手的诗人小传则基本是撮抄他书而成的,因此也可视为编撰成书的诗话。

### 三、辑录成书

目前可见的闺秀诗话中,石林凤的《节录随园诗话(闺阁)》与《闺阁诗话》、丁芸的《闽川闺秀诗话续编》、施淑仪的《清代闺阁诗人征略》均是较典型的辑录体作品。

#### (一) 石林凤的《节录随园诗话(闺阁)》与《闺阁诗话》

清石林凤所辑《历代诗话》中,《节录随园诗话(闺阁)》与《闺阁诗话》是两部典型的闺秀诗话。袁枚是清代中叶大力推扬女性文学创作的重要作家,其《随园诗话》及《补遗》共有近 180 条论闺秀诗的条目①。石林凤《节录随园诗话(闺阁)》不分卷,下小字注"闺阁",从《随

---

① 王英志师汇集袁枚论闺秀诗条目 200 余则,合为四卷,收入《清代闺秀诗话丛刊》第一册,其中第一、二卷收《随园诗话》及《补遗》中约 180 条闺秀诗话。

园诗话》及《补遗》中择取 70 余则重要条目,基本按原书顺序直接依原文照录(不注原书卷次),仅个别条目截掉后半部分。如第一则:

> 高文良公夫人,名琬,字季玉,蔡将军毓荣之女,尚书斑之妹也。其母国色,相传为吴宫旧人。夫人生而明艳,娴雅能诗。公巡抚苏州,与总督某不合,屡为所倾,而公卓然孤立。《咏白燕》第五句云:"有色何曾相假借?"沉思未对。适夫人至,代握笔曰:"不群仍恐太分明。"盖规之也。①

此则为《随园诗话》卷一第 34 则,文字全同,只不过原文后边还有如下被石林凤省略的文字:

> 夫人博极群书,兼通政治。文良公之奏疏、文檄等作,每与商定。诗集不传。记其《咏九华峰寺》云:"萝壁松门一径深,题名犹记旧铺金。苔生尘鼎无香火,经蚀僧厨有蠹蟫。赤手屠鲸千载事,白头归佛一生心。征南部曲今谁是?剩有枯禅守故林。"此为其父平吴逆后,获谷归空门而作也。②

可见选辑者取原文精要部分的用意。另有一些条目则直接删掉了结尾处袁枚的评述,如记查心谷姬人佟氏诗一条辑自《随园诗话》卷四第 51 则,原文结尾"此与宋笠田明府'白发从无到美人'之句相似"的评语被直接省略。

与《节录随园诗话》辑专书条目不同,《闺阁诗话》杂取南朝至清

---

① 石林凤:《节录随园诗话(闺阁)》,复旦大学图书馆编《中国古籍珍本丛刊》第 84 辑《东北师范大学图书馆卷》,国家图书馆出版社,2017 年,第 93 页。
② 袁枚著,王英志批注:《随园诗话》,凤凰出版社,2009 年,第 12 页。

代中叶 20 余部诗话、笔记、小说等文献中的 40 余则条目，注明来源，且对原文作了灵活的处理。如《苕溪渔隐丛话》记江宁章文虎妻刘氏条：

> 苕溪渔隐曰：江宁章文虎，其妻刘氏，名彤，文美其字也。工诗词。尝有词寄文虎云："千里长安名利客，轻离轻散寻常。难禁三月好风光。满阶芳草绿，一片杏花香。　记得年时临上马，看人眼泪汪汪。如今不忍更思量。恨无千日酒，空断九回肠。"又云："向日寄去诗曲，非敢为工，盖欲道衷肠万一耳。何不掩恶，辄示他人，适足取笑文虎也。本不复作，然意有所感，不能自已，小草二章，章四句，奉寄。"其一云："碧纱窗外一声蝉，牵断愁肠懒昼眠。千里才郎归未得，无言空拨玉炉烟。"其二云："画扇停挥白日长，清风细细袭罗裳。女童来报新篘熟，安得良人共一觞。"①

《闺阁诗话》此条如下：

> 苕溪渔隐曰：江宁章文虎妻刘氏，名彤，字文美。工诗词。尝有寄文虎诗云："碧纱窗外一声蝉，牵断愁肠懒昼眠。千里才郎归未得，无言空拨玉炉烟。"其二云："画扇停挥白日长，清风细细袭罗裳。女童来报新篘熟，安得良人共一觞。"②

---

① 胡仔：《苕溪渔隐丛话》后集卷四十，清道光二十五年至咸丰元年番禺潘氏刻光绪十一年增刻汇印海山仙馆丛书本。
② 石林风：《节录随园诗话(闺阁)》，复旦大学图书馆编《中国古籍珍本丛刊》第 84 辑《东北师范大学图书馆卷》，第 147—148 页。

　　与《苕溪渔隐丛话》原文相比,《闺阁诗话》有两个变化,一是删去原条目中所收小词以契合"诗话"之名,二是微调文辞以使表达更为精准凝练。从上述两部诗话不难看出,石林风的选辑态度是较为认真严谨的。

　　**(二)丁芸的《闽川闺秀诗话续编》**

　　《闽川闺秀诗话续编》以人立目,录130余名明清闽地女诗人,是梁章钜《闽川闺秀诗话》的补续之作。丁芸直接从各类文献中"选闽中珠玉,述而不作,自成实录之书"①,如卷四"吴纫兰"目下:

　　　　《福建通志》:长汀诸生戴二俅妻吴氏,字又佩,明副使吴廷云孙女。性幽娴,耽诗。《题西子》云:"倾国传来未是真,兴亡一自不由人。浣纱千载空余恨,何事扁舟隐姓名。"《画雁》云:"秋林瑟瑟夜难投,一棹空江片月流。为看遥遥天际雁,也思随伴入芦洲。"著《玩芳草集》,邑人黎士宏序而传之。②

　　先标引书名,而后直录引文。部分条目下附丁芸按语,有话则长,无话则短,或注生平,或补诗事、诗作,或考事迹,均言之有据。"吴纫兰"下按语云:

　　　　芸按,《长汀县志》云:戴二俅与黎愧曾游宴唱和,闺中亦时出新咏相商榷。黎有《掺手破新橙》诗,自注"友人内君有赋,命作是篇",盖即纫兰也。

---

① 薛绍徽:《闽川闺秀诗话续编·序》,王英志主编《清代闺秀诗话丛刊》,第264页。
② 丁芸:《闽川闺秀诗话续编》,王英志主编《清代闺秀诗话丛刊》,第329页。

　　《闽川闺秀诗话续编》计征录文献四十余种，涉及总集、别集、诗话、笔记、方志等多种类型，其中方志、总集、诗话类最多，且每条材料均注明文献来源，堪为辑录体诗话的典范之作。

　　民国初施淑仪的《清代闺阁诗人征略》也是一部典型的辑录体诗话。作品收"有清三百年中闺秀，起于顺治，下迄光绪""有一艺专长"者近 1 300 人，作者自言体例仿厉鹗《玉台书史》与张维屏《国朝诗人征略》，"先详姓氏、里居、著述，次列事迹，而分注所引书名于下。凡本文所未尽者，或采异闻，或录序跋，或遇隽句别有会心，或以议论独抒所见，低一格加某某按以别之"①。与丁芸之作相比，《清代闺阁诗人征略》在条目之下虽然先增列了作者的基本信息，但因"是编以事迹为主"，故据引书材料以呈现作家事迹才是作品的内容主体。全书共"辑引 1449 条文献，征引书目数量达 260 部，涉及总集、别集、方志、诗话等各种文献类型，其中有不少书目今天已经罕见或不见"②；每一作家目下，引文数量从 1 则到 10 余则不等，而以 3—5 则居多。从引文处理方式来看，大部分采用全引法，即一字不漏地照抄资料原文，也还有一部分资料，作者用"选引"的方式，删掉了原文中的引诗、次要人物字号等内容，而仅保留关于作家生平事迹的介绍，这也与作者以事存人的编纂目的有关。

## 四、抄纂成书

　　抄纂体诗话是指基本没有个人独创，几乎完全抄撮他作而成的诗话。诗话一体，为体最杂，辗转抄袭，是其一弊，综合性诗话中已偶见彼此抄袭之风，闺秀诗话中相互抄撮尤属惯常。比较典型的，如民

---

①　施淑仪：《清代闺阁诗人征略·凡例》，王英志主编《清代闺秀诗话丛刊》，第 1697 页。
②　李景媛：《〈清代闺阁诗人征略〉研究》，内蒙古师范大学硕士论文，2019 年，第 7 页。

国四年(1915)上海广益书局排印的莕溪生《闺秀诗话》四卷计 141
则,其中 108 则与咸丰二年(1852)刊棣华园主人《闺秀诗评》四卷本
相同或相似。① 再如,雷瑨、雷瑊所辑《闺秀诗话》十六卷,在闺秀诗话
中规模称最,但原创极少,多数条目都是著者从他书抄辑而来的,据
引书目在 80 种以上,很多条目更直接取自《名媛诗话》《闽川闺秀诗
话》《闽川闺秀诗话续编》等前代闺秀诗话,或略加改编,或直接抄录。
比如,《闺秀诗话》计收入闽地诗人 100 余位,十之八九都取材于《闽
川闺秀诗话》,卷一录陆眷西、吴丝、魏凤珍、林文贞、方宛玉、俞若耶、
林瑛佩、余珍玉、苏芳济等九位闽地女诗人,内容均抄自梁章钜《闽川
闺秀诗话》卷一,仅有个别字词小有差异,要之以文辞畅达、表述精准
为调整标准,这也是雷氏《闺秀诗话》辑引材料的基本特点。作品的
文献材料主要出自各家总集、诗话、笔记诸作,兼采源于各种渠道的
名媛诗专集或断章残句,同时报纸杂志中所见闺媛诗作亦有采入,个
别条目偶注出处,但绝大多数条目对材料来源都未作说明。雷氏兄
弟《闺秀诗话》收录一千四百余位女性诗人,在汇总古代女性诗歌、诗
事方面自有贡献,但随意抄录他书而不见秩序且不注出处,原创性与
规范性有所欠缺,一定程度上削弱了作品的价值。

　　因基本以保留女性诗人生平事迹、载录女性诗作为目的,闺秀诗
话在成书过程中往往都必须参用散见的各类文献材料。总的来看,
文学史上留存下来的常见的有关闺秀诗人生平事迹记载的材料有
限,多存于总集中的诗人小传、单篇人物传记、别集之序跋、各类诗
话、笔记及地方志中,很多闺秀诗话的创作者都从中取材,因此获取

---

① 《闺秀诗话》抄自《闺秀诗评》的条目,宋清秀《〈闺秀诗话〉与〈闺秀诗评〉关系及作者考
述》(《苏州大学学报》2011 年第 2 期,第 141—145 页)一文有详细考证。宋文统计两作
有 106 则相同,笔者比对后发现除宋作所列外,《闺秀诗话》之第 5、89 两条也完全抄自
《闺秀诗评》,两书计有 108 条内容相同。

材料的途径大体相似。加之诗话之作历来有辗转相抄的风气,因而造成了闺秀诗话中撰著成书者相对较少,编撰、辑录与抄纂成书者较多的状况。以故,各部闺秀诗话的内容往往重出复现,因传抄造成的错误也比比皆是,近代俞陛云有诗话之作多而不精之叹[1],良有以也。在完成闺秀诗话每一部专著整理的基础上,综合各家材料,去其复重,详加考订,整理出一部搜罗全面、考证精良、体例完善的闺秀诗话,当是一项极有意义的工作。

## 第二节 闺秀诗话的创作特点

在几近千年的发展演进中,诗话形成一些突出的特点,如笔记漫谈的随笔性质,随意性较强的创作态度,男性几乎"一统天下"的创作队伍构成,分条而列的体例特点,"论诗及辞"对"论诗及事"内容的逐步超越等等。在庞大的诗话群体中,闺秀诗话是极为特殊的存在,它表现出与一般诗话较大的差异,具有突出的"个性化"特点:虽然仍是笔记漫谈但创作态度大多自觉而严肃,创作队伍中女性占比明显高于其他诗话,创作内容表现出向早期诗话的回归,且有突出的道德评判倾向,体例上也自有特色。

### 一、闺秀诗话的内容特点

闺秀诗话主要记载女性诗人的生平轶事与诗歌创作,以女性作家群体为特定的表现对象,内容一般包括诗人生平、主要事迹或诗本事、诗歌作品与评论,与大部分诗话主要录诗、论诗兼及诗本事不大

---

[1] 俞陛云:《清代闺秀诗话·前言》,载《同声月刊》1941年第1卷第12期,第25页。

相同。闺秀诗话在内容上更突出的特点是，在清代以论诗为主的诗话创作风潮中，依然保持诗话"话"之本色，重记事而不重评诗；对女性诗人遵循传统的慈、孝、贞、义等道德要求的事迹记载尤多，注重对女性文人的道德评价。

**（一）回归"诗话"之根本：突出的记事性**

1. 诗话的内容与本质属性

关于诗话内容的分类，常见观点出自清代学者章学诚的《文史通义》：

> 诗话之源，本于钟嵘《诗品》。然考之经传，如云："为此诗者，其知道乎？"又云："未之思也，何远之有？"此论诗而及事也。又如"吉甫作诵，穆如清风，其诗孔硕，其风肆好"，此论诗而及辞也。事有是非，辞有工拙，触类旁通，启发实多。①

章学诚将诗话分为"论诗而及事"与"论诗而及辞"两类，此后学者在论及诗话内容时，多从这一角度出发。刘德重、张寅彭在《诗话概说》中进一步阐释称：

> 所谓"论诗及事"，是指对诗人诗事的记述，重在资料性；所谓"论诗及辞"，是指对诗人诗作的研究，重在理论性。近人罗根泽在他的《中国文学批评史》中也说："诗话有两种作用，一为记事，一为评诗。记事贵实事求是，评诗贵阐发诗理；前者为客观之记述，后者乃主观之意见。"他所说的两种作用，正与章学诚所说的两大类相应。不过这两者之间，也没有绝对的界限。正如

---

① 章学诚著，叶瑛校注：《文史通义校注》，第 559 页。

郭绍虞所说："诗话中间，则论诗可以及辞，也可以及事；而且更可以辞中及事、事中及辞。"(《宋诗话辑佚序》)①

论者征引了罗根泽、郭绍虞等学者的观点，与章学诚观点合观可知，古今学者在对诗话的内容特征与作用的认识上基本达成了共识：就内容而言，诗话有"论诗及事"即以记事为主者，有"论诗及辞"即以评诗为主者，二者又并非截然分开，常常事中有评、评中及事。然而，不少学者认为，诗话在后世发展过程中的总体趋势是论诗的比重越来越大，记事的成分越来越少。郭绍虞在《〈清诗话〉序言》中对此已有论述：

> 我觉得宋人诗话虽是"以资闲谈"为主，但自《岁寒堂诗话》《白石道人说诗》及《沧浪诗话》以后，诗话之体转向严肃，所以明人诗话多文学批评之作，清人诗话则于论文谈艺之外，更是当时学者比较严肃的读书札记。②

仅以名"诗话"者而论，张戒的《岁寒堂诗话》以评诗为主；严羽的《沧浪诗话》有诗辨、诗体、诗法、诗评并及考证，独无诗事③；明代著名的诗话如李东阳的《麓堂诗话》也偏于论诗而非记事，对明代诗坛影响极大；至清代以"诗话"名篇而不及诗事者更多，如王夫之的《姜斋诗话》、徐增的《而庵诗话》、薛雪的《一瓢诗话》、吴乔的《围炉诗话》等等，可谓俯拾皆是。

---

① 刘德重、张寅彭：《诗话概说》，中华书局，1990 年，第 2—3 页。
② 载《清诗话》，第 3 页。
③ 《沧浪诗话》作者是否为严羽有争议。据学者张健考证，严羽《沧浪诗话》为严羽再传弟子元人黄清老汇集，详见张健《〈沧浪诗话〉非严羽所编——〈沧浪诗话〉成书问题考辨》，《北京大学学报》，1999 年第 4 期。

　　从辨体角度来看,"诗话"之"话"与"话本"之"话"义同,"'诗话'之'话',也是'故事'之意,与唐宋'说话'之'话'同义。所谓'诗话',就是诗之'话',即诗歌的故事"①。《四库全书总目》也指出诗话"体兼说部"②的基本特性。因此,诗话"必须是诗之'话'与'论'的有机结合,是诗本事与诗论的统一。一则'诗话'是闲谈随笔,谈诗歌的故事,故名之曰'话';二则'诗话'又是论诗的,是'论诗及事'与'论诗及辞'的契合无垠,属于中国古代诗歌评论的一种专著形式"③。明清时代,阐释诗歌理论的诗话作品越来越多,诗话之"话"的色彩渐被忽视,记事性弱化,评论性则越来越强,以致后来在明清诗学的批评话语中,论者往往将诗话与诗论甚至诗法混为一谈,而忽略了"记述关于诗之事以供闲谈乃是诗话最主要的特征"的一面④。

　　2. 话多论少,存人记事

　　在诗话因复杂之发展而离最初面貌渐行渐远的明清两代,闺秀诗话虽然创作动机已不再是早期诗话的"以资闲谈",但在体制和内容上却体现出向诗话本体回归的倾向,即注重记事记人,话多而论少,以"论诗及事"为主,保持了诗话"话"之本色,以保存资料而非阐发理论见长。从结构上来看,现存闺秀诗话的内容一般由三部分构成:诗人小传与轶事,诗歌作品,论诗话语;有些诗话则仅记事与录诗,且多详于记事而略于录诗,诗评则或有或无并无定制;还有些诗话仅记诗事,诗歌亦不录。明代江盈科的《闺秀诗评》记事、录诗、点评三者合一,开闺秀诗话基本体制之先河。如其"元氏"一则:

① 蔡镇楚:《诗话学》,湖南教育出版社,1990年,第21页。
② 纪昀等:《四库全书总目》卷一九五,第1779页。
③ 蔡镇楚:《诗话学》,第29页。
④ 详见左东岭:《"话内"与"话外"——明代诗话范围的界定与研究路径》,《文学遗产》2016年第3期,第105页。

　　元遗山之妹,女冠也。张平章欲娶之,微探所向,见此诗,不敢出言。

　　《补天花板》:补天手段暂铺张,不许纤尘落画堂。寄语新来双燕子,移巢别处觅雕梁。

　　评云:清贞之意,因物触发,足令观者起敬。①

　　江盈科的《闺秀诗评》记事、录诗、评论的笔墨较为均衡,总体来说内容是比较简单的,但已明显体现出诗话注重记载诗人生平、诗歌创作本事的特点。明末清初陈维崧的《妇人集》则记事性因素大增,如其记宗元鼎母:

　　宗梅岑(元鼎)母陈夫人,郡丞九室公女,有妇德,兼工文咏。然唱随外不以示人,每有所作,梅岑欲受而录之,辄不许,恐言之出于壸也。临终,取平生所作尽焚之,故不传一字。梅岑每言及此,痛手泽之不存,犹叹慕者久之。王吏部为予言如此。②

　　此则仅记宗元鼎母亲有诗歌创作才能而又不欲诗名传于外,完全是记事性的诗“话”,录诗、评诗内容并无。当然,后世闺秀诗话中这样的条目也不多见,最常见的还是以记人录诗为主的条目,内容结构模式如下:

　　林炊琼,字棻香,许濂侧室。初入门,不甚通文墨,余妹蓉函力课督之,遂渐知诗。《咏明妃》云:“蛾眉多少老深宫,知己由来

---

① 江盈科:《闺秀诗评》,蔡镇楚主编《中国诗话珍本丛书》第12册,北京图书馆出版社,2004年,第799页。
② 陈维崧:《妇人集》,王英志主编《清代闺秀诗话丛刊》,第15页。

是画工。青史留名非薄命，琵琶何用怨东风。"《咏木兰》云："十载辛勤在战场，功成唱凯面君王。儿家也解浮名薄，但愿明驼返故乡。"皆颇能自出手眼。①

《长乐县志》：林氏，陈道枚妻。知《内则》，通《孝经》，女红针黹，无不精工。夫卒孀守，颇知韵语。有《咏燕》句"今日殷勤培旧垒，他年犹愿得同归"。历节四十年，老而无子，里党哀之。②

丹徒包佩芬女史，性聪颖，好读书，尤爱吟咏。《秋日病中》一律云："萧瑟重阳信，寒生薄暮中。病多尝试药，体弱不禁风。人意和诗瘦，乡书遗雁通。倦看秋色老，枫叶抱霜红。"思意清淡，是能以性灵为主者。③

大部分闺秀诗话专著与民国报刊诗话具体条目的写作框架均如上例所示，因为诗话本身具有漫话随笔的性质，所以不同的作品之间也会因写作者的个人好尚而略有差异，如陈维崧的《妇人集》、棣华园主人的《闺秀诗评》更侧重于记事，王蕴章的《然脂余韵》与雷氏兄弟的《闺秀诗话》较其他诗话录诗为多，沈善宝《名媛诗话》记事与录诗兼重。但总体来说，特重记事是闺秀诗话突出的内容特征。

就记事而言，闺秀诗话所记一般为女性诗人的基本信息（包括姓名、字、号与籍贯，出身、婚配情况及诗文集刊载或留存情况）与关乎才华品性（如文艺才能，贞孝节义）等的轶闻轶事或诗歌本事。就所选诗歌而言，或为女性诗人仅存之作，或为有典型诗事背景的诗歌，或为其代表性诗作，既有摘句也有整首甚或整组收录的情况。就论诗话语而言，闺秀诗话中几乎见不到成段的诗歌理论表述，多是对诗

---

① 梁章钜：《闽川闺秀诗话》卷四，王英志主编《清代闺秀诗话丛刊》，第 250 页。
② 丁芸：《闽川闺秀诗话续编》卷三，王英志主编《清代闺秀诗话丛刊》，第 305 页。
③ 雷瑨、雷瑊：《闺秀诗话》卷十四，王英志主编《清代闺秀诗话丛刊》，第 1280 页。

歌的风格特征、情感基调、艺术感染力等作只言片语的感悟式点评。正如郭绍虞所说:"诗话之体原同随笔一样,论事则泛述闻见,论辞则杂举隽语,不过没有说部之荒诞,与笔记之冗杂而已。"①

　　不重录诗,故诗话区别于诗歌总集;不以评论为主,所以诗话才与诗法、诗论等著作有了分界。突出的记事性,正是诗话区别于其他诗学批评文献最主要的特点。因明清时代很多诗文总集中前面往往也有诗人小传,诗后也会附加一些评论,从部件构成上来看似乎与大部分闺秀诗话一致,所以当前一些研究中常见到以总集为诗话、以诗话为总集的误判,如以汪端《明三十家诗选》为诗话作为论述清代中叶妇女诗话繁荣特征的基本材料、以《闺秀正始集》为闺秀诗话之代表作、以诗话所录之诗来谈研究总集才应涉及的选录标准等问题,显然,建立在这样的文献基础上的研究结论是无法令人信服的。把握好总集、诗论与诗话各自的属性,根据每部作品的根本特点正确确定其文献性质,是研究工作开展的前提。

　　学者蔡镇楚曾将诗话作了狭义与广义的区分,并将诗话的发展分为初级、高级两个阶段,认为欧公《六一诗话》等"初期的诗话大都属于狭义的诗话","创作目的在于'以资闲谈',创作重心在于'记事',这是诗话发展的初级阶段";而"诗话之体经历了'闲谈''记事'的初级阶段,在不断的创作实践中,终于以新的面貌、新的姿态步入了诗话发展的高级阶段——广义的诗话。诗话创作不再以'资闲谈'为目的,诗话的内容不再局限于'记事',诗话的重心从诗的故事转到诗论,从说部转为诗评,从诗本事转向诗学、文艺论与美学论了"。"由狭义的诗话向广义的诗话的历史演变,乃是质的飞跃,是诗话之体逐步发展、成熟、完善的标志,是诗话创作上的一场具有积极意义

---

① 郭绍虞:《宋诗话辑佚·序》,中华书局,1980 年,第 2 页。

的重大变革。"①将诗话超越记事性向理论性的转变视为一场具有积极意义的重大变革,并认为以记事为主的诗话是诗话发展初级阶段的产物,以论诗为主的诗话是诗话发展高级阶段的产物,褒贬之意显而易见。

诚然,在诗话的发展过程中,确实出现了早期以记事性作品为主、后期特别是清代受朴学之风等因素的影响诗话中诗论的色彩越来越浓的趋势,由此也导致了诗话与诗论界限的混淆。但是,事物发展由初级到高级阶段,应是一个历时性的前进上升的过程。若以"论诗及事"和"论诗及辞"的内容不同作为评判初级与高级阶段诗话的标准,那么,闺秀诗话以突出的记事性集中出现在诗话繁荣的清代,包括一些记事性强的综合性诗话在清代也不少见,显然是不符合事物发展逻辑的。事实上,当我们返归诗话体进行追源时就会认识到,"诗话当然可以论诗与评诗,但必须以记述诗坛逸事掌故为主,纯粹的论诗与评诗则属其他类别的诗学文献"②。这样来看,因具有明显的记事性超越理论性的特征,闺秀诗话恰恰是诗话体中最不失本色的类型之一,最能体现诗话区别于其他文献类型的独特性。闺秀诗话不是诗话发展到高级阶段后的退化或退步,而是在诗话发展出现异变时期依然保持诗话本色、表现出向早期诗话本体回归的一种类型。近些年,随着对清代诗话文献考索的逐步推进,清代诗话的总体面貌已大体可见。学者蒋寅指出:"嘉、道诗学整体上却有一个醒目的倾向,在某种意义上也可以视为清代诗学的转型,即诗学开始重视纪录性而淡化了理论与评论色彩……以记录性为主的地域诗话和同人诗话成了诗话主流。'以诗存人'或'以人存诗'成为诗话编纂的主

---

① 蔡镇楚:《中国诗话史》,第5—6页。
② 左东岭:《"话内"与"话外"——明代诗话范围的界定与研究路径》,《文学遗产》2016年第3期,第106页。

要动机,记录轶事和标榜风流取代论才较艺而成为诗话的主要内容。"①乾嘉以后才真正兴盛的闺秀诗话,亦是这股大潮中的主要支流,它与地域等类型诗话一起,成为反拨明代与清代前期诗话创作风尚的中坚力量。

### (二) 鲜明的价值倾向:注重道德评判

当我们翻阅闺秀诗话时,一个强烈的直观感受就是,在闺秀诗话专著中,除张倩的《名媛诗话》、棣华园主人的《闺秀诗评》与金燕的《香奁诗话》等极少数作品外,其他的闺秀诗话都有注重对女性诗人道德品行进行评价的倾向;即便到民国时期,虽然妇女解放运动轰轰烈烈,但推扬女子遵守传统妇德规范的作品依然存在,如许慕西的《苍崖室诗话》与徐枕亚之《冰壶寒韵》。大多闺秀诗话都载录了大量的女子孝慈节烈之事,极力表彰女子遵守传统旧道德的行为。

中国古代的女学注重对女子的教育,但教育的核心内容是"四德",教育的目标是培养能侍奉父母公婆、治家教子、顺从并忠于夫婿的女性。清代李晚芳在《女学言行纂》中提出女学四道:"曰事父母之道,曰事舅姑之道,曰事夫子之道,曰教子女之道。"②能够完成这些使命的女性,在传统的价值评价体系中才能被认可、被接纳。虽然晚明已涌起个性解放思潮,清代中叶又有性灵风气对个体生命价值的肯定,甚而至近代有轰轰烈烈的妇女解放运动,但是由明代至民国几百年的历史中,对于女性在道德上孝、慈、贞的要求并没有明显松弛。闺秀诗话的记事性内容中,记录、表彰孝妇、慈母、节妇、烈妇的笔墨非常之多,即可为一证。

闺秀诗话记载了大量兼具节妇、烈妇身份的女性文人,"以烈终"

---

① 蒋寅:《清代诗学史》(第一卷),第 57 页。
② 李晚芳:《女学言行纂·总论》,清乾隆五十二年(1787)顺德梁氏刻本。

"以节终"等语常出现在对女诗人的介绍中。如梁章钜的《闽川闺秀诗话》录节妇18人，烈妇4人，占全书人数的五分之一强；丁芸的《闽川闺秀诗话续编》更是大量引用《福建通志》等方志中的材料，记烈妇25人，节妇16人，几近全书人数的三分之一，这些数字足以令人目触心惊。两部诗话都详细记录了女性的贞烈之事：

> 　　王德威妻权氏，未行，夫得喑疾，兼患瘫痈。使辞婚，氏曰："事夫，妇职也，焉有贰？"乃归，别居治药饵。三年而夫亡，矢志抚嗣子。及五旬将殁，忽微吟云："结发为夫妇，三年失所天。五旬犹处子，且订后生缘。"①
>
> 　　王巧姐，闽县人，许嫁陈氏子，未归，以烈终。《福建通志》云：巧姐自经时，其父母于其怀中检得"愿合葬陈家"数字。夫客东洋溺死，父母秘其事。初疑而不敢决也，已而有欲委禽者，则曰："吾死已晚矣。"素能诗，又善画。乃揽镜自绘其影，留诗于上云："数载深愁血泪输，早知形影逐时枯。伤心未识陈郎面，难画人间举案图。"②
>
> 　　闽县翁卿材妻郑氏，夫卒，氏绝水浆，毙而复生，乃为夫立嗣。毕，恸哭投缳，死于夫柩之旁。有自悼诗。③

这类记载在其他诗话如沈善宝的《名媛诗话》、雷瑨与雷瑊的《闺秀诗话》、施淑仪的《清代闺阁诗人征略》等作中虽然比例没有上述两作多，但也不鲜见，如《名媛诗话》卷一记节妇孔丽贞、烈妇顾芬若，卷四记陈蕙卿等等。

---

① 梁章钜：《闽川闺秀诗话》卷一，王英志主编《清代闺秀诗话丛刊》，第199页。
② 同上。
③ 丁芸：《闽川闺秀诗话续编》卷一，王英志主编《清代闺秀诗话丛刊》，第285页。

民国年间,报刊所载闺秀诗话中仍有为旧道德呐喊者:

> 刘夫人姓毛氏,字钰龙,侍御凤韶女也。适刘庄襄公荫孙守蒙为室。嫁十一载,而守蒙病殁,忍死事姑,居小楼中,誓不踰阃。父病剧呼之,终不归。①

> 有毛贞烈者,吾邑农家女,许字严。以母丧,童养于严。未几,严氏子病瘵,其姑送女归。子没,姑嘱媒氏归其名,赴焉。女知之,号恸奔丧,抱栗主成服。既葬,遂不食死。一时里中俞养浩、沈石友均赋诗扬之。②

> 吾乡有黄烈妇氏沈,知书,工画兰,归黄思承。思承病疫死,烈妇有遗腹。既生乃男,于是始从容殉焉。呜呼! 其知大体者矣。③

> 湘乡毛芷香,生于皖,因归桐城汪楷。方楷与弟尧臣首唱革命,数往来湘鄂间,每困乏,芷香则尽其积以助。继而楷、尧臣被逮长沙,芷香恨所事无成,不忍见夫死,乃仰药自尽。死前三日生一女,亦自弃绝。民国元年,从祀女烈士祠。④

为恪守忠贞之节,父病剧呼而不至,弃绝新生儿女而赴死为烈妇,这些有悖人情常理的做法,正折射出封建道德观对女子的毒害之深;而"赋诗扬之""其知大体者""从祀女烈士祠"等记载与评价,显然

---

① 许慕西:《苍崖室诗话》,载《家庭杂志》(上海)1915 年第 1 卷第 1 期,第 8 页。
② 常熟庞松柏著,内史程灵芬注:《今妇人集》,载《妇女杂志》1915 年第 1 卷第 2 号,第 4 页。
③ 常熟庞松柏著,内史程灵芬注:《今妇人集》,载《妇女杂志》1915 年第 1 卷第 3 号,第 5 页。
④ 常熟庞松柏著,内史程灵芬注:《今妇人集》,载《妇女杂志》1915 年第 1 卷第 3 号,第 6 页。

又传达出诗话作者以及时人对女子这些做法的赞誉,可见这种封建观念根植之深。

贞烈之外,传统道德对女性的主要要求还有孝。除常见的孝顺父母姑舅事之外,闺秀诗话还常常对女子"刲股疗疾"的孝行予以表彰:

> (蔡如珍)性至孝,尝刲股疗姑疾,夫病亦如之。①
>
> (蔡梅魁)姑疾,亟医药罔效,妇剪肉烧香,割股以进,疾遂瘳。②
>
> (泾县包孟仪)温恭贤孝,有古淑媛风。当舅姑疾,亟时刲股和药以进。夫疾,又割臂以疗,不令人知。③
>
> (兰陵程梅雪)性至孝,父疾,亟刲股和药以进,卒以此致疾而殁。④

以刲股剪肉、和药以进的孝心为医病的良方,竟有因此而殒命者,可哀可叹! 更可哀痛者,闺秀诗话记录这些愚昧行为明显有揄扬之意,无疑又会在文化传播中加重对女性身心的戕害! 诗话作者思想之局限与落后于此可见一斑矣。

此外,闺秀诗话还有对慈母的表彰,特别是毕沅母亲之通达明大义,多次出现在各部闺秀诗话之中,姑举一例:

> 国朝闺秀能诗词者多,而学术之渊纯,当以娄东毕太夫人为第一。夫人姓张氏,名藻,字子湘,秋帆制府母也。夫人虽在闺

---

① 丁芸:《闽川闺秀诗话续编》卷一,王英志主编《清代闺秀诗话丛刊》,第280页。
② 同上。
③ 沈善宝:《名媛诗话》卷九,王英志主编《清代闺秀诗话丛刊》,第501页。
④ 沈善宝:《名媛诗话》卷九,王英志主编《清代闺秀诗话丛刊》,第504页。

阁,而通达政体,训词深厚,粹然儒者之言,不减颜家庭诰也。清高宗赐"经训克家"四字以褒之。[①]

另外,很多闺秀诗话作者对女子的英勇或义行等赞赏不已,如《闽川闺秀诗话》表彰遭逢家难、主持大计的林瑛佩(卷一),《名媛诗话》记舍己为家的桂林张义姑、全州蒋莲姑(卷二),而为父复仇的毕著更是被沈善宝的《名媛诗话》、雷瑨、雷瑊的《闺秀诗话》等诸多诗话褒扬。

严格来讲,我们现在能看到的大多闺秀诗话都产生在近代以后,虽然闺秀诗话记载的是生活于不同时代的女性的境况遭际,但是著者在辑录时对人物与事件显然是有取舍的,如许慕西的《苍崖室诗话》共计 7 则,多记清人事,但首条却选入明代毛玉钰贞女事,显然体现了作者对女性的道德要求。可以看到,即便是到了近代,闺秀诗话的男、女两性创作者,或出于维护传统旧道德的目的,或不愿冒天下之大不韪,或是意欲破除"女子无才便是德"之俗见、弥合女性文学才能与节德之间的矛盾以改变社会群体认识,依然在诗话作品中表达着女子应以道德品行为重的价值观念。父母儿女之爱与夫妇之爱原本本乎天性,但是,在闺秀诗话的记载中,我们却看到女性所背负的沉重的道德枷锁,常常促使她们以一种极端的方式来达到社会的要求,很多做法甚至是泯灭人性的。而闺秀诗话的编者极力表彰贞女烈妇节烈之事,大肆搜罗此类女子自明心志之作,无疑又会成为一种对女性的变相引导,这是不可取的。

记事而外,诗话作者的这种道德评价倾向也必然影响到选诗和评诗。如《闽川闺秀诗话》选入许太淑人《冬夜仿古》诗,评曰:"先资

---

① 仰厂:《闺秀诗话》,载《爻社丛刊》1917 年第 4 期《杂俎》,第 9 页。

政公谓集中佳作颇多,当以此诗为上乘,盖孝思所流露,自与凡响不同。"①又选入郑嗣音《病中侍母话旧》诗,称"孝友之情,自不可没"②。显然都将道德评判置于美学评价之上。《名媛诗话》的作者沈善宝,从其人生行迹与文学活动来看,已经可以算得上是那个时代能够在相当程度上挣脱传统枷锁的进步女性了,但是,《名媛诗话》因"足以彰贞节而白讹传,有关世道人心匪浅"而选入孟仲齐《吊鹦鹉冢诗并序》③,"广东阳山李氏"条则以李氏"集中如《妇诫》《训婢》诸作,皆可为闺中格言,今并录之"④,将两首毫无形象美与情感美可言、完全偏离诗歌本质特征的长篇训诫选入诗话之中。可见,受时代所限,不少诗话作者仍秉持道德评价至上的标准选诗、评诗,故选入不少足以阐扬贞孝节义、有关世道人心而艺术水平不高、思想性也不强的作品,这是我们在使用诗话材料时需格外注意的。

## 二、闺秀诗话的体例特点

就形式而言,"诗话体的主要特点是:随笔漫录,分则札记,笔调轻松活泼,文风亲切平易,娓娓叙谈,可长可短,通常一则就是相对独立的一段,前后既不需要衔接连贯,也没有一定的排列次序。总之,它在形式上是极其灵便的"⑤。诗话产生之初,是近于笔记或随笔的一种文体,体制最为灵活,创作有较大的随意性,因此其编撰体例也较为多样。在体例上,闺秀诗话既表现出与一般诗话的某些共同性,又具有一定的特异性:从序次上看,既随笔漫录,又有一定的次序;

---

① 梁章钜:《闽川闺秀诗话》卷三,王英志主编《清代闺秀诗话丛刊》,第225页。
② 梁章钜:《闽川闺秀诗话》卷四,王英志主编《清代闺秀诗话丛刊》,第248页。
③ 沈善宝:《名媛诗话》卷二,王英志主编《清代闺秀诗话丛刊》,第369页。
④ 沈善宝:《名媛诗话》卷三,王英志主编《清代闺秀诗话丛刊》,第388页。
⑤ 刘德重、张寅彭:《诗话概说》,第4—5页。

从编排方式上看,既有分则而列,又有以人立目。

## (一) 以人立目与分则而列并行的编排方式

宋代以来的综合性诗话,多是逐条而列,不见细目,有的会以数字置条目之前以排序,篇幅长的会分卷,从欧阳修的《六一诗话》与杨万里的《诚斋诗话》到明清时代绝大数诗话都是如此。闺秀诗话的一大部分作品也继承了这一传统,如陈维崧的《妇人集》、张倩的《名媛诗话》、沈善宝的《名媛诗话》、棣华园主人的《闺秀诗评》、孙兆溎的《闺秀录》、陈芸的《小黛轩论诗诗》、王蕴章的《然脂余韵》、苕溪生的《闺秀诗话》等均是分则逐条而列,民国以后的报刊诗话绝大多数也都使用这一编排方式。

江盈科的《闺秀诗评》、梁章钜的《闽川闺秀诗话》、王俦的《名媛韵事》、丁芸的《闽川闺秀诗话续编》、施淑仪的《清代闺阁诗人征略》、金燕的《香奁诗话》、报刊诗话中程嘉秀的《镜台螺屑》等作品则属于"以人立目"的一类,在诗话作品中比较独特。"以人立目"在传统诗话中也有先例,如署名宋尤袤的《全唐诗话》①及清代孙涛的《全唐诗话续编》均是以唐代诗人之名立目的,再如清代康熙年间贺裳所著《载酒园诗话·又编》亦以人立目分论唐代诗人。以人立目的方式一般出现在断代诗话中,但并不多见。相对而言,闺秀诗话中以人立目的作品占比要大得多。其中,明代江盈科的《闺秀诗评》因录人较少,以人立目更便于操作,还可能是受到总集编纂的影响;两部辑录体诗话《闽川闺秀诗话续编》《清代闺阁诗人征略》比较典型地采用了以人立目的方式,与其纂修方式关系较大;《闽川闺秀诗话》等闽地的地域诗话亦以人立目,突显了以诗存人的目的;《香奁诗话》选择性地收录

---

① 《全唐诗话》的作者历来存有争议,可参看过雨辰《〈全唐诗话〉作者考》一文,载《江南大学学报》(人文社会科学版),2018 年第 3 期。

35 名闺秀、18 名青楼女子、8 名女尼女冠,故也以人立目。另有雷瑨与雷瑊的《闺秀诗话》、雷瑨的《青楼诗话》,正文中分则札记不列目,但正文之前的目录中分卷后又有依人而列的细目,是比较独特的一种。民国报刊闺秀诗话基本都是分则而列的,目前仅见程嘉秀的《镜台螺屑》采用以人立目的方式。总体来讲,与其他类诗话相比,闺秀诗话中较多地采用了以人立目的编排方式,究其原因,应该与诗话较强的"存人"目的有关,逐一列目,会更加清晰地显现女诗人之名。另外,这种编排方式很可能也受到了明清以来诗歌总集特别是闺秀诗歌总集以人立目体例的影响,体现了闺秀诗话与闺秀总集之间的互动。当然,在内容组织上,以人立目会受到一定制约,不像分则而列的条目有较大的自由表述空间,这可能也是《名媛诗话》等记述女性群体诗学活动较多的作品不采用此方式的原因。另,传统诗话中还有"主题概括"式立目,即以概括内容的几个字置于条目之前,如《岁寒堂诗话》之卷下(下列"陈拾遗故居""山寺""戏为六绝句""哀王孙"等条目)、贺裳《载酒园诗话》卷一(下列"改古人诗""集句""诗魔""疑误"等条目)等,这种体例不见于闺秀诗话。

### (二) 无序中见有序的序次方式

叙述自由,笔调轻松,前后内容无须连贯,条目排列不讲章法次序,是诗话的常貌,体现了其漫话式随笔的特性。既不按时代排序,也不按主题分类而列,杂乱罗列,正是大多数闺秀诗话序次的突出特点。闺秀诗话中条目随意编排、内容排列毫无规律的作品最多,特别是民国时期的诗话,多随意杂抄,序次凌乱,几无章法可言。如王蕴章《然脂余韵》多论清代特别是晚近以来的女性,但卷三忽然出现一则记元代杨铁崖弟子曹妙清的诗话;白沙张啸尘、萧山叶国英同纂的《锦心绣口录》收自唐至民国的诗人,宋、元、明、清及当代人皆有,并不排序。闺秀诗话这种序次无序的特点,显然与大部分诗话作品是一致的,亦是诗话一弊。因为闺秀诗话往往不记诗人生卒年,加之序次无序,很多女性文人的生平甚至是生活时代从诗话材料中都无法探知,也难以考证。这种杂乱的记载必然在一定程度上削弱闺秀诗话的使用价值,也为后人的研究工作带来很多不便。

与一般诗话不同的是,不少闺秀诗话的序次又有一定的章法可寻,体现出无序中见有序的特点。目前可见的早期的两部闺秀诗话——江盈科的《闺秀诗评》与陈维崧的《妇人集》,虽然序次也存有问题,如江作将杨慎(1488—1559)妻诗置于太仓陆震(1464—1519)母亲茅氏诗歌之前,显然在时间上是前后颠倒,但基本是按所论人物生活时代的先后而列的。这两部作品记载诗人较少,逐一查找排列较容易实现。此后,沈善宝的《名媛诗话》先列由明入清的女性,之后亦大体依时间由前及后而列,最后列当代诗人,也有一定的规律可循。施淑仪的《清代闺阁诗人征略》汲取前代闺秀诗话之长,亦以时代先后列序。在闺秀诗话有序的排列方式中,除依时而列之外,面中有点、以类相从两种方式特别值得一提。

所谓"面中有点"是指在诗话整体散漫的叙述之中,会于某处集中介绍某类对象,比较典型的是梁章钜的《闽川闺秀诗话》。诗话计四卷,综记闽地明代以来的女性诗人,总体上散乱排列,但在卷二处集中记载了建安郑方坤一门九女及其他家族女性的创作情况,卷三又以整卷详记梁章钜家族女性的文学活动,而这两大家族的闺秀诗歌创作又是闽地女性文学的核心,作者采用面中有点的方式集中介绍,对于同类材料汇集与重点内容呈现大有裨益。再如《名媛韵事》,古今诗人兼收且杂乱混排,但又于卷二末尾集中地记载了作者身边女性文人、卷三集中记朝云等"侍姬"的诗事,无序中又见有序。

闺秀诗话大多是一则记一人或一事,但有不少作品都采用了以类相从、同类相及的方式来进行条目排序,这是闺秀诗话突出的编排方法。陈维崧的《妇人集》已开始将具有相似点的人物连缀在一起编排,如开篇 4 则均记明末宫廷中人,继而将陈圆圆、临淮老伎、寇白门、柳如是等青楼女子连缀在一起,复将女子题壁诗相聚而编,等等。沈善宝的《名媛诗话》更是运用以类相从编排方法的典范作品。诗话中女性或以籍贯类从,或以家族成员与姻亲类从,或因诗人地位身份、人生际遇相同类从,或因同具有孝义品性相从,或因同里、同地相从,或因诗歌题材、体制与风格特点等类从,或将同一诗社的成员连缀而编。如将“遇乱同,贞烈同,而诗体又同”①的益阳郭纯贞与四川富顺刘氏编入一则,柴贞仪、朱道珠、钱云仪、林亚清、顾长任、冯娴、张槎云等同里女子数则前后相连(《名媛诗话》卷一),澧州雷半吟等16 名女性作“十六章清词络绎,故并录之”②合为一则,云南蒙自胡蒨桃、广西崇善李筠仙、甘肃靖边潘玥、哈密赵明霞等因“皆生长极边,而诗才清卓,不易多觏”③故合录之……可以看到,沈善宝大量且极为娴熟、灵活地运用了以类相从的编排方式。此后,雷瑨与雷瑊的《闺秀诗话》、施淑仪的《清代闺阁诗人征略》等作在面对数量庞大的作家群时,都采用了以类相从的方式进行编纂。施淑仪还把这一方法写入《凡例》:“是编略依时代为次,或母女姑媳相从,或以诗派相近及同社、同门者为类,不拘一例,阅者谅之。”④民国时期的报刊闺秀诗话中,也有学习这种科学的编纂方法的,如缃叶的《绿菻阁诗话》中连录俪琴女史与琴仙女史的题壁诗,左芙江与妹冰如姐妹相连,袁慧姬与王仙婉同里相连。但总体来说,“以类相从”方法的运用,还是以沈善宝的《名媛诗话》成就最高。这种方法有利于将一些具有相同身份或

---

① 沈善宝:《名媛诗话》卷一,王英志主编《清代闺秀诗话丛刊》,第 354 页。
② 沈善宝:《名媛诗话》卷三,王英志主编《清代闺秀诗话丛刊》,第 387 页。
③ 沈善宝:《名媛诗话》卷三,王英志主编《清代闺秀诗话丛刊》,第 395 页。
④ 施淑仪:《清代闺阁诗人征略》,王英志主编《清代闺秀诗话丛刊》,第 1698 页。

特征的作家、相同性质或特点的作品连缀在一起,由此串联起许多零散的材料,特别是材料比较多且庞杂时,可以有效节省笔墨,既保证了内容的全部载入,又多而不乱,且便于形成主题式内容表现,是一种颇为合理的编纂方法。

虽然数量不足百种,但闺秀诗话的体制类型较为多样。闺秀诗话中大多为综合性诗话如以《名媛诗话》《闺秀诗话》《妇女诗话》等命名的作品,同时也有特定类型的闺秀诗话,如《闽川闺秀诗话》《闽川闺秀诗话续编》《苎萝诗话》《青楼诗话》等作;既有大量的兼记各代的通代诗话,又有如《清代闺阁诗人征略》《清代闺秀诗话》等断代诗话。地域、断代、特殊人群类型的出现,显然是闺秀诗话发展到繁荣阶段分类进一步细化的产物。

除在内容、体制上表现出的突出特点外,闺秀诗话在创作方式、创作态度、作家构成上也与大多诗话不同,姑附论于此。其一,辑录抄纂之作占比较大,是闺秀诗话在创作方式上与其他诗话的显著不同。现存 20 种闺秀诗话专著中,《闺阁诗话》《节录随园诗话(闺阁)》《闽川闺秀诗话续编》《历代闽川闺秀诗话》《清代闺阁诗人征略》都是典型的辑录型闺秀诗话,另如雷瑨与雷瑊的《闺秀诗话》、雷瑨的《青楼诗话》、苕溪生的《闺秀诗话》及近代以来大量报刊诗话等多抄撮他书而成,撰著、编撰类作品如《名媛诗话》《闽川闺秀诗话》等也往往会从方志、总集等中取材。总体而言,闺秀诗话中仅有个别属于作家独纂的作品,原创性不高。这一方面与诗话之作往往随意抄纂成书的习气有关,也和闺秀诗话重在记事录诗传人的资料性特性有关。其二,闺秀诗话的创作者大多具有高度自觉的创作态度,为女性文学张目、为女性文人留名的强烈意愿,是绝大多数闺秀诗话创作的内驱力,这与某些类型诗话如地域诗话相似,但与一般诗话自由随意的创作态度显然不同。如果说明代江盈科作《闺秀诗评》乃是因"生平喜

读闺秀诗,然苦易忘",故"摘取佳者数首,各为品题"①,其创作还处于
自发状态、创作活动带有一定偶然性的话,那么,此后较重要的闺秀
诗话的创作态度都是高度自觉的。如,道光年间女诗人张倩深深不
满于闺秀诗话仅附骥于男性诗话之后未得独立行世、女性才能不得
及时被表彰而矢志作《名媛诗话》;沈善宝也因认识到女性能诗不易、
诗作声名流传更为不易,而南宋以来各家诗话中虽载闺秀诗却多搜
采简略,女作家熊澹仙虽著《澹仙诗话》,但载闺秀诗亦少,为使弥足
珍贵的女性诗歌留存于世,故作《名媛诗话》。男性作家王蕴章也声
明作《然脂余韵》"意在扬榷群言","庶闺阁清芬,得以旁绍远流"②。
雷瑨、雷瑊兄弟之所以作《闺秀诗话》,"徒以自古迄今,名媛淑女之谐
吟咏、工声律者,咸思以呕心镂肝之词,托诸好事文人,载其一二惬心
语,以供知音者之流连吟赏。使名篇佳什,零落散佚,无人焉为之悉
心搜辑,勒成一书,恐不及数十载,文词锦绣,荡为云烟,而姓氏且不
留于人口"③。雷氏兄弟深恐女性作家之作不传于世,故主动搜集整
理以广其传,因此,相对来讲,闺秀诗话作品特别是专著,虽然亦是散
话,但大多质量较高。其三,从作家队伍构成来看,闺秀诗话女性作
者占比较大。清代闺秀诗话可考的 30 部左右专著中,出于女性之手
的有 10 余部;民国报刊诗话虽然不少署笔名或佚名,但可知的女性
作者也在 10 位以上。虽然闺秀诗话的创作中女性作家数量未超过
男性,但是,女性在闺秀诗话作家总数中的占比,显然已经大大超越
其他文献类型中女性作家的占比。这说明,一方面清代以来女性对
于女性文学的传播有较自觉的意识,她们热切关注女性自我价值实
现的途径,希望借文学成就为女性的价值寻找依托;另一方面,很多

---

① 蔡镇楚主编:《中国诗话珍本丛书》第 12 册,第 787 页。
② 王蕴章:《然脂余韵·凡例》,王英志主编《清代闺秀诗话丛刊》,第 627 页。
③ 雷瑨、雷瑊:《闺秀诗话·自序》,王英志主编《清代闺秀诗话丛刊》,第 872 页。

女性更钟情于诗话一体，也因诗话体制轻灵，与女性气质相合，且诗话具有较大的随意性与灵活性：篇幅可长可短，叙述较为自由，能直接传达自己的想法和观念。女性对闺秀诗话写作的积极参与，既促进了女性文学的传播，又为其他女性树立了榜样，鼓励着更多女性参与到文学写作与编纂中来。

# 第三章 闺秀诗话的著录与流传

　　清代学者王鸣盛引金榜语,以"学问之眉目,著述之门户"①来论定以《汉书·艺文志》为代表的目录文献的作用,从各类目录著作入手,准确、全面地梳理相关原始文献,是开展一切学术研究的基础。爬梳各类文献特别是目录类研究成果中载录的全部闺秀诗话作品,从作品数量、作家构成、时代分布、存佚情况等方面呈现出闺秀诗话文献的全貌,才能为每一部闺秀诗话找到准确的历史坐标,进而历时性地呈现闺秀诗话的发展流变,这是我们对闺秀诗话进行系统研究的前提。

## 第一节 闺秀诗话专著的著录与流传

　　闺秀诗话的著录历史,其实就是一部闺秀诗话发现史、揭示史。系统梳理各类文献中载录的全部闺秀诗话作品,既可以摸清闺秀诗话的大体规模、生成时代与存佚等基本情况,完成全面系统研究赖以开展的基础文献整理工作,还可以让我们了解学术界对闺秀诗话文献不断发展变化的认知过程。清代各种诗文总集、诗话与笔记等文

① 王鸣盛:《十七史商榷》卷二十二,商务印书馆,1937年,第194页。

献中均有对闺秀诗话专著的零星记载,有关闺秀诗话的系统性载录则以清代诗学与女性文学的目录著作最详,学人们筚路蓝缕,使得闺秀诗话基础文献之大貌为世人所知,可谓功莫大焉。但这几部重要的目录类成果或以全部女性著作、或以断代诗话为观照对象,著录范围广、难度大且涉及作品多,因此对闺秀诗话的载录难免挂万漏一或偶有失误。笔者不避繁琐,逐一对其进行考辨以廓清迷雾,以便于精准呈现闺秀诗话基础文献的面貌。

一、胡文楷《历代妇女著作考》著录闺秀诗话的情况

二十世纪五十年代,胡文楷集二十余年之力完成女性著作专目《历代妇女著作考》,收汉魏至近代女性作家四千余人,厥功至伟。其中《正编》著录女性创作的闺秀诗话如下:

1. 浣桐阁诗话　王婳容撰　柳絮集著录(未见)

2. 竹净轩诗话　王婳德撰　柳絮集著录(未见)

3. 名媛诗话八卷　王琼撰　丹徒县志　正始集著录(未见)(按:丹徒县志著录爱兰名媛诗话四卷)

4. 闺秀诗话　李家恒撰　清闺秀艺文略著录(未见)

5. 名媛诗话十二卷　沈善宝撰　杭州府志　昆山胡氏书目著录(见)

6. 小黛轩论诗诗二卷　陈芸撰,陈荭注　昆山胡氏书目著　宣统三年辛亥刊本

7. 金箱荟说八卷　杨芸撰　稿本　一名古今闺阁诗话,一名婵娟录,前有陈文述序。所录诗话,各注出处,1946年余于沪上秀州书店见传钞本。正始集著录(见)。

8. 妇人诗话　苏慕亚撰　闺秀诗话著录(未见)

9. 红梅花馆诗话　雪平女士撰　闺秀诗话著录(未见)

《附编·现代》(笔者注：民国以来著作)部分著录：

10. 清代闺阁诗人征略十卷附补遗一卷　施淑仪　1922 年商务印书馆排印本

11. 凝香庼奁艳丛话四卷　胡无闷　1912 年上海中华图书馆石印本

按：胡著据女性诗歌总集、目录著作、方志与诗话等著录 11 部闺秀诗话,6 部注未见者,王廼德《浣桐阁诗话》、王廼容《竹净轩诗话》、王琼《(爱兰)名媛诗话》3 部作品全书已佚,一些总集和诗话中存有部分条目①;李家恒《闺秀诗话》现存佚不明;苏慕亚、雪平女士所著载于报刊,现存。沈善宝《名媛诗话》、陈芸《小黛轩论诗诗》、杨芸《金箱荟说》、施淑仪《清代闺阁诗人征略》、胡无闷《凝香庼奁艳丛话》5 部著录为存见之作。其中沈、陈、施作今存,为闺秀诗话的代表作;杨芸《金箱荟说》现存佚不明。"胡无闷《凝香庼奁艳丛话》","无闷"误,当为"庑闷"②。《凝香庼奁艳丛话》计 106 则,乃杂抄记载女性轶事的各类文献而成,内容驳杂,仅部分条目与诗歌活动有关,属于杂记类文献,不是诗话。

另,《历代妇女著作考》附录二《总集》部分实又收 11 部闺秀诗话作品,并各注卷数、版本,间作考辨,去除与上述重复之作得 9 部：

12. 闺秀诗评　江盈科

13. 妇人集一卷　陈维崧编　海山仙馆刊本　妇人集补一卷冒丹书编　海山仙馆刊本

---

① 详见刘源、邓红梅：《清代丹徒王氏闺秀诗话三种辑录》,《山东女子学院学报》2013 年第 1 期,第 71 页。

② 《凝香庼奁艳丛话》的著者为"胡庑闷",蔡镇楚《中国诗话总目要解》、蒋寅《清诗话考》等多部目录书与研究论著均误作"胡无闷"。按：胡庑闷,号凝香庼主人,广东人,曾主编《莺花杂志》,编纂历代闺秀诗词史料,并从事戏曲创作。下文除直接引文外,凡涉"胡庑闷"名处均直接改正。

14. 闺秀诗评　淮山棣华园主人编　光绪三年丁丑申报馆排印本

15. 闽川闺秀诗话四卷　梁章钜撰　道光二十九年己酉刊本

16. 闽川闺秀诗话续编四卷　丁芸辑　1914 年甲寅刊

17. 闺秀诗话十六卷　雷瑨、雷瑊辑　1928 年扫叶山房石印本

18. 青楼诗话二卷　雷瑨著　1925 年扫叶山房石印

19. 香奁诗话三卷　金燕著　1915 年广义书局出版　1921 年重印本

20. 然脂余韵六卷　王蕴章撰　1918 年商务印书馆排印

这些被归入闺秀总集类的作品显然正是闺秀诗话。合而观之，胡文楷《历代妇女著作考》实录闺秀诗话专著 17 部，其中见存 12 部，5 部或散或亡；报刊闺秀诗话 2 部；误收胡无闷《凝香庼奁艳丛话》杂记 1 部为闺秀诗话。《历代妇女著作考》所录闺秀诗话专著已初具规模，涵盖了半数以上的闺秀诗话作品。

## 二、张寅彭《新订清人诗学书目》著录闺秀诗话的情况

《历代妇女著作考》之后，郑静若的《清代诗话叙录》、蔡镇楚的《清代诗话考略》、吴宏一的《清代诗话知见录》与《清代诗话考述》、张寅彭的《新订清人诗学书目》、蒋寅的《清诗话考》等清代诗学专目都载录了闺秀诗话，当以张寅彭与蒋寅之作搜罗广泛且体例完善。其中张寅彭《新订清人诗学书目》依时代顺序列目而不分类，逐一翻检，可知著录闺秀诗话专著如下：

1. 随园闺秀诗话一卷　袁枚撰　约乾隆间钞本

2. 闽川闺秀诗话四卷　梁章钜撰　道光二十九年瓯郡梅氏师古斋刊本　宣统二年刊香艳丛书本等

3. 名媛韵事六卷　王偁撰　道光十一年至十四年刊王晓堂杂

著本　道光十三年瓶花阁刊本

4．名媛诗话三卷　张倩撰　道光十二年刊《留香集》本

5．古今闺阁诗话八卷　杨芸辑　稿本

6．闺秀录一卷　孙兆溎撰　光绪十一年刊本（专记乾嘉以来，尤详道光间，可补施淑仪征略之阙，成书于道光末）

7．闺秀诗评六卷　棣华园主人辑　咸丰元年原刊圈点本，咸丰二年刊本　光绪三年申报馆丛书续集本

8．名媛诗话十二卷续三卷　沈善宝撰　道光二十六年鸿雪楼刊本　光绪五年鸿雪楼刊巾箱本　民国十年铅印鸿雪楼全集本（八卷）等

9．名媛诗话补遗四卷　沈善宝撰　鸿雪楼刊本

10．闺阁诗话二卷　石林凤辑　东本师大藏稿本《历代诗话》附按此书两卷中一卷录自《随园诗话》

11．燃脂新话三卷　萧道管撰　光绪间刊本

12．闽川闺秀诗话续编五卷　丁芸辑　光绪间杨蕴辉钞本（一卷）　光绪二十二年刊本（二卷）　民国三年侯官丁震京师刊本

13．历代闽川闺秀诗话五卷补遗一卷　丁芸辑中国社会科学院文学所藏稿本　民国二十九年刊本

14．小黛轩论诗诗二卷　陈芸撰　宣统三年刊薛绍微《黛韵楼诗集》本附

所附民国时期闺秀诗话五种：

15．闺秀诗话　苕溪生　民国四年上海广益书局排印本　民国二十三年上海新民书局排印本

16．闺秀诗话十六卷　雷瑨、雷瑊合辑　民国十一年扫叶山房石印本

17．青楼诗话二卷　雷瑨辑　民国十五年扫叶山房石印本

18. 香奁诗话三卷　金燕辑　民国四年上海广益书局刊本　民国十年重印本

19. 清代闺阁诗人征略十卷补遗一卷　施淑仪撰　民国十一年上海商务印书馆铅印本

《新订清人诗学书目》计收 19 部闺秀诗话,虽然数量与胡文楷《历代妇女著作考》相近,但实际上大有径庭。其中,梁章钜《闽川闺秀诗话》、杨芸《古今闺阁诗话》、沈善宝《名媛诗话》、棣华园主人《闺秀诗评》、丁芸《闽川闺秀诗话续编》、陈芸《小黛轩论诗诗》、雷瑨与雷瑊《闺秀诗话》、雷瑨《青楼诗话》、金燕《香奁诗话》、施淑仪《清代闺阁诗人征略》10 部与《历代妇女著作考》著录同。《历代妇女著作考》中有 10 种《新订清人诗学书目》无:江盈科《闺秀诗评》属明代,不录;清初陈维崧《妇人集》或因为体不纯,亦不收;雪平女士《红梅花馆诗话》、苏慕亚《妇人诗话》、王蕴章《然脂余韵》都曾见载于报刊亦未收录,民初胡无闷《凝香庼奁艳丛话》非闺秀诗话亦不收。另因《新订清人诗学书目》"所录以存书为限"①,故《历代妇女著作考》所录未见书中之 4 种即王妱德《浣桐阁诗话》、王妱容《竹净轩诗话》、王琼《名媛诗话》、李家恒《闺秀诗话》不录。杨芸所辑《古今闺阁诗话》则因"胡文楷《历代妇女著作考》著录,并谓民国三十五年经眼于上海秀州书店"②而收入,但是书此后均未见有寓目者,存佚待考。

《新订清人诗学书目》于《历代妇女著作考》之外,清代与民国部分又补入 9 部作品,依次为袁枚撰《随园闺秀诗话》、王俣撰《名媛韵事》、张倩撰《名媛诗话》、孙兆溎撰《闺秀录》、沈善宝撰《名媛诗话补遗》、石林凤辑《闺阁诗话》、萧道管撰《燃脂新话》、丁芸辑《历代闽川

---

① 张寅彭:《新订清人诗学书目·凡例》,第 2 页。
② 张寅彭:《新订清人诗学书目》,第 110 页。

闺秀诗话》、茗溪生辑《闺秀诗话》,对闺秀诗话著作做了极大的补充,但其中有 3 种尚可商榷。所录陈衍夫人萧道管(1855—1907)之《燃脂新话》,刊于《文艺丛报》1919 年 4 月第 1 卷第 1 期,题"然脂新话",署"道安居士",不分卷。《然脂新话》品诗论事,无论性别,亦不以诗人为限,或评诗人妙语佳句,或论妇学女教,或谈诗中趣事、风土习俗,内容丰富,涉及社会生活的多个方面,多与女性诗无关,因此为杂记而不是闺秀诗话。所录沈善宝撰《名媛诗话补遗》四卷一种,未提供详细信息,亦未见沈善宝或他人提及。沈善宝《名媛诗话》的创作始于道光二十二年(1842),至道光二十六年完成十一卷,而后又辑题壁、方外、扶乩、朝鲜等为末卷,成正编十二卷,后又编《续集》三卷,计十五卷,疑所谓补遗四卷即为十一卷完成之后又作之第十二卷与续集三卷的合集。所录袁枚的《随园闺秀诗话》一卷钞本,只见载于《贩书偶记》。据袁枚研究专家王英志师考察,"袁枚并未专门写过一部闺秀诗话,他自己从未提及,也罕见有人提及,惟《贩书偶记》载,约乾隆年间有钞本《随园闺秀诗话》一卷。估计此书是《随园诗话》中涉及闺秀诗人的摘编"[①]。这一推测较为合理。袁枚在乾嘉诗坛广有影响,其对女性文学创作的褒扬推动颇引人瞩目,《随园诗话》收论女性文学创作的条目几近二百条,着意于闺秀创作者将其单独辑出确可成一部小书。事实上,晚清石林凤即辑有《节录随园诗话(闺阁)》,可为一证。[②] 石林凤,字检斋,陕西大荔人,辑有《历代诗话》十二卷(清钞本)、《历代词话》十二卷(同治九年石介钞本),均藏东北师范大学图书馆。《新订清人诗学书目》著录石林凤《闺阁诗话》二卷,下注"东北

---

① 王英志:《袁枚闺秀诗话·前言》,王英志主编《清代闺秀诗话丛刊》,第 53 页。

② 《新订清人诗学书目》中还著录了山东省图书馆藏梁怀兴辑《随园诗话摘艳》钞本一卷,是否为闺秀诗话摘录,未知。见《新订清人诗学书目》,第 103 页。

师大藏稿本《历代诗话》附,按此书两卷中一卷录自《随园诗话》"①。
查东北师大藏稿本《历代诗话》可知,《节录随园诗话(闺阁)》与《闺阁
诗话》前后相接,各自独立成书,均不分卷,并非一部作品。

综上言之,《新订清人诗学书目》著录的 19 种闺秀诗话中,袁枚
《随园闺秀诗话》一卷、沈善宝撰《名媛诗话补遗》四卷应不存,萧道管
撰《然脂新话》非诗话,其余 16 种都确为闺秀诗话。但以杨芸所辑
《古今闺阁诗话》为现存诗话似不妥;记石林凤所辑《闺阁诗话》为两
卷有误,应为《闺阁诗话》一卷,《节录随园诗话(闺阁)》一卷。《新订
清人诗学书目》实著录现存闺秀诗话 17 种。

### 三、蒋寅《清诗话考》著录闺秀诗话的情况

蒋寅《清诗话考》所收闺秀诗话作品更为完备。作者曾言:"闺秀
诗话之有专书,则肇自有清一代。予自上世纪九十年代初,辑考清人
诗学著述,得见存书九百余种,亡佚待访书五百余种。专论闺秀之诗
话,见存书二十二种,亡佚书十四种。"②该目上编《清诗话目录》分见
存和待考两部分,其中《见存书目》中专列"断代·专人·闺秀·郡
邑"一类即收入闺秀诗话 22 种,并标其卷数与版本:

1. 然脂集例一卷　王士禄　康熙、道光刊本昭代丛书本　台湾
新文丰出版公司丛书集成续编本

2. 随园闺秀诗话一卷　袁枚　约乾隆间钞本(贩书偶记)

3. 名媛韵事五卷　王僎　道光十三年瓶花阁刊本

4. 名媛诗话十二卷续集三卷　沈善宝　道光二十六年鸿雪楼
刊本　光绪五年鸿雪楼刊巾箱本(八卷)　民国十年铅印鸿雪楼全集

---

① 张寅彭:《新订清人诗学书目》,第 138 页。
② 蒋寅:《清诗话考》,第 253 页。

本等

　5. 名媛诗话补遗四卷　沈善宝　鸿雪楼刊本（据张目补）

　6. 闺阁诗话二卷　石林凤　历代诗话稿本附（东北师范大学）

　7. 名媛诗话一卷　张倩　道光十二年刊留香集附

　8. 闽川闺秀诗话四卷　梁章钜撰　道光二十九年福州师古斋刊本等

　9. 城西杂记二卷　蒋坦　钞本（浙江图书馆，据张目补）

　10. 闽川闺秀诗话续编二卷　丁芸　光绪间杨蕴辉钞本（一卷中央党校）　民国三年（1914）丁震北京刊本（四卷）

　11. 历代闽川闺秀诗话五卷补遗一卷　丁芸　稿本（社科院文学所藏）　民国二十九年有可观斋铅印本

　12. 燃脂新话三卷　萧道管　光绪间刊本　石遗室丛书

　13. 香奁诗话三卷　金燕　民国四年刊本　民国十年上海广益书局石印本

　14. 闺秀诗评四卷　棣华园主人　咸丰元年棣华园刊圈点本钞本（初集四卷，安徽省图书馆）　光绪三年申报馆铅印本　申报馆丛书续集本（一卷）

　15. 闺秀录一卷　孙兆溎　光绪十一年自刊巾箱本

　16. 小黛轩论诗诗二卷　陈芸　宣统三年刊本薛绍徽戴韵楼诗集附　陈孝女遗集本

　17. 凝香廔奁艳丛话四卷　胡无闷　民国元年中华图书馆石印本

　18. 闺秀诗话四卷　莒溪生编　民国四年上海广益书局排印本等

19. 闺秀诗话十六卷　雷瑨雷瑊　民国五年上海扫叶山房石印本① 台湾广文书局影印本

20. 然脂余韵六卷　王蕴章　民国七年商务印书馆铅印本　清诗话访佚初编本　上海书店出版社 2002 年排印民国诗话丛编本

21. 清代闺阁诗人征略十卷补遗一卷　施淑仪　民国十一年崇明女子师范讲习所排印本

22. 青楼诗话二卷　雷瑨　民国五年扫叶山房石印本　台湾广文书局 1982 影印本等

按,所收《然脂集例》不见于《历代妇女著作考》。《然脂集例》是王士禄为女性诗歌总集《然脂集》撰写的凡例,《四库总目》列入"诗文评类存目",称"明以来选本至夥,猥杂殊甚。士禄此例,差有条理,附存其名于诗文评中,俾来有考焉"②。凡例分"缘起、部署、尊经、核史、刊谬、存异、去取、区叙、黜评、纂略"等条③,综论女性诗歌总集的编选原则,虽不同于一般凡例而近于诗评,但与闺秀诗话专记女性文人生平逸事、选评诗歌并不相类,不宜视为闺秀诗话。《清诗话考》与《历代妇女著作考》一样收胡无闷的笔记杂谈《凝香庼夑艳丛话》为闺秀诗话且著者之名同误作"胡无闷",不确。蒋坦《城西杂记》二卷下注"据张目补",查张目称此书"内多录浙江闺秀之诗"④,可见它不是专门性的闺秀诗话。另,《清诗话考》与《新订清人诗学书目》同收袁枚《随园闺秀诗话》、萧道管《燃脂新话》、沈善宝《名媛诗话补遗》四卷,不确。《新订清人诗学书目》所收杨芸《金箱荟说》不见于《清诗话考》

---

① 查此版本可知,诗话民国五年付印,民国十一年发行。
② 纪昀等:《四库全书总目》卷一九七,第 1805 页。
③ 王士禄:《然脂集例》,《四库全书存目丛书》集部第 420 册,齐鲁书社,1997 年,第 729—737 页。
④ 张寅彭:《新订清代诗学书目》,第 110 页。

"见存"书目而入"待访"类中,王蕴章《然脂余韵》不见于《新订清人诗学书目》而《清诗话考》收入,《清诗话考》对这两部作品的处理方式显然都比较合理。可知,《清诗话考》所列 22 种见存闺秀诗话中确定无疑者计 16 种。

《清诗话考·待访书目》著录闺秀诗话 14 种,如下:

1. 名媛诗话　王豫撰　刘宝楠《念楼集》卷八《清故国子监生王君之铭》著录

2. 爱兰名媛诗话八卷　王琼撰　恽珠《闺秀正始集》卷十六著录　《丹徒县志》著录作四卷

3. 名媛诗话　苏兰畹撰　法式善《梧门诗话》卷二著录

4. 闺秀诗话卷数不详　蒋徽撰　稿本未刊行　潘焕龙《卧园诗话》卷四载

5. 闺秀吐花绒诗话卷数不详　丁彬撰　未见著录　高兰曾《自娱集文稿》卷七有《闺秀吐花绒诗话序应魏塘丁小坡彬属》骈文一首

6. 金箱荟说八卷　杨芸撰　一名古今闺阁诗话,又名婵娟录,稿本。恽珠《闺秀正始集》卷十九、王蕴章《然脂余韵》徐彦宽后序著录。

7. 闺秀诗话卷数不详　李家恒撰　单士厘《清闺秀艺文略》著录　光铁夫《安徽名媛诗词征略》著录

8. 宫闺丛话卷数不详　孙采芙撰　《民国安徽通志稿·艺文考》据采访册著录

9. 宫闺诗话四卷　林焜煌撰　刘声木《桐城文学撰述考》著录

10. 妇人诗话卷数不详　苏慕亚　雷氏《闺秀诗话》卷十六采其两则

11. 绿蘼芜馆诗话卷数不详　佚名　雷氏《闺秀诗话》征引多则

12. 竹净轩诗话卷数不详　王廼德撰　《柳絮集》著录

13. 浣桐阁诗话卷数不详　王廼容撰　《柳絮集》著录

14. 红梅花馆诗话卷数不详　雪平女士著　雷氏《闺秀诗话》卷十六录其论秋瑾一则

按：《清诗话考》著录王豫与胞妹王琼《名媛诗话》二种，王豫《名媛诗话》仅刘宝楠《念楼集》卷八《清故国子监生王君之铭》提及，其他文献均没有相关记载。法式善《梧门诗话》称："王碧云著《名媛诗话》持论严峻，有功诗学，其兄柳村（笔者注：王豫号）尝录一帙见寄。"①可知王豫曾将其妹《名媛诗话》寄示于人，疑刘宝楠因而误为王豫之作。王琼的《名媛诗话》与王婤德的《竹净轩诗话》、王婤容的《浣桐阁诗话》全本已佚，今可见部分辑佚条目②。所著录苏兰畹撰《名媛诗话》一条，称"法式善《梧门诗话》卷二著录"，查今本法式善《梧门诗话》卷二未见相关记载，苏畹兰《名媛诗话》也不见于他目。按，"苏兰畹"当为"苏畹兰"之误。《历代妇女著作考》著录苏畹兰《香岩诗文》二卷、《坤维正气录》十卷、《闺吟集秀》六卷三部作品，下有诗人小传："畹兰字纫九，号香岩，浙江仁和人，诸生倪一擎妻。倪一擎撰《传》曰：尝辑明以来烈妇奇迹见于传记者，成《坤维正气录》十卷；集古今名媛诗，著《闺吟集秀》六卷；《香岩诗文》二卷。体素弱，善病，栖心内典，因自号香岩居士。"③汪启淑《撷芳集》卷六十五收其《漫兴》4 首、《游仙》4 首，恽珠《国朝闺秀正始集》卷十收其《游仙集才女句》1 首。《正始集》前有小传："字纫九，号香岩，浙江仁和人，诸生倪一擎室。有《闺吟集秀》。倪君家贫，授徒里门，香岩亦设家塾。尝辑明以来烈妇奇迹见于传记者，成《坤维正气录》十卷。"④畹兰夫倪一擎《传》与几

---

① 法式善著，张寅彭、强迪艺编校：《梧门诗话合校》卷十六，凤凰出版社，2005 年，第
　433 页。
② 详见刘源、邓红梅：《清代丹徒王氏闺秀诗话三种辑录》，《山东女子学院学报》2013 年
　第 2 期，第 71 页。
③ 胡文楷：《历代妇女著作考》，第 798—799 页。
④ 恽珠：《闺秀正始集》，道光辛卯（1831）红香馆刻本。

部女性文学专书均未提及畹兰有《名媛诗话》一书。结合以上种种推测,苏畹兰著《名媛诗话》的可能性不大,这里所谓的诗话,有可能是其所编女性诗歌总集《闺吟集秀》前的人物小传。《绿蘼芜馆诗话》《红梅花馆诗话》《妇人诗话》3 种为报刊诗话,《绿蘼芜馆诗话》作者为周瘦鹃,均存。

合而观之,《清诗话考》所著录的 14 种待访书目中,王豫与苏畹兰的 2 部《名媛诗话》很可能不存;《绿蘼芜馆诗话》《红梅花馆诗话》《妇人诗话》3 种为报刊诗话,均存;王琼的《名媛诗话》、王遒德的《竹净轩诗话》、王遒容的《浣桐阁诗话》3 种全本确佚;其余 6 种情况不明。

目录书而外,几篇论文对闺秀诗话的考索推进较大。其中蒋寅的《闺秀诗话十二种叙录》(2003)对王僎的《名媛韵事》、梁章钜的《闽川闺秀诗话》、沈善宝的《名媛诗话》、孙兆溎的《闺秀录》、淮山棣华园主人的《闺秀诗评》、丁芸的《闽川闺秀诗话续编》与《历代闽川闺秀诗话》、金燕的《香奁诗话》、王蕴章的《然脂余韵》、雷瑨与雷瑊合著的《闺秀诗话》、雷瑨的《青楼诗话》、苕溪生的《闺秀诗话》等十二部重要闺秀诗话作了述评,抉微发隐,恰中肯綮;特别是对王僎的《名媛韵事》、孙兆溎的《闺秀录》等难见之本记之甚详,这两部诗话全本又被收入蒋寅主编的《清代诗话珍本丛刊》,嘉惠学林之功自不待言。其余论文的发表均晚于目录书出版,其中刘源、邓红梅《清代丹徒王氏闺秀诗话三种辑录》(2013)对王琼《爱兰名媛诗话》、王遒德《竹净轩诗话》、王遒容《浣桐阁诗话》作了钩索,依次辑出三部诗话条目 24、44、9 则,对于闺秀诗话的文献整理有积极意义。

## 四、闺秀诗话专著汇目

在汇总、梳理、考辨闺秀诗话著录情况之后,中国古代闺秀诗话专著的总体构成已基本明了。为清晰起见,谨据以上论著成果与笔者考辨所得,以"见存书目"和"未见书目"分类,各类别大体按成书时间先后序次,将闺秀诗话专著的题名、卷数、著者等基本情况分列于下,并注明其主要版本,以便于读者据这些基本资料查阅相关信息。

**(一) 闺秀诗话见存书目**

1. 闺秀诗评一卷,明江盈科(1553—1605)撰。《闺秀诗评》最初同《雪涛诗评》合为《诗评》,与《谈丛》《闻纪》《谐史》合刻为《雪涛阁四小书》(又名《雪涛小书》),有万历三十二年(1604)江盈科初刊本,明万历四十年潘之恒刻《亘史钞》本,清初刻《说郛续》本。今人黄仁生辑校《江盈科集》中有《雪涛阁四小书・闺秀诗评》,以明万历四十年潘之恒刻《亘史钞》本为底本,以清初刻本《说郛续》卷三十四《闺秀诗评》及相关文献参校。《清代闺秀诗话丛刊》附录收入,以《说郛续》本为底本、以黄校本参校;《中国诗话珍本丛书》影印民国排印本,收入第 12 册,署"天都外史冰华生辑,虞山襟霞阁主重校"。"天都外史冰华生"为潘之恒的别号;"虞山襟霞阁主"为平襟亚(1892—1980),原名平衡,字襟亚,江苏常熟人,别号襟亚阁主人(一称襟霞阁主人)。

2. 妇人集一卷附妇人集补,清陈维崧(1625—1682)著,冒褒注,王士禄评撰,冒丹书补。初以钞本行,后世版本较多,主要有:道光十年(1830)长洲顾氏《赐砚堂丛书新编》刻本;道光二十六年(1846)潘仕成《海山仙馆丛书》刻本,民国二十五年(1936)商务印书馆《丛书集成初编》据以影印;另有光绪二十六年(1900)、宣统元年(1909)、宣统三年等《冒氏丛书》刻本;宣统元年、宣统三年上海国学扶轮社排印本,《香艳丛书》据宣统三年排印本影印,《清代闺秀诗话丛刊》以此为底本点校。

3. 名媛诗话一卷,张倩(? —1830)著。道光十二年(1832)刊

《留香集》附，为下卷。收入《清代闺秀集丛刊续编》第 21 册《留香集》卷下。

4. 名媛韵事五卷，王偁（1786—?）撰。道光十三年（1833）瓶花阁刊本，收入《清代诗话珍本丛刊》第 1 辑第 43 册。①

5. 名媛诗话正编十二卷续编三卷，沈善宝（1808—1862）撰。道光二十七年（1847）十二卷本成书②，1847—1855 年间又续编三卷。《名媛诗话》的版本颇多，较重要的有道光间刻本十二卷；光绪五年（1879）鸿雪楼刻本十二卷续集三卷是内容最全的本子，《续修四库全书》据以影印，《清代闺秀诗话丛刊》据以整理；另有民国十年（1921）刊四卷本，民国十二年沈补愚所刊八卷本等。

6. 闽川闺秀诗话四卷，梁章钜（1775—1849）撰。有道光二十九年（1849）福州师古斋刊本，光绪元年（1875）福州梁氏刊二思堂丛书本，光绪十七年浙江书局活字本，宣统二年（1910）香艳丛书排印本。《续修四库全书》据复旦大学藏道光二十九年刊本影印，《清代诗话珍本丛刊》第 1 辑第 43 册等收录，《清代闺秀诗话丛刊》据续修本排印。另有《香艳丛书》本，台湾新文丰出版公司《丛书集成续编》本据以影印。

7. 闺秀诗评四卷，淮山棣华园主人辑。最早有咸丰元年（1851）棣华园刊圈点本；光绪间《申报馆丛书续集》一卷本，《清代闺秀诗话丛刊》据以整理。蒋寅先生《清诗话考》记安徽省图书馆有《闺秀诗评初集》四卷本钞本，笔者查阅《东北地区古籍线装书联合目录》中著

---

① 《中国古籍总目》子 5—26613：名媛韵事五卷，清鹊华馆主人辑，清光绪十九年（1893）刻本，国图。池秀云《历代名人室名别号辞典》（增订本）"鹊华馆"条："王偁，鹊华馆为刻书室名，清敦丘人。道光十一年刻'鹊华馆三种'。"（山西古籍出版社，1998 年，第1001 页）国图文津搜索《名媛韵事》条目下发行时间亦为道光十三年（1833），《中国古籍总目》所录版本信息当误。

② 各目录书与图书馆藏信息多标道光二十六年成书，误，详见本书第八章第一节。

录:"闺秀诗评初集四卷,咸丰二年刻本,吉林大学图书馆藏。"①

8. 闺秀录一卷,孙兆湉辑。有光绪十一年乙酉(1885)冬月俞筠仙刊本,收入《清代诗话珍本丛刊》第1辑第43册。

9. 闺阁诗话一卷,石林凤辑。晚清石林凤辑《历代诗话》稿本收清钞本,《中国古籍珍本丛刊·东北师范大学图书馆卷》第84册据原书影印。

10. 节录随园诗话(闺阁)一卷,石林凤辑。晚清石林凤辑《历代诗话》稿本收清钞本,《中国古籍珍本丛刊·东北师范大学图书馆卷》第84册据原书影印。

11. 闽川闺秀诗话续编四卷,丁芸(1859—1894)辑。有光绪间杨蕴辉钞本一卷(中央党校),光绪二十二年(1896)刊本二卷,民国三年(1914)甲寅丁震北京刊本四卷。四卷本收入《清代诗话珍本丛刊》第1辑第43册,《清代闺秀诗话丛刊》据四卷本点校。

12. 历代闽川闺秀诗话五卷,丁芸(1859—1894)辑。有侯官丁氏家集朱丝栏稿本,民国二十九年(1940)庚辰有可观斋铅印本。前有自跋,谓是书系辑《闽川闺秀诗话续编》时,"自唐至明,随手掇拾,积稿盈帙,即是编所由防也。体例大抵同于《续编》。凡所引用之书均经著明,以昭信徵。惟分代为卷,与《续编》不无少异耳"。所收唐、五代各仅二则,亦列为一卷,盖为未竟之作。中国社会科学院文学所藏稿本。

13. 小黛轩论诗诗二卷,陈芸(1885—1911)撰、陈荘注。宣统三年(1911)刊薛绍微《黛韵楼诗集》本附,《清代闺秀诗话丛刊》据以整理。

14. 然脂余韵六卷,王蕴章(1884—1942)撰。民国三年(1914)

---

① 辽宁省图书馆等编:《东北地区古籍线装书联合目录》,辽海出版社,2003年,第3667页。

始散载于涵芬楼各月刊;民国七年商务印书馆刊行,杜松柏《清诗话访佚初编》据以影印;另有民国九年商务印书馆刊行本,收入张寅彭主编之《民国诗话丛编》。《清代闺秀诗话丛刊》以民国七年(1918)本为底本,参以民国九年本重予点校。

15. 闺秀诗话一卷,清末民初苕溪生撰。有民国四年(1915)上海广益书局排印本,民国二十三年上海新民书局排印本,两本内容同,《清代闺秀诗话丛刊》据新民书局本点校。

16. 青楼诗话二卷,雷瑨(1871—1941)辑。民国五年(1916)春扫叶山房发行,民国十五年扫叶山房石印本。《清代闺秀诗话丛刊》据民国五年本点校。

17. 香奁诗话三卷,金燕撰。有民国七年(1918)上海广益书局铅印本,《清代闺秀诗话丛刊》据以点校。

18. 闺秀诗话十六卷,雷瑨(1871—1941)、雷瑊(1882—1964)同辑。有民国十一年(1922)扫叶山房石印本;民国十七年冬扫叶山房重校本,《清代闺秀诗话丛刊》据其点校。

19. 清代闺阁诗人征略十卷补遗一卷,施淑仪(1877—1945)辑。民国十一年(1922)崇明女子师范讲习所铅印本,台湾台联国风出版社与鼎文书局、上海书店等据以影印,《清代闺秀诗话丛刊》据以点校。

20. 冰壶寒韵不分卷,徐枕亚(1889—1937)著,见《枕亚浪墨·艳薮》,大通书局,1932 年,第 75—93 页。

**(二) 闺秀诗话散佚书目**

1. 名媛诗话八卷,王琼撰。王琼(1769—1848),字碧云,号爱兰,江苏丹徒(今镇江)人,诗人王豫(1768—1826)之妹。成书于嘉庆九年(1804)前,版本不详。全本佚,刘源、邓红梅《清代丹徒王氏闺秀诗话三种辑录》辑得 24 则。

2. 竹净轩诗话，卷数不详，王迺德撰。迺德为王豫女。版本不详。全本佚，刘源、邓红梅《清代丹徒王氏闺秀诗话三种辑录》辑得44则。

3. 浣桐阁诗话，卷数不详，王迺容撰。迺容为王豫女。版本不详。全本佚，刘源、邓红梅《清代丹徒王氏闺秀诗话三种辑录》辑得9则。

**（三）闺秀诗话未见书目**

1. 闺秀吐花羢诗话，卷数不详，丁彬撰。有乾嘉间高兰曾序。高兰曾《自娱集文稿》卷七有《闺秀吐花绒诗话序应魏塘丁小坡彬属》骈文一篇。蒋寅《清诗话考·待访书目》著录。

2. 闺秀诗话，卷数不详，蒋徽撰。蒋徽为诗人吴嵩梁（1766—1834）继室。潘焕龙（1794—1866）《卧园诗话》卷四记载此书。稿本未刊行。蒋寅《清诗话考·待访书目》著录。

3. 金箱荟说八卷，一名古今闺阁诗话，又名婵娟录，杨芸（1778—?）著。芸为乾嘉知名文人杨芳灿（1754—1816）女。稿本。恽珠《闺秀正始集》卷十九、王蕴章《然脂余韵》徐彦宽后序均提到此书，胡文楷称民国三十五年（1946）于上海秀州书店亲见传钞本，有陈文述序。

4. 宫闺诗话四卷，林焜煌（? —1855）撰。蒋寅《清诗话考·待访书目》称刘声木《桐城文学撰述考》著录。

5. 宫闺丛话，卷数不详，孙采芙（1825—1881）撰。采芙为胡培系（1813—1888）继室。版本不详。蒋寅《清诗话考·待访书目》著录。

6. 闺秀诗话，卷数不详，李家恒撰。家恒为李鸿章家族后裔，民国文人李家孚（1909—1927）姊，字孝琼，安徽合肥人。单士厘《清闺秀艺文略》、光铁夫《安徽名媛诗词征略》、胡文楷《历代妇女著作考》、蒋寅《清诗话考·待访书目》著录。

以上所列限确知为闺秀诗话专著者。蒋著"待考"中还有几部诗话,从留存信息与书名推测有可能为闺秀诗话但又无法断定,如吴嵩梁妻刘淑所撰《同芳榭诗话》(卷数不详,《清闺秀艺文略》《历代妇女著作考》著录)、周润撰《悟香楼诗话》(卷数不详,雷瑨、雷瑊《闺秀诗话》卷一据以抄录)等,此类存疑者姑不列。就总量来看,古代纯粹的闺秀诗话专著(即不包括涉及闺秀诗话的笔记杂著,也不包括载于报纸杂志的闺秀诗话)当在 30 种左右,确定现存可靠者计 20 部,目前散佚或存佚不明者 9 部。

## 第二节　民国报刊闺秀诗话的著录与流存

近年来,近代报刊文学越来越为研究者关注。自 1911 年起纸刊杂志特别是女性报刊中大量刊载的闺秀诗话,也引起了学术界的关注。一些文章与专著或从文献学角度编纂目录,或从文学批评角度作理论阐释,极大地推进了报刊闺秀诗话的研究工作,为进一步的文献钩稽考索与系统研究奠定了基础。当然,目前所见成果中也或多或少地存在一些问题,特别是对闺秀诗话基本文献的认定较为混乱。笔者经手检验,谨从文献目录角度对当前可见成果作简单评述与考辨。

### 一、民国报刊闺秀诗话著录考辨

潘静如《近代杂志所载闺秀诗话考论》(2014)初次考证了 1911至 1941 年在报纸杂志上刊出的 27 种闺秀诗话,叙其大要,为近代报刊闺秀诗话的考证工作拉开帷幕。潘文的价值,其一在于首次以专文形式关注近代以来报刊闺秀诗话,并指出其虽有"草次稗贩、猥滥浮杂等毛病",但"依然有自己的价值";其二,详细考证了 27 种报刊闺秀诗话,解决一些诗话著者真实姓名、基本内容及与他作关系等问题;其三,一定程度上推进了闺秀诗话的考索工作,如对蒋寅《清诗话考》"待访书目"中所列佚名的《绿藋芜馆诗话》作了详考,指出其作者与出处等。但潘文有两个问题:一是所列八仙《闺媛诗话》一种,以白话文论古代女性诗歌创作的风格与体制特点,不应计入我们传统闺秀诗话的研究范围;二是棣华园主人《闺秀诗评》咸丰二年已有刊本,乃早有之专著,虽然后来又散载于报刊,也不宜将其视为报刊诗话。故此文实为我们提供报刊闺秀诗话 25 种。

傅宇斌《晚清民国报刊所见诗话书录》①也收录了部分闺秀诗话,潘作而外,又补入 4 部:醉灵轩主撰《香奁诗话》(《女子世界》1914—1915 年连载)、周庆云撰《闺秀诗话》(《女子世界》1914—1915 年连载)、晋玉撰《香艳诗话》(《文艺杂志》1914—1918 年连载)、雪平女士《红梅花馆诗话》(《中华妇女界》1915 年连载)。这里特别值得一提的是最后一部作品,自《历代妇女著作考》以来一直被各目录书当作未见或待考诗话著录,作者予以辨明。但文中著录的醉灵轩主撰《香奁诗话》、晋玉撰《香艳诗话》两种,录古代男性所作香奁体诗歌,不是闺秀诗话。因此,傅文在潘作之外实又补入两部报刊闺秀诗话。

张晴柔《民国时期报刊妇女诗话略论》称"作者目前所见民国报刊妇女诗话共 40 种"②,在分析民国报刊诗话主要特征过程中,作者举出部分作品,去掉与潘、傅二人所录重复者得 4 种:淮鹿的《名闺诗话》(《广益杂志》1920 年第 23 期)、李亚男的《明清妇女诗话》(《新

---

① 赵敏俐主编:《中国诗歌研究动态》第十四辑:古诗卷,学苑出版社,2014 年。
② 张晴柔:《民国时期报刊妇女诗话略论》,《理论界》,2017 年第 9 期,第 107 页。

民报》半月刊,1942 年第 2 期)、云峰的《闺秀诗话》(《黄陂月刊》1934
年第 3 卷第 4 期,第 4 卷第 1 期署"肖云峰")、梁彦的《妇女诗话》
(《实报》半月刊,1936 年第 10 期、第 11 期),对之前成果略有补充。
但李亚男《明清妇女诗话》计 7 则,用白话文论古代女子的诗歌创作,
显然与传统闺秀诗话有别,不宜计入闺秀诗话之列。因此作品实论
报刊闺秀诗话 30 种。

　　此外,李德强的《近代报刊诗话研究》(1870—1919)之第三章《近
代报刊特色诗话研究》设专节论述"报刊闺秀诗话的创作"。作者指
出:"报刊中的闺秀诗话,基本刊于 1919 年前后。"[1]"据不完全统计,
1912 到 1919 年的八年时间,近代报刊共刊近四十种闺秀诗话。"[2]统
计可知,书中作者计列诗话近 40 种,不少作品是之前研究成果中没
有提到的,然舛误甚多。如书中列期刊诗话 24 种,"它们是《然脂余
韵》《闺秀诗评》《绿藤芜馆诗话》《绾春楼诗话》《绿施阁诗话》《红梅花
馆诗话》《妇人诗话》《芸香阁怀旧琐语》《冰魂阁野乘》《女艺文志》《今
妇人集》《然脂新话》《小南强室笔记》《苎萝诗话》《蔓华室诗话》《闺秀
诗话》(三种)、《小芙蓉庄诗话》《苍崖室诗话》《乐轩诗话》《芸窗诗话》
《竹影轩诗话》《惠山山民诗话》等作品"[3]。按:所列 24 种中,王蕴章
《然脂余韵》结集出版、棣华园主人《闺秀诗评》咸丰二年已刊行;《女
艺文志》不详何指,据其名推断当不是闺秀诗话;施淑仪《冰魂阁野
乘》杂记女子逸闻轶事,无论是就作者题名本意还是就作品内容本身
来看,此书都属说部笔记,偶及诗事据作者自注亦多出于《清代闺阁
诗人征略》,不宜单列为诗话作品;《小南强室笔记》则仅列书名未引
内容,笔者详考后知其著者为江宁归庐之妻周钟玉,作品载《妇女杂

---

① 李德强:《近代报刊诗话研究(1870—1919)》,第 236 页。
② 李德强:《近代报刊诗话研究(1870—1919)》,第 241 页。
③ 同上。

志》第 1 卷第 9 号(1915 年 9 月)与第 11 号(1915 年 11 月)、第 5 卷第
8 号(1919 年 8 月),所记乃女子文化活动诸事,不关诗事者甚夥,是
笔记而不是诗话;"乐轩诗话"则为"蕊轩诗话"之误,原署"绛珠"而非
"绛珠女史",记载评论男女两性诗人的诗歌创作活动,是诗话但不是
闺秀诗话;《燃脂新话》与《芸窗诗话》也不是闺秀诗话。另,所举 14
种报刊诗话中,陈小蝶《醉灵轩琐话》内容极为驳杂,只是偶收女子题
壁诗,显然为笔记杂俎;兴公《绮语漫录》则记中外各类诗如"拜伦诗"
"嚣俄诗""英宫古艳诗"等内容,平襟亚、陈廖士两部《美人诗话》录历
代文人咏美人之作,显然都不是闺秀诗话;梅花道人的《青楼诗话》、
程瞻庐的《望云居诗话》等也不是闺秀诗话,等等。文中诸如此类的
失察之处颇多。

　　在近代报刊的著录与研究中,不少研究者都将部分载录了闺秀
诗作、诗事的综合性诗话作品甚或笔记杂说等认定为闺秀诗话,如姜
彦臣《〈妇女杂志〉中的女性文学批评》(2017)一文在摘要中径称"《妇
女杂志》连载的《小南强室笔记》《镜台螺屑》《瓶笙花影录》《瑶台玉
韵》4 部女性诗话",如前所论,其中《小南强室笔记》并非诗话。可
见,在相关研究中对闺秀诗话的认定存在界限不清、过于宽泛的现
象:一是将所有与女性有关联的作品如男性写女性的诗或事、记录
女性各类故事的作品均当作闺秀诗话,二是把一部分少量涉及女性
诗事的作品当作闺秀诗话,两种认识显然都是错误的。这些情况在
研究中是需注意的。

## 二、民国报刊闺秀诗话要目

　　报刊闺秀诗话主要出现在 1911 年之后。兹参阅当前各种研究
成果,并结合笔者自己查阅所得,按发表时间先后顺序,将近代以来
报刊刊载的主要闺秀诗话以表格呈现如下:

表 3.1　民国以来报刊所载主要闺秀诗话一览表

| 序号 | 作品名称 | 作　者 | 刊载出处 |
|---|---|---|---|
| 1 | 绿蘼芜馆诗话 | 周瘦鹃 | 《妇女时报》1911 年第 5 期，1912 年第 6 期 |
| 2 | 绾春楼诗词话 | 杨全荫 | 《妇女时报》1912 年第 8 期 |
| 3 | 闺秀诗话 | 周庆云 | 《女子世界》1914—1915 年连载 |
| 4 | 闺秀诗话 | 晨风阁主 | 《女子世界》1914 年第 1 期 |
| 5 | 苍崖室诗话 | 许慕西 | 《家庭杂志(上海)》1915 年第 1 卷第 1 期 |
| 6 | 玉台诗话 | 朴　庵 | 《女子杂志》1915 年连载 |
| 7 | 鹤啸庐诗话 | 未署名 | 《眉语》1915 年第 1 卷第 2、5 期 |
| 8 | 今妇人集 | 庞树柏 著 程灵芬 注 | 《妇女杂志》(上海)1915 年第 1 卷第 1、2、3、12 期，1915 年第 5 卷第 4、5 期 |
| 9 | 红梅花馆诗话 | 雪平女士 | 《中华妇女界》1915 年连载 |
| 10 | 妇人诗话 | 苏慕亚 | 《中华妇女界》1915 年第 1 卷第 5 期，1916 年第 2 卷第 3 期 |
| 11 | 闺秀诗话 | 蕙云、晨风阁主、淑芳 | 《女子世界》1915 年第 5 期 |
| 12 | 闺秀诗话 | 嬾云香草 | 《女子世界》1915 年第 3 期 |
| 13 | 闺秀诗话 | 翠翠楼主等 | 《女子世界》1915 年第 5 期 |
| 14 | 闺秀诗话 | 梦罗浮馆等 | 《女子世界》1915 年第 6 期 |
| 15 | 镜台螺屑 | 程嘉秀 | 《妇女杂志》1916 年第 2 卷第 5 号，1918 年第 4 卷第 11、12 号 |

| 序号 | 作品名称 | 作　者 | 刊载出处 |
|---|---|---|---|
| 16 | 绿旆阁诗话 | 绁　叶 | 《妇女时报》1916 年第 18、19、20 期,1917 年第 21 期 |
| 17 | 闺秀诗话 | 亶　父 | 《妇女杂志(上海)》1916 年第 2 卷第 11、12 期,1917 年第 3 卷第 1、2、3、7、9、10、11 期,1918 年第 4 卷第 8、9 期。 |
| 18 | 闺秀诗话 | 仰　厂 | 《爻社丛刊》1917 年第 4 期 |
| 19 | 瓶笙花影录 | 易　瑜 | 《妇女杂志》1918 年第 4 卷第 7、10 号 |
| 20 | 近代闺秀诗话 | 丁雪庵 | 《妇女杂志》1918 年第 4 卷第 7 号 |
| 21 | 两株红梅室闺秀诗话 | 安徽冰如李玉成女士 | 《青年声》1918 年第 1、2、4 期 |
| 22 | 竹影轩诗话 | 郎　蟾 | 《文友社杂志》1918 年第 2 期 |
| 23 | 苎萝诗话 | 蒋瑞藻 | 《妇女杂志(上海)》1919 年第 5 卷第 9、10 期 |
| 24 | 名闺诗话 | 淮　鹿 | 《广益杂志》1920 年第 23 期 |
| 25 | 啸虹轩诗话 | 啸虹女士 著 淑芳女士 注 | 《妇女趣闻丛报》1921 年第 1 期 |
| 26 | 梦砚庐诗话 | 小犁眉公 | 《小说新报》1922 年第 8 期 |
| 27 | 名媛(闺)诗话 | 吕君豪 | 《春》1923 年第 7 期及增刊署"君豪",题《名媛诗话》;《妇女旬刊》1923 年第 128、129 期,《妇女旬刊汇编》1925 年第 1 期,1926 年第 2 期,《停云》1925 年第 4 期均署"吕君豪",题《名闺诗话》。 |

续表

| 序号 | 作品名称 | 作　者 | 刊载出处 |
|---|---|---|---|
| 28 | 闺秀诗话 | 作茧生 | 《最小》1924 年第 6 卷第 155、156 期 |
| 29 | 女友诗话 | 病愁生 | 《最小》1924 年第 6 卷第 163、164 期 |
| 30 | 妇女诗话 | 姚民哀 | 《妇女旬刊汇编》1925 年第 1 期,1926 年第 2 期 |
| 31 | 锦心绣口录 | 张啸尘 叶国英 | 《妇女旬刊汇编》1925 年第 1 期,1926 年 2 期。两期所载同者十九。 |
| 32 | 闺秀诗话 | 范海容 | 《妇女旬刊》1925 年第 184、186 期 |
| 33 | 绿蘋轩闺秀诗话 | 不　详 | 《明星月刊》1926 年第 1 期 |
| 34 | 闺秀诗话 | 凤兮女士 | 《妇女(天津)》1927 年第 1 卷第 1 期 |
| 35 | 香国诗话 | 惨绿愁红生 | 《妇女(天津)》1927 年第 1 卷第 4 期 |
| 36 | 瑶台玉韵 | 潭华仙子 | 《妇女杂志》1929 年第 15 卷第 8 号,1930 年第 16 卷 2、3 号 |
| 37 | 香闺诗话 | 啸　云 | 《青天汇刊》1930 年第 1 期 |
| 38 | 女子诗话 | 桂　英 | 《国货月报(上海)》1934 第 1 卷第 12 期 |
| 39 | 闺秀诗话 | 云　峰 | 《黄陂月刊》1934 年第 3 卷第 4 期、第 4 卷第 1 期 |

续表

| 序号 | 作品名称 | 作　者 | 刊载出处 |
|---|---|---|---|
| 40 | 妇女诗话 | 梁　彦 | 《实报》（半月刊）1936 年第10 期 |
| 41 | 漆室诗话 | 萧瑟庵主 | 《号角》1938 年第 11、12 期 |
| 42 | 闺秀诗话 | 娟秀楼主人 | 《南星月刊》1939 年第 3 期 |
| 43 | 清代闺秀诗话 | 俞陛云 | 载于《同声月刊》1941 年第 1 卷第 12 期，1942 年第 2 卷第 1、2、3 期。又载于《故都旬刊》1946 年第 1 卷第 3 期，与前所载不同。《同声月刊》四期均署"俞陛云"，期各一卷，凡四卷；《故都旬刊》署"阶青"，并系一人。 |

　　近代报刊中刊载诗话极多，"据不完全统计，1870—1919 年间，大约有 400 种诗话刊载出来"[1]；而民国诗话数量亦十分丰富，其总数在 2 000 种以上[2]。此表所列之外肯定还有遗漏，但已可见出报刊闺秀诗话之规模。目前，在近代报刊闺秀诗话的著录和研究中，还需作以下工作：1. 逐一排查近代以来的报刊，尽可能全面搜集、整理其中的闺秀诗话，为研究工作做充足的文献准备；2. 把握好"闺秀诗话"的概念，对其界限的设定不宜过宽，特别是综合性诗话、内容驳杂之笔记不应被视为闺秀诗话。

　　对闺秀诗话著作的钩稽考索，历时漫长。自二十世纪二十年代单士厘《清闺秀艺文略》开始，至五十年代胡文楷《历代妇女著作考》而初具梗概，再到七十年代台湾郑静若《清代诗话叙录》，九十年代蔡

---

① 李德强：《近代报刊诗话研究（1870—1919）》，第 2 页。
② 曹辛华：《论全民国诗话的编纂及其意义》，《社会科学战线》，2018 年第 3 期，第 166 页。

镇楚《清代诗话考略》,直至二十一世纪初吴宏一《清代诗话知见录》与《清代诗话考述》、张寅彭《新订清人诗学书目》、蒋寅《清诗话考》几部著作作大量补充,虽小有疏漏讹误,但对闺秀诗话专著的载录基本齐备。近十年来的研究成果也不容忽视,特别是对以往被忽略的报刊所载闺秀诗话的勾勒,使得近代这批女性文学研究的宝贵财富渐渐为学界所知。总体来讲,闺秀诗话的著录史就是一部闺秀诗话发现史、揭示史与认知史。

# 第四章 闺秀诗话的发展流变

　　闺秀诗话的创作,明代后期肇始,至清代乾隆年间作品渐多,此后百余年间都未曾中断,创作时间跨度较大。闺秀诗话主要以专著和报刊两种文献形态存在,作品总计在 70 种以上,其中专著 30 部左右,报刊闺秀诗话 40 种以上。晚明至清乾隆以前,仅有两部闺秀诗话见于记载,可视为闺秀诗话的初创期。自乾隆朝开始,闺秀诗话真正发展起来,至 1830 年代之前约有六七部作品,也就是说晚明至清代中期的 200 余年里共出现不到 10 部闺秀诗话,约占已知闺秀诗话专著总数的三分之一,但除早期体量较小的《闺秀诗评》与《妇人集》外,余者皆或散或佚,殊为可惜。1830 至 1930 年间产生的闺秀诗话作品最多,专著在 20 种以上,报刊诗话有 30 余种,且力作频出,精粹毕集,可视为闺秀诗话发展的黄金期。1930 年代以后,在传统文化渐趋式微的时代气候下,闺秀诗话的创作虽然在报刊上依然有一定热度,但已呈强弩之末势,是为闺秀诗话的结响期。理清闺秀诗话的发展脉络,在宏观把握闺秀诗话发展史的基础上,大体以诗话作品产生时间先后为序,对每一部闺秀诗话作微观细化的考察,展现其突出特点与独特价值,确定其在整个闺秀诗话发展链条中的地位,并对一些存有争议的问题略作考辨,对系统全面地把握闺秀诗话的发展状貌具有积极意义。

# 第一节　闺秀诗话的初创

闺秀诗话是明清女性文学繁荣与诗话创作兴盛的直接产物,它与女性文学总集一起成为女性文学批评的重要形式,而产生时间略滞后于女性诗文总集。胡文楷《历代妇女著作考》收明代诗文总集40余部,嘉靖三十三年(1554)魏留耘已刻张之象所编《彤管新编》八卷,田艺蘅的《诗女史》十四卷亦存有嘉靖三十六年刻本(收入《四库全书存目丛书》),而目前可见最早的闺秀诗话《闺秀诗评》的刻本则是万历后期才出现的。清代乾隆之前已出现刘云份的《唐宫闺诗》《翠楼集》、邹漪的《红蕉集》、季娴的《闺秀集》、王端淑的《名媛诗纬初编》、王士禄的《然脂集》等几部重要的女性诗歌总集,闺秀诗话则只有陈维崧所著的《妇人集》且规模很小。乾隆朝之前,可视为闺秀诗话的初创期。

## 一、闺秀诗话的开山之作:江盈科的《闺秀诗评》

《闺秀诗评》一卷,明江盈科著。江盈科(1553—1605),字进之,号渌萝山人,湖广桃源(今属湖南)人。万历二十年(1592)进士,授长洲令,历大理寺正、户部员外郎,官至四川提学副使,有政声。以文学名世,是公安派创始人与代表作家之一,主张写真性、真情、真我,其创作"诗多信心为之,或伤率意,至其佳处,清新绝伦,文尤圆妙"[1],被袁氏兄弟称为诗文"大家"。著有《雪涛阁集》《雪涛四小书》《皇明十六种小传》等。

目前,对江盈科《闺秀诗评》文献属性的认定存有争议,主流观点

---

[1]　袁中道:《江进之传》,江盈科纂,黄仁生辑校《江盈科集》(增订本),第898页。

是以之为诗话。蔡镇楚《诗话学》称:"明人江盈科撰作《闺秀诗评》一卷,专门评论古今闺阁之诗,开名媛闺秀诗话之先河。"①所编《中国诗话珍本丛刊》将《闺秀诗评》收录在内。王翼飞《清代女性文学批评研究》称:"江盈科的女性文学批评著作《闺秀诗评》评论了 28 位女诗人的 44 首作品,体例由诗人小传、作品、简评三个部分组成。此书规模虽然不大,却是明清两代女性诗话的开山之作。"②台湾连文萍认为:"《闺秀诗评》是诗话撰著中首次以女性诗作为全书评论的对象。"③有些学者认为它不是诗话,如蒋寅先生认为"闺秀诗话之有专书,则肇自有清一代"④。按,《闺秀诗评》以人立目,选入唐至明代近 30 位女性诗人 40 余首诗歌,人名之下先列小传或诗本事,次录诗,再评诗,其性质正如宋蔡正孙之《诗林广记》,"在总集诗话之间"⑤。观其集前小序称:"余生平喜读闺秀诗,然苦易忘。近摘取佳者数首,各为品题,以见女子自摅胸臆,尚能为不朽之论,况丈夫乎?"⑥结合作品"诗评"之题名,可知一方面作者是出于个人喜好选诗,另一方面更意在评诗以激励男子立言不朽,且其诗人小传中多涉诗之本事,如第一则"崔氏"条:

> 崔氏,校书卢象妻,有词翰。结缡之后,以校书年暮微嫌,卢请赋诗,立成一绝。
>
> 不怨卢郎年纪大,不怨卢郎官职卑。自怨妾身生较晚,不及

① 蔡镇楚:《诗话学》,第 85 页。
② 王翼飞:《清代女性文学批评研究》,第 4—5 页。
③ 连文萍:《诗史可有女性的位置?——以两部明代诗话为论述中心》,《汉学研究》第 17 卷第 1 期,1999 年 6 月,第 177 页。
④ 蒋寅:《闺秀诗话十二种叙录》,第 253 页。
⑤ 纪昀等:《四库全书总目》卷一九七,第 1790 页。
⑥ 载蔡镇楚主编:《中国诗话珍本丛书》第 12 册,第 787 页。

卢郎年少时。

> 评云：心中不乐事，徐以一语自解，其妙入神，归于无怨。①

诗歌创作本事的"话"的性质很明显。可见，《闺秀诗评》兼具诗话之论诗及事与论诗及辞的特点。另，全书刘采春、花蕊夫人、蒨桃、元氏、郑奎妻、陈氏六人而外余者皆录诗一首，也从侧面反映了作者意不在选诗的态度，宜将其归入诗话一类。

从选录对象看，《闺秀诗评》选入的作家既有鱼玄机、花蕊夫人、朱淑真、杨用修妻等知名女性，也有廉氏、薛氏、李氏、翁客妓、豫章妇等寂寂无闻者，各个阶层、各种身份的女性不作区分，可见作者平等之观念。从体例上看，廉氏、刘采春、余淑柔、朱淑真、贾蓬莱、薛氏、郑奎妻、杨用修妻、孟淑卿九位诗人名下无传，其余诗人小传亦多为简笔勾勒且重在记诗歌本事。所录诗词后皆有评语，多为三言两语的精简点评，或从文学批评角度论诗歌的情感特征（如崔氏诗之"无怨"、陈玉兰诗之"凄恻"）、表现手法（如毛龙友妻诗"用事切当"、翁客妓之"口头语组织成词"）、美学风格（如鱼玄机诗"苍老古拙"、刘采春诗"古色照人"、廉氏诗"质而不俚"）、成就地位（如论花蕊夫人《宫词》可"与王建齐名"）等，或从人物批评角度褒扬女性之道德与识见（如评虞氏诗"贞心劲节，溢于言表"；评元遗山之妹诗具"清贞之意"，为"识者之词，难为众人道也"）。《闺秀诗评》的写作模式，为后世闺秀诗话的写作奠定了基础；作者评诗选取的角度与体现出的强调女性道德品行的倾向，完全为后世闺秀诗话所承继。

《闺秀诗评》始录盛唐秘书郎卢象妻崔氏诗，而后大体依时代序次，偶见以前置后者，略失严密，而薛涛、李清照等一流作家竟不在选

---

① 载蔡镇楚主编：《中国诗话珍本丛书》第12册，第788页。

录之列,可见,无论是就创作目的而言,还是从选录对象与评论话语来看,江盈科选评女性诗歌都带有很大的随意性与偶然性。然其记事、录诗、评点之体例,已为后世闺秀诗话之基本范式。

## 二、以诗话记史:陈维崧的《妇人集》

《妇人集》一卷,署陈维崧撰,冒褒注,王士禄评,其中有 7 条实为王士禄撰注(详见长沙女子王素音条下说明);附《妇人集补》一卷,冒丹书补。陈维崧(1625—1682),字其年,号迦陵,宜兴(今属江苏)人,清初阳羡词派领袖。祖陈于廷、父陈贞慧为明末清流。陈维崧少逢国难,中年落拓,曾访冒襄并读书其家。康熙十八年(1679)举博学鸿词,授翰林院检讨。著有《湖海楼集》五十四卷等。冒褒(1644—1726),冒襄异母弟,字无誉,号铸错,江苏如皋人。诸生。有《铸错老人集》。王士禄(1625—1673),字子底,一字伯受,号西樵山人,山东新城(今桓台)人。顺治九年(1652)进士,授莱州府教授,迁国子监助教,擢吏部考功员外郎。与弟王士祜、王士禛均有诗名,号为"三王"。有《考功集》等。尝集古今闺秀之作二百三十卷为《然脂集》,惜未能完整流传。冒丹书(1639—1695),字青若。冒襄子,贡生,官同知。有《枕烟堂集》《西堂集》等。

《妇人集》计 80 余则,有近 60 则记载了女性文人的诗词作品,冒丹书所补 10 则中有 8 则涉及女性的文学创作,其余 20 余则或记与诗歌创作无关的女性逸闻轶事,或者录男性评价女性的诗篇,所以不称《妇人诗话》。可见,《妇人集》具有诗话性质却为体不纯,体现了闺秀诗话初创期的特点,对后世部分闺秀诗话体例不严也有直接影响。《妇人集》虽体兼说部,却是"至今所知清代最早记载清代闺秀诗词创作而具有诗话性质的著作","为清代的闺秀诗话确定了基本模式,即内容大体是女性诗词选兼诗人小传,间有简短评语,并采录部分与诗词无关的女性逸闻遗事",在清代闺秀诗话史上居于"开山地位"①。

与前代江盈科《闺秀诗评》比较,《妇人集》篇幅扩大一倍有余,且所收女性都生活于明末清初,与撰著者同时者多,基本可视为一部当代女性史料集。所录者不拘身份地位,既有前明宫廷之贵妃、公主与宫女,也有出身青楼之陈圆圆、柳如是、李香君、寇白门、董小宛,亦有闺阁女子徐灿、王端淑、顾若璞、叶绍袁三女、宗元鼎之母、王士禄夫人等,而以吴越才女为多。《妇人集》大体以明清易代之际有诗歌轶事流传的女性为收录对象,因而记载了诸多身经社会离乱的女性的坎坷遭际与内心痛楚,也隐约展现了作者的故国之思、兴亡之感。如记徐灿"才锋遒丽,生平著小词绝佳。盖南宋以来。闺房之秀,一人而已。其词娣视淑真,姒畜清照。至'道是愁心春带来,春又归何处',又'衰杨霜遍灞陵桥,何处是前朝'等语,缠绵辛苦,兼撮屯田、淮海诸胜,直可凭衿"②,既是对徐灿文学成就的评定,选录之作更寓有深沉的兴亡感慨。至于详述陈圆圆色艺俱佳而一生飘零、记离乱之际前朝宫女等人的多首题壁诗等,更足以传史。可以说,《妇人集》兼具史料价值与文学价值。此外,《妇人集》常常将具有相似点的人物连缀在一起,如开篇 4 则均记明末宫廷中人,继而将陈圆圆、临淮老伎、寇白门、柳如是等青楼女子连续排列,复将女子题壁诗相聚而编,等等。这种"以类相从"的编纂方法在后来的许多闺秀诗话中都有应用,又以沈善宝《名媛诗话》最为突出,沈善宝撰写诗话曾多次引用《妇人集》中的材料,《名媛诗话》等作"以类相从"的编排方法很可能是受《妇人集》的直接影响。

闺秀诗话初创期的两部作品规模都偏小,且或与总集相类,或体

---

① 王英志:《清代闺秀诗话丛刊·前言》,王英志主编《清代闺秀诗话丛刊》,第 4 页。
② 陈维崧:《妇人集》,王英志主编《清代闺秀诗话丛刊》,第 13 页。

近说部,均体现了闺秀诗话最初撰著者对于写作形式的探索尝试。从内容看,两作均由述作家小传与诗本事、录选诗歌、评价诗人或诗作三部分构成;从选录范围看,《闺秀诗评》为通代诗话,《妇人集》则专记某一历史时期;从体例来看,《闺秀诗评》以人立目,《妇人集》逐条分列:凡此,均成为后世闺秀诗话的基本范式,两部作品的开拓之功不言而喻。另,如前所述,江盈科作《闺秀诗评》体现出较大的随意性和偶然性;陈维崧《妇人集》虽无序跋等述及创作宗旨与背景,但从冒褒、王士禄、冒丹书等人或评注或续补的行为来看,显然清初文人已经表现出以诗话为载体传女性之作的极大热情,朱彝尊在《静志居诗话》卷二十三中立"闺门"类亦是一证,这种趋势为乾隆以后闺秀诗话的发展繁荣奠定了良好的基础。

## 第二节　闺秀诗话的繁荣(上)

雍正朝与乾隆朝,与女性文学总集编纂如火如荼的局面相比,闺秀诗话的创作较为冷清,或有零星几部作品,惜未能传世,故难以获知其面目。这一时期诗人论闺秀诗的话语在综合性诗话等作品中有所保留,如性灵派领袖袁枚在《随园诗话》等作中记载了大量的文学女性以及她们的生平轶事与诗歌创作,留下了数量可观、分布零散的闺秀诗话作品。19世纪之后,闺秀诗话专著的写作渐趋升温。王豫(1768—1826)妹王琼的《(爱兰)名媛诗话》成书于嘉庆九年(1804)之前,是目前已知确曾存世的较早的为体纯粹的闺秀诗话。至1830前后,闺秀诗话的写作出现一次小高峰,杨芳灿(1754—1816)女杨芸所著《金箱荟说》、王豫女王㛃德的《竹净轩诗话》与王㛃容的《浣桐阁诗话》、张倩的《名媛诗话》、王俪的《名媛韵事》、沈善宝的《名媛诗话》、梁章钜的《闽川闺秀诗话》等力作陆续问世，极大地推动了闺秀诗话的发展。自此直至 1930 年代以前，闺秀诗话的创作从未停止，虽然专著数量仅有 20 余部，但出现了一批极具特色又颇有成就的作品，且有数量可观的报刊闺秀诗话与之呼应，是为闺秀诗话创作的繁荣期。以下仅就所见，对闺秀诗话繁荣期出现的部分作品在闺秀诗话史上的地位及其突出特点作一分析。因这一时期涉及的重要作品较多，考虑闺秀诗话发展的规律与章节笔墨的均衡，兹以民国建立为界，分两节来阐述。

### 一、现存最早、为体纯粹的闺秀诗话：张倩的《名媛诗话》

《名媛诗话》一卷，张倩（？—1830）撰，署古朗陵丁作宾半窗、牧樵友山选定。倩字青人，号又亭，自号憨憨，京口人。家贫苦，与母相依。幼聪颖，七岁即解吟咏。家邻女塾，塾师焦杰收为徒。道光五年（1825），倩母病急，侨寓其家的士子丁鸿儒出金易参，母病得瘥。道光八年，倩归丁鸿儒为外室，半月后丁落第归家，倩不得随行，两年后因伤离别而呕血卒。倩有《絮影山房诗》《闺秀诗话》，亡后鸿儒收其遗稿，请人整理，取昔人"花落留香"意，合刊为《留香集》。

张倩的《名媛诗话》是笔者目前所见最早的保存完整、为体纯粹的闺秀诗话。前有自叙、选叙各一篇。张倩本留有闺秀诗话七十余条，选定者欲其"无背诗教"，故"为删繁釐正""今逸其十之四，仅存四十有七"[①]。诗话分则而立，一则或记一人，或连类而及多人，重在录诗评诗，间涉轶事，体例完备。从《名媛诗话》的记事与评论来看，张倩是一位个性独立、颇有思想、敢于突破常规且立志高远的新女性，

---

① 牧樵：《名媛诗话·选叙》，肖亚男主编《清代闺秀集丛刊续编》第 21 册《留香集》卷下，第 92 页。

整理者秉持"无背诗教"原则删掉的十分之四,很可能恰恰更具自由思想之光芒,殊可惜也。张倩的《名媛诗话》虽仅存四十余则,但很有价值。

其一,诗话留存了珍贵的女性文学史料,呈现了真实生动的女性文学生态。诗话在记载前代诗人如吴绡、王端淑、纪映淮、倪瑞璇等人外,更注重记录作者及身边诗人的文学活动场景。首先,作者现身说法,以个人经历再现了一个平民女子成长为诗人的不易:"家苦贫,藏书不多,囊空又难措办,常向文焦木家借钞。"①"倩母训严,谓女子不贵咏诗。倩请曰:'识字何为?'母曰:'识字,欲其识大义耳,岂为咏诗也哉?'由是凡所咏句,母不之知。尝有句云:笔墨偷将灯下写,吟诗只说是描花。"家中清贫,没有充足的书籍与财力支持,也不能得到亲人的理解,即便环境如此恶劣,也未能熄灭张倩对诗歌创作的热情。透过诗话的片言只语,聪慧狡黠、积极乐观、努力向上的女性诗人形象已跃然纸上。"倩性健忘,凡所吟句,随得随失。每刺绣时,笔砚并陈,偶有得句,即书以志之",则再现了一位痴爱写诗的女子创作时的生动画面。诗话还记载了张倩与老师讨论作诗技法问题的场景:"女师焦右文先生尝云:男子诗中用女儿字最雅,至女子诗用男儿字便不成话矣。倩请曰:夫子不闻花蕊夫人'十四万人齐卸甲,更无一个是男儿'乎?师喟然称许。"这些资料弥足珍贵。诗人牧蝶扉选诗时以张倩入选,倩以诗志谢,可见张倩与文坛之间的积极互动。从张倩身上,我们不难看出清代中叶女性文学创作向平民化阶层的迁移,这也是女性文学发展繁荣的表征之一。其次,诗话中还记录了张倩身边师友的创作情况。记其女师焦右文"不多作诗,倩志其二

---

① 张倩:《名媛诗话》,肖亚男主编《清代闺秀集丛刊续编》第 21 册《留香集》卷下,第 95—117 页,本节引文同出此书者不赘注。

句……师讳杰,初名莲心";记其同学"焦木名琴,倩同学友也。家有藏书,焦木好学不倦。《自吟》云:黄甲非吾事,青庚倏尔过。读书常恨少,种竹不嫌多。纨扇时抛蝶,鸟丝任画螺。男儿真个化,定许掇高科。"可见张倩身边女性良好的诗歌创作氛围。而负男儿志气的同学焦琴,正与张倩意气相投、志趣相洽,于诗话中所记"吴道娴每读书遇激烈事,辄掩卷出涕,云:'使我得为男儿,多情负气应更胜也。'倩聆其言,每以不得师事为恨"即可见一斑。诗话还讲述了诗友李白华(字兰陔,自号髻侬)因夫教而成长为女诗人的经历:"幼不知书,归蝶扉居士,闺房静好,教之识字,由是知吟,著有《思媚堂诗草》。"而"近闻李髻侬因姑病废吟,将旧稿尽付丙丁,倩寄书怪之",又可见张倩思想之开明通达。

其二,展现了张倩的女性文学批评观念。诗话除个别条目外,都有评论话语,显现出张倩对女性诗歌美学风格、情感特征、创作技法等诸多问题的认识。张倩对具有雄壮之美的女性诗歌尤为倾心,前所举与女师论诗及花蕊夫人一事已可为一证。再如,她称赞吴道娴《绿牡丹》诗具"豪情胜概",林文贞咏红拂图诗"风流放诞";认为"闺中咏月,新韵者多,浑雄者少",而席佩兰《十五月夜》句云"万古不磨惟此镜,百年几度是今宵""独何其浑雄乃尔!"但张倩并不一味推崇女性诗中的浑雄之美,诗话首则云:"闺秀之诗忌脂粉气,然一味沉雄,流入粗派,翻失女子面目。"因此,她赞赏沈清友《渔夫》诗"亦脂粉亦沉雄"的风格,同时,对不失女性婉约之美的诗风也予以肯定,如称孙云凤《媚香楼》七古"委婉有致",颜芳在《送春》诗"佳丽可人",张佛绣诗"幽冷可爱""亲切有味",沈蕙孙诗"幽逸",等等。张倩还对能展现女性卓荦不凡识见的诗极为称赏,如评沈蕙孙《读离骚》中"风诗固一变,声衰义弥正"句"卓有特识,可千古不灭",评江碧岑"文章身后事,门户戒无争"句为"名论卓然,岂复似闺阁中人语"。这些女性诗

人正同诗话作者张倩一样,有思想,有见地。从表现内容角度来看,
张倩特别强调诗写真情,注重诗歌以情动人的艺术效果,称"真情语
人人能道",倪瑞璇《忆母》诗"暗中时滴思亲泪,只恐思儿泪更多"一
句足以动人,"可谓善写泪矣";李鬐侬《忆母》诗"诗中并无泪字,读之
仍觉泪痕满纸";赞赏"情义并至"(商景兰《悼亡》)、"慈孝并至"(吴道
娴《喜妾举子》)的诗篇;诗话中还写自己读蔡文姬《悲愤诗》"为之废
书流涕",恰恰也是为作品中的真情所打动。张倩还肯定诗歌创作中
的创新精神,称赞金纤纤诗用字奇特新颖;沈佩之《绝句》立意不落俗
套,认为"诗贵翻案";吴绡《杨柳枝词》"反复道来,妙义环出"。诗话
中还有不少条目论及创作技法,如"诗贵不着纸,文家所谓'离'字诀
也",显然是对司空图"不着一字,尽得风流"与王渔洋神韵说的生发;
称倪瑞璇与戴月邨金陵怀古诗"一用实事,一着虚神,各极其妙",孙
云凤《巫陕道中》等诗"俱可作粉本,诗中有画",王端淑寄毛奇龄诗句
"王嫱未必无颜色,怎奈毛君下笔何""使事工巧"……透过这些零零
散散的论诗话语,不难见出张倩对女性诗歌创作较为全面而深入的
思考;而论诗兼取神韵与性灵,亦可见其博采众家、开放融通的态度。

## 二、寿人兼自寿的创作动机：王偁的《名媛韵事》

《名媛韵事》五卷,署瑶田女史校定,鹊华馆主人编辑。诗话编者
王偁(1786—?),字孟阳,号晓堂,直隶大名(今属河北)人。久寓历下
(今济南),曾于鹊华桥边授徒,馆曰"鹊华馆"[①],有《莲舫诗钞》《历下
偶谈》《瓣香杂记》等多部著作。瑶田女史为王偁继室杜玉贞号。正
文前有辛卯年《蠡庄题词》,壬辰闰月杜玉贞《瓶花阁序》。《题词》作

---

① 池秀云《历代名人室名别号辞典》(增订本)"鹊华馆"条:"王偁,鹊华馆为刻书室名,清
　　敦丘人。道光十一年刻《鹊华馆三种》。"(第 1001 页)

者袁洁,号玉堂,江苏桃源(今泗阳)人。嘉庆辛酉拔贡,出宰山左,有政声。道光二年(1822)以事遣戍乌鲁木齐。曾寓居济南,名其居处为"蠡庄",自号"蠡庄居士"。诗话依类分卷,以人立目,卷一、卷二分别为闺秀上、闺秀下,收李清照等40余位历代闺秀诗人,而以清代为主;卷三为侍姬,收朝云、苏小小、寇白门、柳如是等17人;卷四录名妓,收薛涛、马守真等8人;卷五附录题壁、降乩诗事,计6则。

王偁妻杜玉贞在序文中介绍了诗话写作的背景:"壬辰秋暮,一家儿女病卧牛衣,与夫子相持以勤,继劝以勉。夫子偶选名媛旧句,杂缀以事,长夜残灯,半予校录。凡诗之见于他集者不俱载,得七十七人,分为五卷。"①可知王偁选诗始于道光十二年(1832)秋,其时王偁正设帐济东道宪署中,生活困顿,"累于刻书,又家宴"②,但夫妻二人以坚忍之性、高远之志消解平凡人生中的苦难,"聊编其诗以消穷居之岁,俾世之阅是集而有以知寿人之难,而自寿者为尤难",编书"立言"以"寿人"且"自寿",以期编者与被编者皆不朽。

《名媛韵事》价值之一在于,保留了部分不常见的女性文学史料。《序》称"凡诗之见于他集者不俱载",如"李易安"条下不记其最负盛名的《夏日绝句》,而是引《苕溪渔隐丛话》所载残句"南来尚怯吴江冷,北狩应悲易水寒""南渡衣冠少王导,北来消息欠刘琨",记名家而不用常见材料,内容更为新颖;诗话所记虽仍以江浙地区诗人为主,但特别注意收录直隶、河南、福建、兰州、湖北等地的女性文人。更可贵的是,书中记载了不少作者耳闻目见的文学女性,如直隶女诗人白

---

① 蒋寅主编:《清代诗话珍本丛刊》第1辑第43册,国家图书馆出版社,2019年,第9页。又,王偁《瓣香杂记》有那彦成序,称王偁"又复备搜宋明以来闺阁佳什及当代才伎,定《韵事》六卷为两册"。"六卷"显误。

② 袁洁:《名媛韵事·蠡庄题词》,蒋寅主编《清代诗话珍本丛刊》第1辑43册,第5页。

润亡故后,夫王广文梓其《绿窗小草》一册,"曾以示予"[1];"善华夫人,如皋姜氏女,友人孙艺圃淑配……向交艺圃,恒出其所作"[2];作者从友人范方湖那里听闻常熟陶沁雪工诗善书画,夫亡坚贞自守[3];王俪继室杜玉贞从夫学诗的经历以及其诗才为夫所重、范方湖孝廉曾予点评等事也详细载入诗话[4]。从这些真实可贵的第一手材料可以看出,王俪与孙艺圃、王广文、范方湖等一批留意、珍视女性文学价值的同道中人时相往还,共同探讨女性创作,并为保留闺秀之作各尽己力,一定程度上反映出清代中叶男性文人对闺秀创作的推扬。此外,与后世大部头诗话相比,《名媛韵事》条目并不算多,但记载了诸多女性别集的名称,具有订补目录著作的价值;诗话所记内容丰富,举凡女性的文学教育、家庭文化氛围、交友结社唱和、文集刊刻与女性文人的命运等均有涉及,可为文学女性的社会文化研究提供不少资料。

王俪的《名媛韵事》与张倩的《名媛诗话》相继而生,一部以人立目,一部分条列目,相较而言,《名媛韵事》所论诗人时间与地域跨度较大,呈散点分布状,但总的来看,《名媛韵事》的特色不够鲜明。且自卷二开始,诗话所录诗歌,有不少为托鬼神或梦境而得者。如卷二第一则"王秋英"条,记鬼女王秋英因感念明代汾阳韩梦云收其遗骸而荐枕席,别后寄诗与韩,并诞下鬼子事;"田娟娟"条记成化年间木元经登秦观峰梦老妪携女赠题诗扇,"后就婚田家女,见扇认其手迹,彼此感叹";"吴盈盈"条记诗人王山与盈盈唱和并订有婚约,盈盈未嫁而卒,后王游泰山梦中见日观峰石上所题诗绝似盈盈笔迹。卷三、卷四所记朝云、苏小小、薛涛等人,也附着神异色彩:洪武年间孙仲

---

① 王俪:《名媛韵事》卷二,蒋寅主编《清代诗话珍本丛刊》第1辑43册,第39页。
② 王俪:《名媛韵事》卷二,蒋寅主编《清代诗话珍本丛刊》第1辑43册,第40页。
③ 王俪:《名媛韵事》卷二,蒋寅主编《清代诗话珍本丛刊》第1辑43册,第41页。
④ 王俪:《名媛韵事》卷二,蒋寅主编《清代诗话珍本丛刊》第1辑43册,第42页。

衍月夜于栖禅寺（朝云墓侧）见朝云行迹及长廊新留诗，洪武十七年田孟沂于成都郊游偶遇薛涛相与赋诗，弘治初于景瞻扶乩请仙苏小小为诗，等等。这些带有小说色彩的内容，几与野史无异，与大多闺秀诗话并不相类，一定程度上削弱了诗话的价值。

### 三、闺秀诗话专题化的力作：梁章钜的《闽川闺秀诗话》

《闽川闺秀诗话》四卷，梁章钜编撰。梁章钜（1775—1849），字闳中，一字茝林，晚号退庵，福建长乐（今属福州）人。嘉庆十年（1805）进士，官至江苏巡抚兼署两江总督。清代学者，文学家。幼颖而力学，博览群书，学识淹博，勤于著述，一生有作品 70 余种刊行于世，较知名的有《文选旁证》《楹联丛话》《称谓录》《归田琐记》《退庵随笔》等，另有诗集《藤花吟馆诗钞》等。

《闽川闺秀诗话》是梁章钜专门记载、评价明末到清代道光年间闽地女性诗人事迹及诗歌的作品。这部诗话的创作，带有为女性文学、地域文学与家族文学张目的明显意图，是地域性闺秀诗话的首创之作，也是集中记载家族女性诗事活动较详细的诗话。

#### （一）专题性闺秀诗话的开创之作

梁章钜"著作等身，尤留意梓邦故实"，"尝辑唐以来《闽川诗钞》数十卷，并仿秀水朱氏《明诗综》之例，间缀诗话，而于国朝诸诗事尤详，已有十二卷成书，意欲先为脱稿单行"[①]。现所见梁著诗话作品有《长乐诗话》《东南峤外诗话》《南浦诗话》《三管诗话》《闽川诗话》（残本）《雁荡诗话》《南浦诗话》等，而《闽川闺秀诗话》的创作表现出地域诗话进一步细化、专题化的倾向。

《闽川闺秀诗话》的编撰态度极为审慎认真，其材料的采辑力求

---

① 梁韵书：《闽川闺秀诗话·序》，王英志主编《清代闺秀诗话丛刊》，第189页。

准确全面。梁章钜一方面取材于各类可靠的典籍,主要有《莆风清籁集》《闺秀正始集》《国朝诗别裁集》等总集与《福建通志》《漳州通志》《长乐县志》《古田县志》等方志,同时参考人物传记与墓志铭等,确保材料的翔实、准确;另一方面,又请妹梁韵书以女性身份之便"就同时亲串诸家耳目较近者详加采访"①,获取同时代的女性诗歌以及由各个家族保留下来的部分前人创作之诗歌材料与诗事;而他本人更是着意搜罗,广泛求索,全力获取撰写诗话的翔实资料。另外,梁章钜还注意与他人著作相参照,收录他作未取或遗漏者(如卷二"黄淑畹"条录《榕城诗话》未收者),订正他集有误之处(如卷二"郑镜蓉"条订《闺秀正始集》之误)等,因此,这部诗话的资料是较为全面而准确的,史料价值较高。《闽川闺秀诗话》是最早出现的专题性闺秀诗话,为后来《青楼诗话》等专题性闺秀诗话导夫先路;它也是闽地女性诗话的开山之作,直接启发丁芸辑《闽川闺秀诗话续编》与《历代闽川闺秀诗话》,由此形成了闽地闺秀诗话的系列作品,进而完整地展现了中国古代闽地女性的诗歌活动。这部作品对于闺秀诗话的专题化发展与福建地域文学的建构均具有积极意义。

**(二)女性家族文学活动的集中、系统记载**

《闽川闺秀诗话诗话》共四卷,以人立目,计收女诗人 103 位,其中对于闽地黄任(字莘田)、郑方坤(字荔乡)与梁章钜本家三个家族女性的文学活动记载尤详。郑氏一门三代约 10 位女性的文学活动载于卷二之中,郑方坤女"郑镜蓉"条下称:"荔乡先生一门群从风雅蝉联,膝前九女,皆工吟咏。荔乡先生守兖州时,退食余暇,日有诗课,拈毫分韵,花萼唱酬,有《垂露斋联吟集》。自古至今,一家闺门中

———————————

① 梁章钜:《闽川闺秀诗话》,王英志主编《清代闺秀诗话丛刊》,第 189 页。

诗事之盛,无有及此者。"①展现了郑氏一门诗歌创作的盛况,也从侧面反映出家族男性长辈对女性诗人成长的重要作用。卷三更以整卷记梁氏一门四代 14 位女性的文学创作,地方文化家族之间的交互影响、文化家族女性成长的环境、文化家族多样化的文学活动等均见诸诗话,为研究家族性女性文学提供了极好的范本。

就内容而言,这部诗话还有以下几个突出特点:第一,极力表彰具有孝慈贞义等品性的女性。集中着意载录大量的慈母、孝妇、贞女、节妇、烈妇,对"能持大节"(许琛,卷一)者之事迹记载尤详,肯定女子祈天代姑病、刲股肉以疗疾等孝行与"以节终""以烈终"的贞烈气节,将"足以觇德性"(卷二"姜氏"条)、显"慈训"(卷二"黄淑庭"条)、露"孝思"(卷三"先叔母许太淑人"条)的诗歌作品选入以寓教化。可见,既显女性之才华,复赞女性之美德,是作者选辑诗歌的重要标准。以故,此作中青楼、缁尘、方外之女性无一录入。第二,注意兼取多种艺术风格的诗作,这一点明显体现在梁章钜的品评话语中:所收诗歌既有"朴实言情""直抒胸臆"者,也有"诗意婉约""含毫邈然"者;既有"藻丽气清、不愧家学"者,也有"倜傥不凡、别出手眼"者;"情景兼到"与"意在言外"并举,"慷慨激昂"与"音节谐婉"兼容,一定程度上体现了梁章钜兼收并取的诗学观念。同时,作者特别称赏能突破闺阁诗常见模式之"别调",如称苏世璋"闺阁中独能学选体"(卷一)、魏凤珍的怀古之作《咏韩侯钓台》"慷慨激昂,在香奁中颇不易得"(卷一)、林淑卿"拟古便能近古,非描脂画粉者所能猝办"(卷二)等。第三,诗话选录的诗歌作品全方位展现了女性的生活内容,吟风弄月、诗酒酬唱、念远思乡、儿女情长等均述诸诗章,特别是有 30 余位或芳华早陨、或所嫁非偶、或夫亡而寡守节以终、或夫死身殉的

---

① 梁章钜:《闽川闺秀诗话》,王英志主编《清代闺秀诗话丛刊》,第 213 页。

不幸女性,她们在诗歌中抒写坎坷多难的人生与独特深沉的情感体验,情真意切,语语沉挚,其诗其事,皆足感人。《闽川闺秀诗话》比较全面地展现了明清时代闽地文化女性的生存状况,堪为闽地女诗人生活资料的汇编,具有重要的史料价值。

《闽川闺秀诗话》是现存较早、较成熟的闺秀诗话,也是水平较高且最具代表性的地方性闺秀诗话。

### 四、闺秀诗话的扛鼎之作:沈善宝的《名媛诗话》

沈善宝(1808—1862),字湘佩,晚号西湖散人,钱塘(今浙江杭州)人。为武凌云继室。沈善宝出身于官宦之家,曾随母吴世仁浣素、姨母吴世佑及义母史太夫人等学诗,并师事陈权等人。她自幼聪慧,多才多艺,"博通书史,旁及岐黄,丹青、星卜之学,无所不精"[①],尤深于诗,是道咸年间女性吟坛的宗主。著有《鸿雪楼诗集》十五卷,《鸿雪楼词集》一卷,《名媛诗话》十二卷续集三卷。

《名媛诗话》主要记录了明清以来女性文人及其文学创作活动。诗话的创作始于道光二十二年(1842),至道光二十六年完成十一卷,又辑题壁、方外、扶乩、朝鲜等为末卷,成正编十二卷;后又编《续集》上、中、下三卷,计十五卷。续集后有光绪五年(1879)武凌云子武友怡题识。诗话所收基本为明代至清道咸年间的女性文人,对与著者同时代的各地女性之文学活动与成绩记载尤详。沈善宝以"红闺诗领袖"的身份主动自觉地撰写闺秀诗话以为闺秀传名,自然不同凡响;而沈善宝个人较高的文学造诣、广泛的交游、宏通的视野,又使得《名媛诗话》成为闺秀诗话中一部极具典范意义的作品,也是闺秀诗话中最优秀的作品。

---

① 武友怡:《名媛诗话》续集下后《题识》,王英志主编《清代闺秀诗话丛刊》,第613页。

### （一）女性著者的身份意义

沈善宝之前，已有女性文人如王琼、王祐德、王祐容、杨芸、张倩等撰著闺秀诗话的先例，但除张倩《名媛诗话》外，其他作品均已散佚；就创作规模来看，仅杨芸所著《金箱荟说》八卷规模较大，另几部都篇幅较短。沈善宝是否见过上述作品，我们不得而知。但是，这样一些作品在历史上出现已昭示出闺秀诗话的创作乃是文学发展的自身要求，以故 1840 年代以来，《名媛诗话》《闽川闺秀诗话》与棣华园主人《闺秀诗评》等几部较优秀的诗话相继问世。沈善宝的《名媛诗话》是女性独立撰写的规模最大的闺秀诗话，撰著者的女性视角，使得作品本身显现出一些特殊的意义。

沈善宝十二岁时，家庭遭遇变故，其父沈学琳在江西义宁州通判任上被诬，自裁而亡，家道因此中落。沈善宝不得不走出闺阁，"日勤翰墨，不数年，求诗画者踵至。因以润笔所入奉母课弟，远近皆称其贤孝"①。道光十二年（1832），沈母离世，湘佩诗画自给，两年后更积资将先世八棺葬于祖茔。道光十七年，30 岁的沈善宝被义母史太夫人召至京寓相依，并嫁来安武凌云为继室。沈善宝在浙地时已有诗名，与杭州闺秀梁德绳、许云林、丁步珊、吴藻等名媛多有酬唱。道光十六年即入京前一年，其《鸿雪楼诗初集》四卷付梓。至京城后，沈善宝开始与顾太清、项屏山、余季瑛、富察蕊仙、陈慕青、余淑苹等京城名媛及随宦入京的闺秀诗人广泛交游，结秋红吟社。此后，她与京城、杭州两地文人频繁互动，逐渐成为道咸年间女性文坛的领袖。沈善宝个性豪爽，从早年润笔养家、营葬先人以及积极进入文坛等人生经历不难看出，她是一位独立、有主见、主体意识较强的女性，因此，《名媛诗话》的创作一直贯穿着写作者强烈的女性意识也就在情理之

---

① 梁乙真：《清代妇女文学史》，中华书局，1932 年，第 211 页。

中了。诗话开篇的引语称：

> 自南宋以来，各家诗话中多载闺秀诗，然搜采简略，备体而已。昔见如皋熊澹仙女史所著《澹仙诗话》，内载闺秀诗亦少。

沈善宝对南宋以来各家诗话对女性文学的记载状况表达了不满。从南宋谈起，其实隐含了沈善宝对前代诗话建构女性文学史的期盼，但因各家"搜采简略，备体而已"，这一希望显然落空。特别是早于她半个世纪左右的女诗人熊琏所著的《澹仙诗话》，以女性著者身份而录闺秀诗少①，更让她感到不满甚或失望。这些话语，既隐含了沈善宝建构女性文学史的强烈愿望，同时又折射出其鲜明的性别意识与自觉书写女性文学史的责任感。而这种源自女性生命个体的强烈意愿，是一般男性难以体会也不具备的。紧接着，沈善宝明确阐述了她作诗话的心理动因与目的：

> 窃思闺秀之学与文士不同，而闺秀之传又较文士不易。盖文士自幼即肄习经史，旁及诗赋，有父兄教诲，师友讨论。闺秀则既无文士之师承，又不能专习诗文，故非聪慧绝伦者，万不能诗。生于名门巨族，遇父兄师友知诗者，传扬尚易；倘生于蓬荜，嫁于村俗，则淹没无闻者不知凡几。余有深感焉。故不辞掇拾搜辑而为是编。惟余拙于语言，见闻未广，意在存其断句零章，话之工拙不复计也。②

---

① 《澹仙诗话》采录有诗作的闺秀48人，另有部分提到姓名而未采录作品的，女性诗人占全书所录总人数的十分之一以上。详见蒋寅《性灵诗观在女性诗学中的回响——熊琏《澹仙诗话》的批评史意义》，《学术研究》，2020年第3期，第161页。

② 沈善宝：《名媛诗话·序》，王英志主编《清代闺秀诗话丛刊》，第349页。

"中国旧俗,妇女皆禁为学。一则贱女之风,以女子仅为一家之私人,故以无才为德;一则男女既别,不能出于学校以求师。相习成风,故举国女子殆皆不学。"①此言固有失绝对,但封建时代因为女性社会地位低下,能接受文化教育的女子数量极为有限,可系统学习女德而外的诗文创作者更是凤毛麟角,女子能学难,学诗更难。另一部《名媛诗话》的作者张㛃,母亲赞同其识字而强烈反对写诗即为一证。而若要以诗名流传后世,更需良好的教育、聪颖之天分、认同女性为诗价值的父兄师友等男性之揄扬赞誉诸因素兼备,这简直是可遇而不可求了。沈善宝从女性真实的生命感受出发所体察的女性为文之"三难",道尽封建时代诸多文化女性之痛,而一句"深有感焉"中,又含有她对才女湮灭不彰之遭际的无限同情以及无奈叹息!作为一位有思想又有行动力与能力的女性诗人,沈善宝对女性在文学史上遭遇的冷落是极不甘心的,故"不辞摭拾搜辑",广为采择且不计话之工拙,作闺秀之专题诗话,意在存断句零章,为女性文人留名于世。

源于强烈的女性意识②,沈善宝以撰著闺秀诗话承担起建构女性文学史的任务,存文学女性之诗与人,是她最主要的目的。搜集、记录、颂扬,是《名媛诗话》写作的"三步曲"。我们在作品中几乎看不到沈善宝对女性创作否定性的评价,若就严格的女性文学史书写与女性文学批评而言,这显然是有缺失的;然而,沈善宝从女性视角出发创作的《名媛诗话》,在留存女性诗史资料、传扬自我与其他女性声

① 康有为:《大同书》戊部《去形界保独立·妇女之苦总论》,辽宁人民出版社,1994年,第156页。
② 张宏生之《才名焦虑与性别意识——从沈善宝看明清女诗人的文学活动》(《阜阳师范学院学报》,2001年第6期)、段继红《清代女诗人研究》(苏州大学博士论文,2005年)等作均论及沈善宝的女性意识,可参看。

名、肯定女性个体生命价值、倡导女性文学发展等方面显然取得了极大的成功。

另外,沈善宝在《闺秀诗话》中记录了大量个人亲身参与的文学活动,她以亲历者的身份几乎详细地呈现了道咸年间女性的诗歌活动场景,以此完成了构建女性文学史中重要的一环:不只是孤立的作家与作品的零散记录,还包括女性文学生产展开方式的记载,如女性诗人的个体成长与群体活动,女性诗人之间的诗艺切磋与诗友情谊,特别是大量的文学活动场景,这些资料弥足珍贵。

**(二)《名媛诗话》的典范意义**

就作品创作而言,《名媛诗话》在很多方面体现出了典范意义。

首先,《名媛诗话》具有突出的原创性。作品的内容主要由两大部分组成。其一是记录沈善宝围绕江南与京师两个中心同时又辐射到其他区域的交游圈的文学创作与文学活动。因为足迹遍及南北且在文坛颇具影响,沈善宝一生交游甚广,与之唱和之诗友遍及各地,有些甚至只是"神交"并未谋面。沈善宝将自己与几十位闺友直接或间接的文学交往都记载在了诗话之中,言人之所不知与未言。其二,沈善宝欲创作一部力图呈现明清女性文人与文学作品的诗话,在写作中是不可能不参阅他人之前的相关记载的,如卷一"顾若璞"条称顾"节行文章为吾乡闺秀之冠,惜文集早经散佚,《撷芳集》言之甚详,《池北偶谈》《正始集》俱载之"[①]。可见,沈善宝在撰写闺秀诗话时,对相关论著是作了较充分的了解的,也自然会用到其中的材料。不过,在材料使用的方式上,沈善宝既没有用辑录体直接引据,更没有像后世很多诗话一样直接照抄而不做任何说明。如,卷二"徐灿"条的写作如下:

---

① 沈善宝:《名媛诗话》卷一,王英志主编《清代闺秀诗话丛刊》,第350页。

　　《妇人集》载：徐湘苹灿，大学士陈之遴室。才锋遒丽，小词绝佳，南宋以后闺房之秀，一人而已。如"道是愁心春带来，春又归何处"及"衰杨霜遍灞陵桥，何处是前朝"。又有《感旧·西江月》云："剪烛闲思往事，看花尚记春游。侯门东去小红楼。曾共翠娥杯酒。　　闻说倾城尚在，可如旧日风流。匆匆弹指十三秋，怎不教人白首。"金沙王朗亦工小令，《浪淘沙·闺情》云："几日病淹煎。昨夜迟眠，强移心绪镜子台前。双鬓淡烟低髻滑，也自生怜。　　不贴翠花钿，懒易鲜衣，碧袖衫子褪红边。为怯游人如蚁拥，故拣阴天。""疏雨滴清簌，花压重檐。绣帏人倦思恹恹。昨夜春寒眠不足，莫卷湘帘。　　罗袖护纤纤，怕拂妆奁。兽炉香倩侍儿添。为甚双蛾长锁翠，也自憎嫌。"又有"学绣青衣闲刺凤，自把金针，代补翎毛空"之句，缠绵妍丽，可销读者之魂。[1]

## 此条所论之徐灿与王朗均见于陈维崧之《妇人集》，但并不相连：

　　徐湘苹（名灿），才锋遒丽，生平著小词绝佳。盖南宋以来，闺房之秀，一人而已。其词娣视淑真，姒畜清照。至"道是愁心春带来，春又归何处"，又"衰杨霜遍灞陵桥，何处是前朝"等语，缠绵辛苦，兼撮屯田、淮海诸胜，直可凭衿。[2]

　　金沙王朗，学博次回（名彦泓）女也。学博以香奁艳体盛传吴下，朗亦生而凤悟，诗歌书画，靡不精工，尤长小词，为古今绝调。生平著撰甚多，兵火以来，便成遗失。尝于扇头见其《浪淘

---

① 沈善宝：《名媛诗话》卷二，王英志主编《清代闺秀诗话丛刊》，第370页。
② 陈维崧：《妇人集》，王英志主编《清代闺秀诗话丛刊》，第13页。

沙·闺情》三首云："几日病淹煎。昨夜迟眠,强移心绪镜子台前。双鬓淡烟低髻滑,也自生怜。　　不贴翠花钿,懒易鲜衣,碧袖衫子褪红边。为怯游人如蚁拥,故拣阴天。""疏雨滴清籁,花压重檐。绣帏人倦思恹恹。昨夜春寒眠不足,莫卷湘帘。

罗袖护纤纤,怕拂妆奁。兽炉香倩侍儿添。为甚双蛾长锁翠,也自憎嫌。""斜倚镜台前,长叹无言。菱花蚀彩个人蔫。吩咐侍儿收拾去,莫拭红绵。　　满砌小榆钱,难买春还。若为留住艳阳天。人去更兼春去也,烦恼无边。"才致如许,真所谓"却扇以顾,倾城无色矣"。[1]

　　沈善宝按以类相从的编选原则,将出现在《妇人集》中的不同条目组合在一起,并视所需对材料进行了择取,而后灵活化入自己的写作体系之中,显然也是一种创造性行为。后世不少闺秀诗话的一大弊病就是杂抄诸书而无任何改造且不出注释,与其相比,沈善宝《名媛诗话》的原创色彩是极为突出的。

　　其次,以类相从的编选方法堪为典范。沈善宝的《名媛诗话》并不是最早采用"以类相从"方法进行内容编排的闺秀诗话,之前陈维崧的《妇人集》已有一些尝试,但《名媛诗话》却是运用"以类相从"之法最典型的作品。诗话中同类相连的情况极多,或因同里而相从、或因同处边地相从,或因同具有节义品性而相从,或因尽孝不字而相从,或因具有共同的风格特点而相从,或因所作皆为咏史诗而相从,诗话中各种形式的"类从"编排可谓俯拾皆是。这一编撰方法,使得处于分散状态的诗人与作品适度地集中聚合,形成散中有聚的特点,对于类型化研究以及其他诗话的编撰也有积极意义。

---

[1]　陈维崧:《妇人集》,王英志主编《清代闺秀诗话丛刊》,第17页。

再次，以当代文人为主而兼取前代的选录原则，也具典范意义。与很多诗歌总集编纂时往往不录当代或尚在人世者正相反，《名媛诗话》特重对同时代女性诗歌的选录与诗歌活动的记载，体现了突出的当代性，在及时保留更生动、真实的闺秀诗歌创作情况方面，具有重要意义。此后棣华园主人的《闺秀诗评》、孙兆湉的《闺秀录》、苕溪生的《闺秀诗话》、雷氏兄弟的《闺秀诗话》、金燕的《香奁诗话》等都表现出对同时代女性文人及其作品的关注。当然，就《名媛诗话》的写作来说，沈善宝后来因人情之请，将一些不怎么有价值的作品也收到了诗话之中，必然一定程度地削损整部诗话的艺术水平，这是应予注意的。

## 五、独特的批评标准的确立：棣华园主人的《闺秀诗评》

署名棣华园主人的《闺秀诗评》，是与《闽川闺秀诗话》及沈善宝《名媛诗话》几乎同时产生的一部作品。宋清秀曾对作者棣华园主人作了较充分的考证，得出棣华园主人应是道咸年间戏曲家黄钧宰的结论①，与蒋寅先生称作者为道咸间黄姓人的推断相吻合②。《闺秀诗评》有一卷本和初编四卷本（详见第三章）。四卷本未能获睹全豹，以下仅就《清代闺秀诗话丛刊》所据光绪间《申报馆丛书》一卷本予以简述。

《闺秀诗评》一卷本虽然无作者序跋，但作者的个人行迹、大体创作时间与文学观念在诗话之中都有记载。首先，作品的创作时间大体可以推知。诗话中记载："予年二十以前好作词曲，有传奇数种。"③

---

① 宋清秀：《〈闺秀诗话〉与〈闺秀诗评〉关系及作者考述》，第 144 页。
② 蒋寅：《清诗话考》，第 554 页。
③ 本部分未标注引文均见棣华园主人《闺秀诗评》，王英志主编《清代闺秀诗话丛刊》，第 2277—2315 页，以下不赘注。

"(石生)丁未(1847)来江南,闻予选《闺秀诗录》,故作数首见访。""辛亥(1851),晤黄浦姜月台。"则可知作品的创作至迟在丁未年即道光二十七年(1847)已经开始,而且一直持续到咸丰元年(1851)刊刻棣华园圈点本。其次,诗话中多次提及作者甲辰年至辛丑年间的行迹,如"辛丑、壬寅间(注:指道光辛丑、壬寅年即 1842、1843 年),(周凤韶)从父侨居江南。与予朝夕见,相得甚欢。今不通音问近十年矣""予甲辰应试金陵""甲辰至金陵城北诸寺,见题壁二十字""甲辰予客扬州时,石生邀余过晓山""丙午、丁未间,余家居读书,杜门不出""二诗皆庚戌入都见之""予庚戌过德州时"等等,这些条目清晰地显示,作者辛丑(1842)、壬寅(1843)间居于江南,甲辰年(1844)曾至金陵、客扬州,丙午(1846)、丁未(1847)年间家居读书,庚戌年(1850)曾过德州、入京城。可见作者曾四处漂泊,主要活动于江南地区,亦曾北上。《闺秀诗评》所记,基本是棣华园主人个人的见闻以及友人石生因其请为他搜集来的资料,涉及包括广州、成都、西安、太原等各地的女性诗人而以江南地区为主。若细作对比,我们就会发现,虽然《闺秀诗评》与沈善宝《名媛诗话》均产生于道光后期的江南地区,二部诗话所录女性诗人却几乎不重合,其原因在于沈作主要录名门大族、官宦之家与社会上较为知名的才媛之诗,而《闺秀诗评》则表现出对同时代中下层女性的热切关注。如余姚高芷香夫王鼎叔"客江宁,高从之";"剑州沈秋眉,嫁徐柳村秀才,未及半载,而徐赴浙省为某太守记室,每数年甫能一归";"扶风汪晓山,豪旷士也,弃诸生,携妇来游江浙间,居无定所,以卖画所得为旅资"。因此,《闺秀诗评》是一部典型的当代诗话,并可与《名媛诗话》互为补益,此为其价值之一。

《闺秀诗评》的另一个重要价值在于,与大部分闺秀诗话中道德批评凌驾于美学批评之上的观念不同,作品表现出美学批评对道德批评的超越。前于与后于它产生的很多诗话,如沈善宝的《名媛诗话》、梁章钜的《闽川闺秀诗话》、丁芸的《闽川闺秀诗话续编》、雷氏弟兄的《闺秀诗话》等中都有非常突出的对女性慈、孝、贞、烈等道德行为的记载与揄扬，体现出既重女性才情、更重女性德行的评价标准。这部诗话中虽然对恪守传统道德的女性事迹也偶有记载，但笔墨明显少了很多，甚至有些条目还对迂腐的旧理学予以嘲讽（如驳理学者言"夫妇必相敬如宾"条等）。通观全作，诗话的写作重点明显放在诗歌文本的精择细选与对女性文人作品的美学评价上，作者主要从诗美层面出发，择选艺术水平与成就较高的作品入诗话，以故所收几乎尽为佳作且诗评话语较多。这样的特点，使得《闺秀诗评》虽篇幅不大，但却足以超越大部分同类作品。

　　《闺秀诗评》的第三个价值体现在不同于时的女性诗美评价标准。闺秀诗话中传达出的主流的女性诗美评价倾向是，一方面肯定闺秀诗之清音，另一方面表现出对有雄健、豪迈、苍老之格的闺中"别调"的推崇与欣赏，强调女性文学中与男性文学"同质"的因素，张倩、梁章钜、沈善宝甚至民国以后的金燕、雷瑨等莫不如此。在这种大趋势之下，棣华园主人无疑是个特例。他特别肯定了女性文学异于男性文学的特点，强调女性文学独特的艺术魅力。首先，他认为评女性诗当重性灵而略风格："近人言诗，往往尚风格而不取性灵，甚至阅女子诗亦持此论，尤为迂阔。深闺弱质，大率性灵多，学力少，焉得以'风格'律之？故予所录诸作，取其温柔袅娜，不失女子之态者居多。"明确将女性诗特有的"温柔袅娜"之美，作为选诗的标准，同时借友人石生之口道出："夫选闺秀诗，必确是闺秀口吻方妙。"作者称自己素性最喜诗词，闺秀诗尤爱之若拱璧，其原因是"女子自言其性情，大都丰韵天然，自在流出，天地间亦少此种笔墨不得"，肯定女性诗歌性情之真、性灵之趣、天然丰韵、自在流出之美，并以之为文学中不可缺少之境界，这些论调显然有性灵派的影响。故蒋寅《清诗话考》评价棣

华园主人"论女子诗须持不同于男子之标准,亦甚有见地,颇与今日
女权主义批评之理论暗合"①。

### 六、女性文学生态的详细记载：孙兆溎的《闺秀录》

《闺秀录》一卷,孙兆溎著。光绪十一年乙酉(1885)冬月俞筠仙
刊本,卷端题"昆山孙兆溎子香甫辑,石室居士录",前有梁溪邹守中
健初序。孙兆溎,字自香,一字子香,江苏昆山(今属苏州)人,画家孙
铨之子。曾随父宦游山东,后久客林则徐幕。幼负隽才,善画,诗古
文词有盛名,精于词论。咸丰二年(1852)刊所著《片玉山房花笺录》
二十卷。石室居士为严复(1854—1921)。

《闺秀录》计 40 余则,所记多为乾嘉以后女性诗人,如钱棨季女
钱淑,龚自珍妻何撷芸,吴荭圃相国季女清麐女史,蒋春漪女史立玉,
等等。着意于以第一手资料记载自己亲闻亲见的文学女性,是《闺秀
录》的显著特点之一。如诗话详记孙兆溎长姊云仙、二妹蓝仙、三妹
鹤仙及继室涂莹、侄女秋容的人生遭际与诗歌创作,细节生动感人;
记身边其他女性诗事者,如友人何二我之妇杜采采、与作者同客青门
的余小禅的母亲史太君筠、与其侄辈交往的常熟周兰君原祺室姚蕙
贞洵芳、种兰女史蔡淑、许少穆夫人等。作者还以纪实之笔对身边女
性之间的文学互动作了实录,如记蒋春漪女史、清麐女史与龚自珍妻
何撷芸诗词赠答、唱和往还,长洲秋伊女史张洵和兆溎女侄孙秋容
诗,方素娟、周洁香两女史为姚蕙贞《镜青楼遗稿》题词等。因孙兆溎
有编选《花笺录》之意,身边有知悉者皆以女性诗文寄送之。如,兆溎
友何二我妻杜采采婚后三年而亡,二我哀恸无已,手一编付兆溎,曰:
"此亡妇《雪蕉仙馆遗稿》也,闻君将刻《花笺录》,丐君存之,或可藉此

---

① 蒋寅:《清诗话考》,第 554 页。

以传。"①宁陕司马郭兰坡偶得因避水患随夫朱凯流落至关中的湖北沔阳才女秦氏之诗稿，"兰坡以诗寄余，嘱存之《花笺录》"。秦氏兰心蕙质，敏锐多感，以女性视角写"琐尾流离之况"，所作诗不独内容突破常规，艺术水平亦颇可称道，"家在梦中翻似近，心无聊处转如迷""溪月送归千里梦，村鸡唱彻五更愁"等句更见乡思之真切深挚。② 常熟周兰君因与作者侄辈有交往，因携其室人姚蕙贞《镜青楼遗稿》以示兆湉，使得姚氏诗选入诗话之中③。《闺秀录》将所得第一手资料记入诗话，使得这些身份普通的才女们的零珠碎玉能借以传世，功莫大焉。

　　《闺秀录》第二个显著的特点是条目不多但大都所记甚详，保留了有关文学女性成长环境与生存境况的翔实资料。比如，记女性成长为诗人的不同方式。有未出阁前得承母家之教者，如姚蕙贞洵芳幼授业于其伯父子俊先生，遂博通典坟，工吟咏。有承夫家之教者，如兆湉二妹蓝仙适武林汪氏，"其尊嫜虚白老人，巾帼才子也，有《不栉吟》行世""妹从之学韵语，颇得诗中三昧"④，因婆母之教而成长为诗人；孙兆湉继室涂莹，"性格豪爽，心地聪明。初归时仅粗识字义，嗣见余吟咏，爱慕不置，因授以唐诗，并教以典故及作诗之法"⑤，因夫婿之教而能诗。有自学成才者，如钱荣女钱淑课嗣子读书，教之以唐诗而自解吟咏。诗话记载之文学女性大多年寿不永。孙兆湉长姊孙云仙喜吟咏，适钱氏，因夫病家道中落，亲操井臼，苦力持家，劳力太过，得疾不起，时年三十有八；二妹蓝仙适武林汪氏，幼喜丹青，随父

① 孙兆湉：《闺秀录》，蒋寅主编《清代诗话珍本丛刊》第 1 辑第 43 册，第 265 页。
② 孙兆湉：《闺秀录》，蒋寅主编《清代诗话珍本丛刊》第 1 辑第 43 册，第 267—270 页。
③ 孙兆湉：《闺秀录》，蒋寅主编《清代诗话珍本丛刊》第 1 辑第 43 册，第 283 页。
④ 孙兆湉：《闺秀录》，蒋寅主编《清代诗话珍本丛刊》第 1 辑第 43 册，第 250—251 页。
⑤ 孙兆湉：《闺秀录》，蒋寅主编《清代诗话珍本丛刊》第 1 辑第 43 册，第 270 页。

学画尽得六法之妙,都中大家闺媛争相求购,为之纸贵,于归后又随婆母虚白老人学诗,却在二十九岁时因母亡"哀伤逾分,又以所生不育抑郁成疾"①而离世;三妹鹤仙尤慧美,作画作诗较两姊尤胜,归苏州韩氏,惜于道光丁亥遽弃尘,年仅二十三,"临危之先,自将画稿诗笺及文房画具书籍等物付之一炬。噫! 妹其有隐恨与?"②孙氏三才媛,或为生活所累,或因情深而伤,或心含隐恨不明而亡,竟皆作昙花之现,"殊令人欲问苍苍也!"③武林王维高之女静姑,性耽书史,喜吟咏,"于归前一夕,诸姑姊咸代整奁具甚忙,窥女何作? 则据妆案阅《南史》,洋洋意自得也。夫家业贾,鄙朴不文,女抑郁得疾,不逾年竟死。死后检其遗稿,得诗百余首,俱清迥无脂粉气"④。一个酷爱书史、鲜活灵动的女性,因所嫁非偶而香消玉殒、遽离尘世,殊可哀也! 友人何二我之妇杜采采"鸿案分笺,比翼和鸣,致足乐也。惜红颜命薄,一例千秋,不及三年,遽赋悼亡。二我与余交最稔,每谈其细君,辄涔涔泪下"⑤。常州管蘅若之配"耽诗书,工吟咏,年未四十而陨"⑥;"常州才媛杨氏孟贞适某,年三十而殁,其遗集卓然可传"⑦。才华秀出而英年早陨的文学女性如此之多,难免令人生出"红颜命薄"之叹! 而钱淑未嫁夫亡,力请归夫家,守节自持,课嗣子读书吟诗以度日,种兰女史蔡淑寄籍湖南作孀居嫠妇,淮安王氏女、梦仙夫人等夫殁后自经殉节,等等,亦可见女性文人之命运多舛。作者以饱含悲悯之笔墨记述了这些才高命蹇的女性的生平与诗作,使得她们的

① 孙兆溎:《闺秀录》,蒋寅主编《清代诗话珍本丛刊》第1辑第43册,第251页。
② 孙兆溎:《闺秀录》,蒋寅主编《清代诗话珍本丛刊》第1辑第43册,第254页。
③ 孙兆溎:《闺秀录》,蒋寅主编《清代诗话珍本丛刊》第1辑第43册,第252页。
④ 孙兆溎:《闺秀录》,蒋寅主编《清代诗话珍本丛刊》第1辑第43册,第273页。
⑤ 孙兆溎:《闺秀录》,蒋寅主编《清代诗话珍本丛刊》第1辑第43册,第264—265页。
⑥ 孙兆溎:《闺秀录》,蒋寅主编《清代诗话珍本丛刊》第1辑第43册,第274页。
⑦ 孙兆溎:《闺秀录》,蒋寅主编《清代诗话珍本丛刊》第1辑第43册,第276页。

才华与美好不与短暂的生命一起云消烟散，亦可谓幸矣。

因所记人事大多为作者亲见亲历，且记述详实，《闺秀录》体现出鲜明的纪实性，其所记载的鲜活的女性诗人生活场景，为后人研究文化女性的生存状况留下了宝贵的资料。

七、典型的辑录体闺秀诗话：石林凤的《闺阁诗话》《节录随园诗话(闺阁)》

《闺阁诗话》与《节录随园诗话(闺阁)》各一卷，钞本，晚清石林凤辑。石林凤，陕西大荔(今属渭南)人，生卒年不详，约生活于 19 世纪下半叶。《中国荒政书集成》收其《恭读懋臣父台〈恤灾行〉诗题后》二首，署"治晚石林凤谨呈"。治晚，即治下晚辈。诗云："三载循良万口称，清心凤映玉壶冰。平陵昔日夸刘宠，汝水今时说宋登。士仰南车趋夏课，农瞻北斗服秋塍。琴堂政理因多暇，邺架常悬知味灯。""名儒作宰即慈君，无奈山川叹欲焚。黑白饥驱烹草树，纵横道殣饱蝇蚊。苦心区代期恒久，绕膝流亡忍见闻。七首诗成棠荫合，钱塘一叶续清芬。"① 按，懋臣，周铭旗(1828—1913)字，号海鹤，即墨人。同治四年乙丑(1865)科进士。曾任陕西大荔县知县。光绪三十四年(1908)总纂《即墨县乡土志》，另有著述《乾州志稿》《遂闲诗集》等。

《节录随园诗话(闺阁)》与《闺阁诗话》是两部典型的辑录体闺秀诗话。袁枚是清代中叶大力推扬女性文学创作的重要作家，其《随园诗话》及《补遗》共有近 180 条论闺秀诗的条目。石林凤《节录随园诗话(闺阁)》不分卷，下小字注"闺阁"，从《随园诗话》及《补遗》中择取 70 余则重要条目，基本按原书顺序直接依原文照录(不注原书卷次)，仅个别条目截掉后半部分。如第一则：

① 李文海，夏明方，朱浒：《中国荒政书集成》，天津古籍出版社，2011 年。

　　高文良公夫人,名琬,字季玉,蔡将军毓荣之女,尚书斑之妹也。其母国色,相传为吴宫旧人。夫人生而明艳,娴雅能诗。公巡抚苏州,与总督某不合,屡为所倾,而公卓然孤立。《咏白燕》第五句云:"有色何曾相假借?"沉思未对。适夫人至,代握笔曰:"不群仍恐太分明。"盖规之也。①

此则辑自《随园诗话》卷一第 34 则,文字全同,只不过原文后边还有如下被石林凤省略的文字:

　　夫人博极群书,兼通政治。文良公之奏疏、文檄等作,每与商定。诗集不传。记其《咏九华峰寺》云:"萝壁松门一径深,题名犹记旧铺金。苔生尘鼎无香火,经蚀僧厨有蠹蟬。赤手屠鲸千载事,白头归佛一生心。征南部曲今谁是? 剩有枯禅守故林。"此为其父平吴逆后,获咎归空门而作也。②

　　可见选辑者石林凤取原文精要部分的用意。另有一些条目则直接删掉了结尾处袁枚的评述,如记查心谷姬人佟氏诗一条辑自《随园诗话》卷四第 51 则,原文结尾"此与宋笠田明府'白发从无到美人'之句相似"的评语被直接省略。

　　与《节录随园诗话(闺阁)》辑专书条目不同,《闺阁诗话》杂取南朝至清代中叶 20 余部诗话、笔记、小说等文献中的 40 余则条目,注明来源,且对原文作了灵活的处理。如《苕溪渔隐丛话》记江宁章文虎妻刘氏条:

①　石林凤:《节录随园诗话(闺阁)》,复旦大学图书馆编《中国古籍珍本丛刊》第 84 辑《东北师范大学图书馆卷》,第 93 页。
②　袁枚著,王英志批注:《随园诗话》,第 12 页。

　　苕溪渔隐曰：江宁章文虎，其妻刘氏，名彤，文美其字也。工诗词。尝有词寄文虎云："千里长安名利客，轻离轻散寻常。难禁三月好风光。满阶芳草绿，一片杏花香。　　记得年时临上马，看人眼泪汪汪。如今不忍更思量。恨无千日酒，空断九回肠。"又云："向日寄去诗曲，非敢为工，盖欲道衷肠万一耳。何不掩恶，辄示他人，适足取笑文虎也。本不复作，然意有所感，不能自已，小草二章，章四句，奉寄。"其一云："碧纱窗外一声蝉，牵断愁肠懒昼眠。千里才郎归未得，无言空拨玉炉烟。"其二云："画扇停挥白日长，清风细细袭罗裳。女童来报新篘熟，安得良人共一觞。"①

《闺阁诗话》此条如下：

　　苕溪渔隐曰：江宁章文虎妻刘氏，名彤，字文美。工诗词。尝有寄文虎诗云："碧纱窗外一声蝉，牵断愁肠懒昼眠。千里才郎归未得，无言空拨玉炉烟。"其二云："画扇停挥白日长，清风细细袭罗裳。女童来报新篘熟，安得良人共一觞。"②

　　与《苕溪渔隐丛话》原文相比，《闺阁诗话》有两个变化，一是删去原条目中所收小词以契合"诗话"之名，二是微调文辞以使表达更为精准凝练。从上述两部诗话不难看出，石林凤的选辑态度是较为认真严谨的。虽同为比较规范的辑录体诗话，但这两部诗话与《闽川闺秀诗话续编》《清代闺阁诗人征略》相比，规模尚嫌小，且体例也不及后两部严密。

---

① 胡仔：《苕溪渔隐丛话》后集卷四十。
② 石林凤：《节录随园诗话（闺阁）》，复旦大学图书馆编《中国古籍珍本丛刊》第84辑《东北师范大学图书馆卷》，第147—148页。

## 八、地域闺秀诗话的续补之作：丁芸的《闽川闺秀诗话续编》

《闽川闺秀诗话续编》四卷，丁芸辑。丁芸（1859—1894），字耕邻，一字晴芗。福建侯官（今福州）人。光绪十六年（1890）举人，选用儒学训导。性和而介，勤于著述，"尤有意于古作者"[①]，有《尔雅郭注溯源》《古文论语郑注辑本》《左传五十凡义证》《公羊何注引》《汉律考》《晋史杂咏注》等作，辑《柏衙诗话》《柏衙人物传》《闽川闺秀诗话续编》《历代闽川闺秀诗话》等地方文献，另有《丁氏家集》《闽文选》《闽中石刻考》《国朝闽画记》《有可观斋经说》《有可观斋诗文》等未及脱稿。因兄丁菁猝死，哀伤而卒，年仅三十有六。

《闽川闺秀诗话续编》收明清两代计 135 名闽地女诗人。诗话以人立目，除卷二末四位诗人之外，各条正文均直接辑引其他文献材料，乃辑纂而成。《闽川闺秀诗话续编》共征录文献四十余种，于其中"选闺中珠玉""述而不作"[②]。所引文献，包括《全闽诗录》《闽文选》《杭郡诗续集》《闺秀正始续集》等诗文总集，《赌棋山庄文集》《绣余吟草》《绿田吟榭诗稿》《筠青阁吟草》等别集，《射鹰楼诗话》《屏麓草堂诗话》《听秋声馆词话》《陔南山馆诗话》等诗词话，《福建通志》《福清县志》《长乐县志》《光泽县志》《福安县志》《厦门志》等方志，另有《榕阴谈屑》《芹漈随笔》《避暑钞》等笔记，材料丰富。丁芸此作最值得称道的是"义例尤严"："生存者概置不录"[③]，每条材料均注明文献来源；辑录材料而外，丁芸个人补充的材料或见解在引文中或条目后以按语出之，用来注释生平、补充诗作或考辨真伪等，且均言之有据，可见作者审慎严谨的写作态度。《闽川闺秀诗话续编》堪为辑

---

①　谢章铤：《丁耕邻墓志铭》，王英志主编《清代闺秀诗话丛刊》，第 265 页。
②　薛绍徽：《闽川闺秀诗话续编·序》，王英志主编《清代闺秀诗话丛刊》，第 263 页。
③　薛绍徽：《闽川闺秀诗话续编·序》，王英志主编《清代闺秀诗话丛刊》，第 264 页。

录体诗话的典范之作。

　　丁芸此作的价值还体现在以下方面。其一,诗话为梁章钜《闽川闺秀诗话》的续补之作,所收诗人绝大部分为梁作未收者,偶有重出者所记内容必不同,如卷三"郑徽音"条后按语:"徽音姊嗣音,有《芷香阁集》,已见苣邻中丞诗话。"①可见,《闽川闺秀诗话续编》补梁作之阙的用意。其二,作为一部辑录体诗话,诗话中所引用的一些别集颇为稀见而又为作者亲见,这些别集不少后世无传,这些稀有材料在文献辑佚、编目领域有重要的价值。诗话征引的个别作品如《芹溇随笔》等也很难查到,或稀见或亡佚,相关材料亦可用于辑佚。其三,诗话中保留的别集信息、女性诗人信息可为女性文学目录的编纂提供材料。如卷二末所收杨秀珠、杨秀璁、黄氏、郑瀛仙四位诗人,并未引用其他文献材料,而是直接列出几位女作家的诗文集,用其序文,录其诗歌,从"杨秀珠条"丁芸按语"《筠青阁吟稿》,光绪辛卯新刻,前人诗话并未采及"推测,这些文集为丁芸当日所亲见且未被其他文献采录的可能性较大,文学史料价值更高。

　　《诗话》前有光绪三十四年戊申(1908)侯官女士薛绍徽序、丁芸表叔谢章铤之《丁耕邻墓志铭》;后有光绪丙申年(1896)冬梁溪杨蕴辉《书后》,录其从刘家谋《怀藤吟馆随笔》中辑出的 3 则诗话并有跋语。杨蕴辉(1875—1909),字静贞,金匮(今江苏无锡)人,闽县知府董敬箴室。著有《吟香室诗草》。哈佛大学燕京图书馆藏民国三年(1914)丁震北京刻四卷本,外题《女士闽川闺秀诗话二》;内封篆文,有书名"闽川闺秀诗话续编",并题"长乐谢枚如先生鉴定",署"侯官郭苣宜题",下有阳文钤印"十珠"。

　　上述所论几部闺秀诗话各具特色,均产生于十九世纪上半叶至

---

① 丁芸:《闽川闺秀诗话续编》卷三,王英志主编《清代闺秀诗话丛刊》,第 305 页。

二十世纪初。民国建立之前,还有一部较为特殊的作品是陈芸的《小黛轩论诗诗》。此书一身而兼二体,是论诗诗与诗话的合体,其中,论诗诗为陈芸所作,具有诗话性质的注释为陈芸妹陈荭作。陈芸、陈荭之母薛绍徽是晚清著名女学士、翻译家,诗、词、文、画皆工。陈芸天资聪颖,常随侍母侧,少时即得承母教,闻声韵之学,因念清代女性文学尤盛,遂萌生了尽罗宫闺诸家遗集比附之的想法,"家大人以爱故,不加斥责,且代寻觅。或以高价征求,或嘱抄胥传写,数年以来,计得六百余种"①。陈芸以这些诗文集为基础,又参以各家征载,创作了221 首论诗诗,以七言绝句论及明代以来近 1 200 位女性文人。其妹陈荭在每首诗后加作注语,介绍论诗诗中女性作家的基本情况,这些注释说明是典型的诗话体。陈芸论诗多粗略串联女性文人事迹,偶见作者对女性文人与诗作的评价,注文仅提供论诗诗所记女性的籍贯、婚配与作品集名称,材料颇为常见,录诗与录事的内容都颇为简省,所以与大部分闺秀诗话还是有区别的。《小黛轩论诗诗》虽也保留、整合了一部分女性文人资料,但文学史料价值与文学批评价值与其他闺秀诗话专著相比稍显逊色,故论从略。总体来讲,上述几部各具特色的作品为此后闺秀诗话的创作从不同方面提供了养分,也促成了民国初建十余年间重要闺秀诗话的产生。

## 第三节　闺秀诗话的繁荣(下)

二十世纪初期,中国社会面临巨变,激烈的政治动荡与巨大的文化转型昭示着一个新时代的到来。在 1900 年代女子解放运动的影

---

① 陈芸:《小黛轩论诗诗》,王英志主编《清代闺秀诗话丛刊》,第 1519 页。

响之下,闺秀诗话的创作热度不减,一方面依然赓续着既有的传统继续前行,一方面又展现出新的面貌:记事紧追时代的步伐,新、旧两类女性的创作面貌均有反映;批评上既有以诗话传递进步之思想观念者,也有欲藉诗话扬女德、复传统者,新、旧思想与文化的捍卫者均欲以闺秀诗话为斗争的武器。就形式而言,除以传统的专书形式呈现外,闺秀诗话又借新媒体之力,在报纸杂志上大量刊行。从 1911年到 1930 年代前后,计有近十部闺秀诗话专著产生,且专著中出现了两部大部头的作品,可以说是对传统闺秀诗话的一种总结;此期报刊闺秀诗话在 40 种左右,因大多规模不大,零星地点缀在专著周围,姑且放到下一节作报刊诗话专论。

## 一、精粹之选与考据之作：王蕴章的《然脂余韵》

《然脂余韵》六卷,撰者王蕴章(1884—1942),字莼农,号西神,别号西神残客、梁溪莼农、云外朱楼、红鹅生、洗尘等,室名菊影楼、篁冷轩、秋云平室。金匮(今江苏无锡)人。近现代著名诗人、文学家、书法家、教育家。光绪二十八年(1902)中举人,清季曾任英文教师,清末应聘于商务印书馆为编辑,主编《小说月报》《妇女杂志》十余年,又任沪江大学国文教授、《新闻报》编辑等职。著有《女艺文志》,辑有《梁溪词征》三十卷。

王蕴章作《然脂余韵》,乃是因追慕其本宗王士禄《然脂集》之选,故"有意续之",可谓立志颇高。王士禄的《然脂集》是清初最富盛名的女性文学总集,但王蕴章"此书体例,与西樵《然脂集》略异。盖《燃脂》为集部之宏编,此仅为诗话之别录也"①。据诗话徐彦宽跋语,此书之作起自民国三年(1914),最初散载于涵芬楼出版之各月刊中,民

---

① 王蕴章:《然脂余韵·凡例》,王英志主编《清代闺秀诗话丛刊》,第 627 页。

国七年(1918)由商务印书馆结集发行铅印本,先报刊连载而后结集单行的出版方式不可谓不独特,或亦可证诗话颇具影响力与受欢迎程度。

《然脂余韵》是民国以后闺秀诗话中质量较高的一部作品。王蕴章在《凡例》中说:"闺阁著述,浩如烟海。此编撷腴捃华,虽略别淄渑,而珊网遗珠,邓林坠羽,亦复不少。续有采取,容俟补编。"诗话的创作不求全面,而是注意"撷腴捃华",精选有清一代 500 余位女性文人,"仙乩鬼怪之作不录,惩荒诞也;浮靡艳荡之作不录,戒狎亵也"①,将一些荒诞无聊之诗与浮靡艳荡之作剔除掉,由此保证了诗话体例的纯粹与入选作品的质量,可见其选录标准极为严格。徐彦宽跋语称其"卓然集清三百年闺秀诗词话之大成"②,虽有过誉之嫌,亦并非无稽妄言。王蕴章对前代诗话有所借鉴,多能博观约取,对材料加以择选重编,并以己意申说之,如卷一"吴丝""林文贞"条虽取材于《闽川闺秀诗话》而能后出转精。同时,作品偶有个别条目直接抄撮前代诗话,如"张孟缇"条与沈善宝《闺秀诗话》所记基本一致,"吴荔娘"条取自《闽川闺秀诗话》,但书中此类条目不多,且材料互借也是闺秀诗话这类资料性文献在编撰中难以避免的。

《然脂余韵》所选虽称断自清初,以迄近代,但作者所记间涉元明,而以清代中后期江南、闽南等地文坛女性为多,论诗兼及词、文,尤着意载录一些名家之后如宋代诗人黄机(文僖)七世女孙黄巽、元代诗人萨都剌之后萨如莲、叶小鸾六世侄孙叶琼华、清初吴兆骞女孙吴蕙、袁枚女孙袁紫卿等,以见诗学传承渊源有自;对"吴中十子"、袁枚女弟子、湘潭郭氏姊妹等女性群体的文学活动以及陈文述、郭麐等

① 王蕴章:《然脂余韵·凡例》,王英志主编《清代闺秀诗话丛刊》,第 627 页。
② 徐彦宽:《然脂余韵·跋》,王英志主编《清代闺秀诗话丛刊》,第 864 页。

诗坛名家与女性的文学互动记载颇详；诗话选录了不少近代女性诗人诗事，如卷六记同、光年间上海农女蔡秀倩诗，卷三记杨全荫芬若、顾綮诗，卷四记陈衍夫人萧道管诗等，且特多作者亲历之诗人诗事，资料弥足珍贵，可补此前诗话之阙。就内容而言，《然脂余韵》还有一点特别值得关注，即作者在诗话中凡遇前人记载之误必辨正旧闻，以资考异，体现出严谨的著述精神。如辨钱洁因曾为龙氏养女，《闺秀正始集》误作"龙洁"（卷一）；广为传颂的娟红题壁诗实为常州男子陆祁孙与友人醉后戏笔（卷一）；更以不相续之两则考订张问陶买妾事之有无，并从诗歌入手来探讨才子丈夫与才女妻子之间的感情问题（卷一）；详记闽地郑荔乡膝前九女皆工吟咏，其中除第九女冰纨未嫁而殇、第五女长庚诗无可考之外，余则人人有集，"《闺秀正始集》但云荔乡四女能诗，所登又仅玉台、花汀两人诗，殆未之详考耳"（卷二），等等。这些细节考辨，既澄清了一些文学史上的诗案，同时也增加了作品的学术含量。

　　与一般闺秀诗话相比，《然脂余韵》对诗歌的评论话语明显增多，大多对诗人诗作予以清晰而明确的评定。作者对女性诗歌异于男性诗歌的缠绵婉丽之美予以充分肯定，这一点与棣华园主人的《闺秀诗评》极为相似，而与大多数闺秀诗话称赏女子诗能发雄音恰恰相反；对情至之语也颇为推崇。此外，作品记载的"不同层次的女性的生活状态与环境等，具有社会学、伦理学等价值，可供今人挖掘的资料是十分丰富的"①。

　　二、文化转型时期新女性的载录：金燕的《香奁诗话》

　　《香奁诗话》计三卷。撰者金燕，字翼谋，江苏太仓人，南社成员。

---

① 王英志：《然脂余韵》整理前言，王英志主编《清代闺秀诗话丛刊》，第 619 页。

诗话前有焦玉森题词与民国三年(1914)四月许颂瑚叙。许叙先批评诗话中欲求"载绣阁之香词,记红闺之逸事,则殆希如星凤焉",再批"各家诗话间亦采录,不过一二而已,无连篇累牍者",这一说法显然是不符合实际的。许叙又指出《香奁诗话》的收录范围与原则:"上自前清,下迄今日,习见者避之,俗劣者汰之。除是二者,凡有佳作,靡不网罗。"①《香奁诗话》之辑,分上、中、下三卷,卷上为"闺秀部",收闺秀 33 人;卷中为"青楼部",收青楼女子 18 人;卷下收诗尼 7 人,女冠 1 人。其所收实际上包括明末至民国的女性,显然许叙多言不符实,收 60 位左右女性诗人而称"凡有佳作,靡不网罗",无乃过誉太甚。当然,就作品本身而言,《香奁诗话》是有值得称道处的。

　　《香奁诗话》最有价值的内容在于,反映了晚清以来女性逐渐接受新文化后表现出的新思想与新面貌。首先,记载一些积极参与社会生活,在教育、医疗、新闻等各领域焕发光采的新女性。如钱希令充任县立毓娄女子师范学校校长;吕逸初热心教育,历任各女校教职员,孜孜不倦;张竹君幼入教会学校读书,常登坛讲演以唤醒女界之迷梦者,又与李平书先生于上海设立医院,并于辛亥起义时筹设红十字会以治伤员;陈撷芬与诸同志创立《女学报》于沪上并主其笔政;康有为之女康同璧留学于欧美各大学,随父游学印度时满怀自豪地宣称"若论女士西游者,我是支那第一人"②等等,凡此既反映了清末民初女性活跃于社会各界的风貌,也折射了女性主动跳出封建观念之牢笼、寻求个人社会价值实现之途径的积极努力。其次,诗话中记载了很多新女性对时事的热切关注,以及借诗篇抒写的满腔报国热忱。如华亭县红梅女士《写志》云:"梁家红玉世难逢,桴鼓驱胡意气雄。

---

① 许颂瑚:《香奁诗话·叙》,王英志主编《清代闺秀诗话丛刊》,第 2223 页。
② 金燕:《香奁诗话》卷上,王英志主编《清代闺秀诗话丛刊》,第 2242 页。

眼底一般痴女子,沉沉醉死可怜虫。"①歌颂女英雄梁红玉生逢其世可驱胡报国,批判平庸女子之碌碌无为,可谓意气荦荦,志气不凡。吕碧城更有《忧国吟》组诗:"沉忧日抱杞人思,怕见江山破碎时。叹息蛾眉难用武,临风空读木兰辞。""休言红粉喜谈兵,为感时难也不平。屡欲愤提双剑起,桃花马上请长缨。"②常州江毓真《悲时》云:"国步艰如蜀道难,几人流泪话江山。子规空啼枝头月,胡马犹羁塞上鞍。拼得微躯填苦海,除非热血挽狂澜。横刀一笑前途远,开遍樱花忍读看。"③这些诗歌或沉郁悲愤,或慷慨激昂,多写女性诗人意欲奔赴沙场痛击敌寇的壮志,表达了她们深切的爱国情怀。无论是在思想观念上,还是在行为方式上,这些女性都表现出了与传统女性迥异的面貌。

另外,《香奁诗话》虽然载录了吴蕊仙、周羽步、黄媛介等部分明清知名女性,但确能做到"习见者避之",所记与前代如陈维崧《妇人集》、沈善宝《名媛诗话》等内容并不相同,可为研究者补充一些新的材料,这也是作品价值的体现。

当然,《香奁诗话》也有明显的问题。其一,体例不够严谨,下编为方外专编却以女冠诗人入闺秀部,还有几则非女性诗话混入;其二,作品中时露文人轻薄浮浪之气,如讥诮体肥腋臭或眇目、跛足的青楼女子等,这类条目殊无可观之处,也拉低了诗话的品格。

三、闺秀诗话中的长篇巨制:雷瑨、雷瑊的《闺秀诗话》

雷瑨、雷瑊所辑之《闺秀诗话》计十六卷。雷瑨(1871—1941),字君曜,别号娱萱室主,笔名云间颠公、缩庵老人等。松江人。光绪十

---

① 金燕:《香奁诗话》卷上,王英志主编《清代闺秀诗话丛刊》,第 2240 页。
② 金燕:《香奁诗话》卷上,王英志主编《清代闺秀诗话丛刊》,第 2240—2241 页。
③ 金燕:《香奁诗话》卷上,王英志主编《清代闺秀诗话丛刊》,第 2244 页。

四年(1888)举人。初任扫叶山房编辑,后任《申报》编辑多年。工诗词,善文章,熟谙掌故,著述宏富,文史兼擅。尝笺评、编选诗、词、小说集数种,尤关注女性文学,相关著作有《美人千态诗》《美人千态词》《闺秀诗话》《闺秀词话》《青楼诗话》等。雷瑊(1882—1964),字君彦,雷瑨弟,民国年间曾任松江图书馆馆长。

雷瑨作于乙卯(1915)六月的《自序》交代了关于成书的一些重要信息:

> 甲寅之夏,足患湿疾甚苦,经月不能步履。郁伊无聊时,与吾弟君彦,取各家诗集及笔记、诗话诸书,随意浏览,以消永昼。见有涉闺秀之作,则别纸录之。四方朋好,又时贻书,以闺秀诗录示,或专集,或一二零章断句。有仅具姓氏者,亦有遗闻轶事足资谈柄者。每有所得,辄付管城子记之,不分时代,不限体格。大旨以有清一代闺秀诗为断,元明间闺媛名著偶亦附入焉。阅一年为乙卯夏,成书十六卷,得闺秀一千三百余人。另辑《闺秀词话》四卷,《青楼诗话》两卷。[1]

据序言可知,诗话的抄辑工作始于甲寅年(1914)夏天,一年后即乙卯年(1915)夏已完成,同时成书的还有《闺秀词话》《青楼诗话》。《闺秀词话》与《青楼诗话》民国五年(1916)由扫叶山房率先发行,《闺秀诗话》的出版则滞后几年,至民国十一年才出现扫叶山房石印本。作者称辑选范围"大旨以有清一代闺秀诗为断,元明间闺媛名著偶亦附入焉",而作品中所收诗人之时代实不止于元明清三代,对宋及其他时代的作品亦有收入,所收诗作迄于成书之世,而以清代为主体;

---

[1]　雷瑨:《闺秀诗话·序》,王英志主编《清代闺秀诗话丛刊》,第872页。

诗人不拘地位身份,凡有诗或诗事可传者皆予采录,"得闺秀一千三百余人",实收闺秀 1 400 余人(目录录 1 270 人左右)。《闺秀诗话》卷帙之富,采辑之广,为古代闺秀诗话所罕见,故人誉之为"历代名媛闺秀诗话之冠"①。

　　从序言看,作者抄录闺秀诗话乃是为消遣病中难耐之时光,但深层的心理动因则是对闺秀诗话的创作现状不满:一是专辑闺秀的诗话"如麟角凤毛,寥寥不易觏",二是"卷帙不富,书亦不甚流传",而这两个因素都会导致能诗之女士"不能垂之久而传之远"②。雷瑨对闺秀诗话发展情况的概括是符合实际的。虽然史上也出现了闺秀诗话专集,但数量毕竟寥寥,至民国时代反观女性文学发展时,则会发现前代诗话都偏而不全:清代卷帙最富的闺秀诗话当推沈善宝《名媛诗话》正续编十五卷,然所收不过七百余人,所记亦止于道光年间且以当世为主;其后虽有丁芸、孙兆溎等人之作,然或所采限于一地,或部头偏小,可以说有关道光至民初半个多世纪的女性诗歌创作的记载极少。除此而外,闺秀诗话的刊刻与流传情况也不乐观。事实上,除陈维崧《妇人集》、梁章钜《闽川闺秀诗话》而外,即便是如沈善宝《名媛诗话》这样的优秀作品,在其身后刊刻出版时也困难重重,几乎面临散佚之虞,这也是造成其版本中四卷、八卷、十二卷、十五卷甚或十六卷本错杂并出的重要原因之一。闺秀诗话发展中存在的这些显而易见的问题,使得辑录或创作一部收罗较全、规模较大的作品十分必要。此外,雷瑨对古代女性的文学创作与流传的不易怀有深深同情:

---

① 蔡镇楚:《诗话学》,第 85 页。
② 雷瑨:《闺秀诗话·序》,王英志主编《清代闺秀诗话丛刊》,第 871 页。

　　　　自古迄今,名媛淑女之谐吟咏、工声律者,咸思以呕心镂肝
之词,托诸好事文人,载其一二惬心语,以供知音者之流连吟赏。
使名篇佳什,零落散佚,无人焉为其悉心搜辑,勒成一书,恐不及
数十载,文词锦绣,荡为云烟,而姓氏且不流于人口。后世即有
风雅名流,搜求遗佚,而名闺著述渺焉难求,不亦闺媛所伤心,而
为艺林之憾事乎?①

　　雷瑨感动于女子为诗之苦心,希望闺秀之作能"借此以广其传",
读者亦可以"因此而窥一代之故实",这是他根本的创作目的。

　　《闺秀诗话》目录以人立目,复以所著诗集名称缀于各家名下,正
文中则不单列人名,大体依目录之顺序依次分条而列,体例较为独
特。正文叙述多依照以类相从的原则:或以籍贯类从,或以家族与
姻亲类从,或以诗人地位身份、人生际遇相同者类从,或以诗社等诗
学团体类从,或以诗歌题材、诗歌体制等类从,叙次有一定的条理性。
但整体而言,此书体例较为杂乱:诗人大多被随意集于一卷,各家之
间缺少内在的逻辑联系;作者虽注意到按类论列诗家,同类相集者却
又杂出于各卷,以至于诗作重出复现;此外还有同一诗人的事迹或作
品散见于各卷的情况。这些问题的出现,可能是辑录者随抄随出、成
书后未加系统整理、校审不精所致,更与此书抄录各书汇集而成的成
书方式有关。

　　与大多数闺秀诗话一样,《闺秀诗话》略于品评而详于记叙。书
中所采诗的内容基本不出抒写女性情感、描写女性生活之范围:或
道人生际遇、叹身世不幸、明贞孝心志,或吟风弄月、留恋光景、亲友
唱和。作者对能突破女性创作常规之作赏誉有加,如特重风格雄放

---

① 雷瑨:《闺秀诗话·序》,王英志主编《清代闺秀诗话丛刊》,第 872 页。

有英雄气的作品，对擅长长篇古体等体制的女诗人极为推崇，格外留意搜罗身逢乱世之女性自叹飘零、直击时事的具有强烈现实主义精神的诗歌。可以说，不论在题材类型、思想内容还是艺术风格上，《闺秀诗话》都力求全面地展示女性诗歌创作的风貌。值得注意的是，作者还特别奖掖处于僻陋之地如边疆或少数民族地区的女诗人，对八旗妇女的创作予以专述，又专辑朝鲜与日本女性的汉诗创作。上述内容虽笔墨不多，却为我们全面研究女性文学与民族、国别之间的诗文化交流保存了珍贵资料，作者的慧眼卓识令人赞赏。另外，《闺秀诗话》还记载了不少明清以来女性进行诗学活动的材料，如地区性的女性结社，活跃的家族性女性诗文化活动，女性诗人与家人、时人频繁的唱和交流以及女性参与诗学理论批评的情况等。这些记载既生动再现了古代女性诗歌创作的生态坏境，也为今日研治女性文学尤其是清代女性文学者提供宝贵的资料。《闺秀诗话》虽为抄纂之作，但作者能对所据材料作删选加工，大体以"简介其人、详录诗作"为原则，用流畅凝练的语言组织成文，总体而言，行文规范且水平较高，远远胜于那些随意撮抄成篇、鱼目混杂的抄纂体诗话。

　　当然，正如作者《自序》所言，"书固不能无疵"，《闺秀诗话》也难免不足之处。上文已言其体例之失；此外，书中所采诗人诗作很多非但排之无序，更不注诗人生卒年代，当然这也是大多数闺秀诗话的通病，这种情况必然会给读者与研究者带来诸多不便，削损材料的使用价值。另，由《自序》可知，此书之辑已在民国年间，但书中仍极力表彰贞女烈妇节烈之事，大肆搜罗此类女子自明心志之作，因此收入不少艺术上无足称道的诗篇，使得集中良莠杂陈，搜罗虽广而不精；再有，宿命论调与诗谶之说流于书中，芳华早殒的女子多被冠以"宜其不寿也"之类的评定。究其根源，或因作者急于成书，辑抄材料时未及精择细选，或源于编者固有的封建伦理道德观念与思想之局限。

雷瑨还辑有《青楼诗话》二卷。此书是雷瑨在辑录《闺秀诗话》时,将唐代至清初 130 名左右青楼才女的诗事单列形成的特殊类型的闺秀诗话,间或录入个别女道士、尼姑以及为乱军所掳女子之诗事,但比例极小。总体而言,诗话侧重于载录青楼才女与文士交往之韵事,或相知相恋,或因才情惺惺相惜,或彼此扶助,或互相赠答唱和。诗话记青楼才女之才华、义行与赤诚深情,写其运蹇命悲的人生苦况,偶涉青楼逸事。虽记青楼女子,然无恶薄之俗趣,反而对一些士子官吏之薄幸无行有所揭露,对青楼女子与男子的诗学互动有所记载,具有一定的史料价值。《青楼诗话》是闺秀诗话进一步细化的重要成果,既集中展示了青楼女子的诗歌创作,也记录了处于社会底层的文化女性的生存状况与情感命运。

四、辑录体闺秀诗话的集大成之作:施淑仪的《清代闺阁诗人征略》

《清代闺阁诗人征略》的作者施淑仪(1877—1945),一名淑懿,自号学诗,崇明(今属上海)人。施淑仪是清末民初知名的进步女性,清末任职于女校,1905 年被推为“放足会”会长与崇明女子学校的校长,1920 年任县女子职业学校的校长。为了推广国语,曾北上入京参加蔡元培主办的国语讲习所,学习拼音字母,将一生奉献给了妇女教育事业与社会事业。施淑仪思想开明,倡导男女平等观念,更有强烈的女性留名意识。她以十年之力于四十岁左右完成的《清代闺阁诗人征略》,即是为古代闺秀传名,更欲“凭借选本实现其人生价值,在文化史、文学批评史上建立不朽之名”[①]。

《清代闺阁诗人征略》辑顺治至光绪末年 1 270 余位女性人物的

---

① 黄元:《施淑仪——清代江南著名女诗人》,上海人民出版社,2013 年,第 61 页。

事迹，入选诗人数量与雷瑨、雷瑊的《闺秀诗话》相埒，是规模最大的闺秀诗话之一。但《闺秀诗话》重在录诗，《清代闺阁诗人征略》则重在存事，是为两书内容之大异；雷氏之作序次几无章法，施淑仪所记则序次井然，此乃两书编排之差别。《清代闺阁诗人征略》最大的特点在于其采摭群言、辑录成书的体例：

> 是编体例，仿厉樊榭《玉台书史》、张南山《诗人征略》而变通之。先详姓氏、里居、著述，次列事迹，而分注所引书名于下。[①]

《玉台书史》是清初厉鹗汇辑的汉至明代女性书法家的传记资料，依女性身份分类，按时代先后序次，从史传、方志、笔记、墓志铭等文献中辑引有关女性书法家生平、作品、事迹的文献并标注出处，是比较规范的辑录体资料汇编。晚清张维屏的《国朝诗人征略》以人立目，按人物生卒年序次，汇辑清代诗人资料。施淑仪仿两作之体例，以人立目，每一条目之下"先详姓氏、里居、著述，次列事迹"，即先对女性文人的基本情况作简单介绍，再征引文献材料详述女性文人事迹并标注引文出处，偶见作品摘录，个别条目之后有施淑仪所加按语以评诗或考证。

在序次编排上，大部分闺秀诗话都排列无序，不同时代的作者毫无规律地混编在一起，给阅读和研究带来不少障碍，雷氏《闺秀诗话》即为一证。《清代闺阁诗人征略》则吸纳厉鹗之作依时而列的序次方式，人物依时代先后列序，同一时代人物之编排又往往视具体情况合理地同类相从。这样的排列能让读者更加清晰地看到清代女性文人的时间分布、地域分布和创作情况，对于探讨清代女性文学发展脉络

---

① 施淑仪：《清代闺阁诗人征略·凡例》，王英志主编《清代闺秀诗话丛刊》，第 1697 页。

自具重要意义。

汇集诸多材料,引证丰富详赡,是《清代闺阁诗人征略》的又一特色。"《清代闺阁诗人征略》一书共辑引 1 449 条文献,征引书目数量达 260 部,涉及总集、别集、方志、诗话等各种文献类型,其中有不少书目今天已经罕见或不见,资料藉《清代闺阁诗人征略》得以保存。"①此外,施淑仪在辑录女性人物资料时有一些思考和发现,于是她效法张维屏,将个人的认识加入到作品中,以"按语"方式标出。作品中施淑仪的按语数量不多,总共 29 条,但或补充材料,或用以校勘,或分列异说,均起到了不同的作用。这一点与丁芸的《闽川闺秀诗话续编》一致。

《清代闺阁诗人征略》多方面吸纳前人著作中合理的因素,汇聚群文,辑录成书,序次井然,详注引文出处,辑评结合,体例规范,编排合理,即可见出编者态度之严谨,也便于学界查找与利用。《清代闺阁诗人征略》实为辑录体闺秀诗话中的集大成之作。

### 五、新旧文化碰撞的产物: 徐枕亚的《冰壶寒韵》

《冰壶寒韵》不分卷。作者徐枕亚(1889—1937),名觉,字枕亚,江苏常熟人。工诗词,善书法,尤擅骈体文,而以小说名世,南社成员。有长篇小说多部,另有杂著《枕亚浪墨》四集。《冰壶寒韵》即收入《枕亚浪墨·艳薮》中,情况与江盈科之《闺秀诗评》收入《雪涛小书》相类,姑视之为闺秀诗话专书。《冰壶寒韵》是目前笔者所见问世最晚的一种闺秀诗话专书。鲜明的倾向性,是此书最大的特点。

首先,作者选辑此书有明确的现实用意。书前小序云:

---

① 李景媛:《〈清代闺阁诗人征略〉研究》,第 7 页。

　　自女学昌明而后，巾帼人才，良非昔比。然而有才无德，难免华而不实之讥；论爱言情，复多误解自由之辈。聪明自炫，逸乐思淫，情之既流，礼因以越，长此滔滔，亦岂女界前途之福？枕亚不敏，思有所贡献于我女界同胞，因有《冰壶寒韵》之辑。取前清一代淑媛静女之能诗者，择其冰霜铁石之章，慷慨激昂之调，编我一种诗话。而言情绮丽之作，但属光明正大，无忤自由之真谛者，亦采录一二。惟啼云怨雨之词，待月迎风之句，足以荡人心而伤风化者，概不得与。入选者并略附梗概于前，其人生平类似，制行卓卓，大节可称，迥非朱淑真、李易安一流所可同语。女学士于课余之暇，得是篇而讽诵之，读其诗想见其人，殆未有不肃然生敬、油然兴起者也。舞文弄墨之中，具有易俗移风之用，是篇之辑，余岂徒然哉！[①]

　　在作者看来，自近代女子解放运动兴起，女学日益昌明，其积极影响在于培养了大量的巾帼人才，但同时也带来一些问题：一是道德约束的松弛致使部分女性有才无德，二是人们对自由解放思想的认识有误区，以致女子逸乐思淫，礼因情越，长此以往必使世风日下。作者对此深表忧虑，欲借诗话之选来移易风俗，故取有清一代淑媛静女"冰霜铁石之章，慷慨激昂之调"，兼取"光明正大"的言情之作，选入"制行卓卓，大节可称"之人，汇为诗话，以感染教育今日之女学士，使其"于课余之暇，得是篇而讽诵之，读其诗想见其人，殆未有不肃然生敬、油然兴起者也"。而对那些"啼云怨雨之词，待月迎风之句，足以荡人心而伤风化者"则摒弃不录，朱淑真、李易安这两位史上最知名的女性作家也在作者斥责之列。可见作者以诗话寓教化的明

---

① 徐枕亚：《冰壶寒韵》，见徐枕亚《枕亚浪墨·艳薮》，第75—93页，以下引文不赘注。

确创作目的。

其二，源于上述宗旨，作者对有节烈之行的女子多有表彰，如诗话首录"早寡，以苦节闻"的纪映淮；称扬魏禧室人谢秀孙"夫亡，绝粒而死，可谓奇烈矣"，早寡奉姑、姑亡不食而死的吴静为"奇女子"。对女性诗作中流露出的贤慈之性赞赏不已，如称吴县张凌仙《岁暮感怀》一绝"贤母苦心，读之令人起敬"；蒋士铨母钟令嘉《腊日寄儿诗》"可谓爱教俱全"。作者还特别褒扬有大义、负奇气的女性，如钱塘钱凤纶父为仇家所陷，冤死于狱，"兄欲报之，未遂而死。凤纶乃以一身任之，孝女亦侠女也"。歙县毕著"父守蓟邱，与流贼战死，尸为贼掳。众议请兵复仇，著谓：请兵则旷日，贼且知备。即于是夜率精骑入贼营"，手刃仇人，劫得父尸而还。可见，在新旧文化激烈碰撞的时代，文人对传统的儒家道德观念有取有舍，有扬有弃，态度较为复杂。

其三，就诗歌内容而言，作者推崇表现真情、关注现实、言之有物的诗作，诗话中所录纪事诗、亲情诗、感怀诗特多，而写景酬唱、吟风弄月之作很少。如，诗话选录钱凤纶的《哭伯兄》诗，毕著的《纪事诗》，侯怀风的《感昔》，桐城吴氏的咏史诗，柴静仪的《送子远行》《送顾启姬北上》、朱柔则的《寄远曲》、莫兆椿的《渡钱塘江》七古等，这些作品或真情流露，语语诚挚，或内容深厚，寄慨遥深，洵非雕章琢句之作所能比。就诗歌风格来看，作者偏爱刚健有力之"雄音"，诗风过于纤弱者必弃而不录。如称倪瑞璇诗"以大家风格，运史才议论，绝无一毫脂粉气""集中佳作甚多，最有价值者为《过凌城庙谒古戴二公忠义冢》五古一首"；赞常熟孙淑《五日吊》五古"论古有识，不意闺阁中具此异才"，等等。

无论从《冰壶寒韵》题名本身，还是从作品的内容角度，都不难看出徐枕亚创作这部闺秀诗话的明显意图，即借诗话之作对女性解放运动冲击下女子的行为与诗歌创作予以规范。但徐枕亚的思想观念显然既有进步的一面,又总体趋于保守,因此其欲以文教风化天下的目的也必然难以达成。

上述作品而外,另有署苕溪生的《闺秀诗话》存世。有学者考证其作者亦为民国才子徐枕亚。苕溪生的《闺秀诗话》计四卷 151 条,其中 108 条完全抄录棣华园主人的《闺秀诗评》且不注出处,是有剽窃之嫌的。[①] 但另 33 条诗话,则体现了新的时代观念,如肯定一夫一妻制的合理性,提倡自由婚姻,激烈批评封建时代的女子缠足习俗与帝王宫嫔制,值得肯定;以"苕溪生曰"形式呈现的评价,亦时见新意:这是此作的可取之处。对比苕溪生《闺秀诗话》撮抄所据的棣华园主人之《闺秀诗评》与徐枕亚的《冰壶寒韵》可知,两部作品对女性道德观念、女性诗美标准的认识恰好大相径庭,因此苕溪生是否为徐枕亚,还有待于进一步考证。

## 第四节　闺秀诗话的结响

民国前期,雷瑨、雷瑊的《闺秀诗话》和施淑仪的《清代闺阁诗人征略》两部大部头作品的问世,为闺秀诗话专著的创作画上了圆满的句号。与此同时,闺秀诗话专论的创作依然在持续,而且借助报纸杂志等新兴媒体,面向更广泛的阅读群体。近代以来,《申报》等报刊上就已刊载闺秀诗话,但总体上来说,报刊闺秀诗话大量出现是在 1911 年以后,且男、女两性作家均有较高的创作热情。目前已知的民国报刊闺秀诗话在 40 种以上,较均匀地分布在 1910 年代到 1940 年代之

---

[①] 详见宋清秀:《闺秀诗话》与《闺秀诗评》关系及作者考,《苏州大学学报》,2011 年第 2 期,第 141 页。宋作已统计两作相似条目有 106 条,对比后可知《闺秀诗话》第 5 条、第 89 条也是完全抄录自《闺秀诗评》的。

间,1940 年代以后,创作明显减少。与闺秀诗话专著相比,报刊闺秀诗话表现出明显的特异性。

### 一、篇幅长短不一,杂抄多于独创

民国报刊闺秀诗话数量较多,就规模而言,篇幅长短不一,但总的来讲没有部头太大的作品。以目前所见,俞陛云《清代闺秀诗话》内容最多,其次是亶父抄录棣华园主人《闺秀诗评》而成的《闺秀诗话》与缃叶的《绿蒳阁诗话》。其余作品中,30 则以上者只有张啸尘与叶国英合撰的《锦心绣口录》、周瘦鹃的《绿蘼芜馆诗话》、李玉成的《两株红梅室诗话》、苏慕亚的《妇人诗话》、潭华仙子的《瑶台玉韵》与常熟庞松柏著、程灵芬注的《今妇人集》等几部,已属报刊闺秀诗话中的长篇了;10 则至 30 则的有杨全荫的《绾春楼诗话》、朴庵的《玉台诗话》、甘肃兰州雪平女士的《红梅花馆诗话》、程嘉秀的《镜台螺屑》、蒋瑞藻的《苎萝诗话》、吕君豪的《名媛(闺)诗话》、梁彦的《妇女诗话》、萧瑟庵主的《漆室诗话》;10 则以下的最多,如许慕西的《苍崖室诗话》、未署名的《鹤啸庐诗话》、仰厂的《闺秀诗话》、娟秀楼主人的《闺秀诗话》各 7 则,桂英的《女子诗话》与啸虹女士的《啸虹轩诗话》各 6 则,啸云的《香闺诗话》5 则,范海容的《闺秀诗话》、小犁眉公的《梦砚庐诗话》与姚民哀的《妇女诗话》各 4 则,易瑜的《瓶笙花影录》、绿苹轩主的《绿苹轩闺秀诗话》各 3 则,作茧生、凤兮女士、云峰三人各一种《闺秀诗话》与病愁生的《女友诗话》均 2 则,惨绿愁红生的《香国诗话》仅 1 则,等等。可见,民国报刊闺秀诗话大都篇幅极短,价值自然也有限。报刊分载的形式必然使诗话的篇幅受限,一些创作者只为赚取稿酬,写作态度并不认真,加之政局不稳,撰著者不一定都能持续供稿,很多报纸杂志发行不久即停刊,诸多因素影响之下导致了短篇作品的大量出现。

民国报刊闺秀诗话中杂抄之作较多,或抄前代之作,或抄时人之作,甚至有从此刊抄入彼刊的情况。最为典型的是署名亶父、连续刊载于上海《妇女杂志》的《闺秀诗话》,几乎全部抄录咸丰二年刊刻的棣华园主人的《闺秀诗评》,姚民哀的《妇女诗话》4 则亦全部抄自他作,自然也无善可陈。更多的报刊闺秀诗话是集抄、编于一体,如范海容的《闺秀诗话》、萧瑟庵主的《漆室诗话》、娟秀楼主人的《闺秀诗话》等作中均多有抄袭,但也有些自己编辑的条目。这样的做法显然是缺乏认真严肃的创作态度的反映,与诗话创作主要以投报赚取稿费之目的有一定关系。当然,报刊诗话中也有些具有一定原创性的作品,如《女友诗话》《瓶笙花影录》、作茧生的《闺秀诗话》等记录自己身边的女性诗人诗作,《绾春楼诗话》《绿蘼芜馆诗话》等记同时代杰出女性诗事;另有一些作品虽然记前代女性文人的创作但作者能独立精心编纂,序次井然,凝练畅达,水平较高,如俞陛云的《清代闺秀诗话》、朴庵的《玉台诗话》、梁彦的《妇女诗话》、蒋瑞藻的《苎萝诗话》等。总体来看,民国报刊闺秀诗话中原创性作品偏少。

## 二、新内容与旧材料、新思想与旧观念杂糅

从内容上来看,民国报刊闺秀诗话大体有两个发展方向。

其一,依然赓续着闺秀诗话创作的传统,记旧人、讲旧事,或杂抄前人之作汇为一编,或旧题新作即熔铸前人材料而略加改造出以己辞,传递着清代以来闺秀诗话中既有的道德观念与美学观念如对"清""雅"之风的崇尚,创新很少,这类作品在报刊闺秀诗话中很常见。如朴庵的《玉台诗话》所记周羽步、阚玉、梁蓉函、梁秀芸、许若洲、林瑛佩、顾若璞、王素音等,对比就会发现皆从《妇人集》《闽川闺秀诗话》《名媛诗话》等作取材而略作改编;佚名的《鹤啸庐诗话》7 则全为简短的"旧话";范海容的《闺秀诗话》、吕君豪的《名媛(闺)诗

话》、姚民哀的《妇女诗话》、绿蘋轩主的《绿蘋轩闺秀诗话》、凤兮女士的《闺秀诗话》、惨绿愁红生的《香国诗话》、梁彦的《妇女诗话》、娟秀楼主人的《闺秀诗话》、程嘉秀的《镜台螺屑》与啸虹女士著、淑芳女士注的《啸虹轩诗话》等皆属内容与观念俱"旧"之作。另有一些作品中有记载晚清至民国女性旧诗创作的条目，如细叶的《绿施阁诗话》多记晚近以来女性的诗事，这些作品为近代文学研究提供宝贵的资料；作茧生《闺秀诗话》两则记朱蓉芬、刁素云两位民国前后的诗人，病愁生《女友诗话》记林姊寄华之诗，两作虽篇幅不大，但都有存文学史料之价值；桂英的《女子诗话》、萧云峰的《闺秀诗话》、易瑜的《瓶笙花影录》、小犁眉公的《梦砚庐诗话》、张啸尘与叶国英合撰的《锦心绣口录》，也属此类。虽是旧写法、旧观念，但部分内容可续补前代之作，有一定价值。

其二，或以新的时代观念来审视、评价传统文学中女性的文学创作，或记录民国前后女性具有时代新风的古典诗歌创作，这两类作品均给人耳目一新之感，或有史料价值，或具思想价值，值得重视。如，周瘦鹃之《绿蘼芜馆诗话》记当时教育家吕碧城、女英雄秋瑾与朝鲜女子题报国诗等诗事，另记近代三十余位女性诗人之作，为他作罕觏，价值较大。此外，杨全萌的《绾春楼诗话》所记更详且有明显的以诗存史、以诗话存史的意识：

辛亥秋末，革命事起，全国响应。海上女学界当时有女子军事团之组织，红粉英雄，千古美谈。城东女学校杨雪子女史有《送军事团北伐》古风一首，意殊道壮，气吞万夫，真堪掷地作金石声也。亟为录存，亦他日革命史中别才也。其原序云："元月二十日，女子军事团由上海出发江宁，会同北伐。同学张君志学、志行，黄君慧缣及姊氏雪琼，均与其队，爰作长句以送之。"诗云:"北风劲逼衣如铁,脆骨当之靡不裂。况乃久处温度中,不见坚冰与窖雪。一旦联袂从军行,舍身誓把匈奴灭。怯者瞠其目,顽者咋其舌。疑难起非谤,百般来摧折。吾谓攻城在攻心,心力当先自团结。不见木兰一乡女,投杼代父从军热。又闻红玉乃贱人,黄天荡里著勋烈。彼皆了无军事识,尚能致果杀仇敌。矧为堂堂节制师,讵云智巧反不及。饥餐胡虏肉,渴饮匈奴血。健儿不作等闲死,死于安乐寿考胡乃非俊杰。生当报我国,死当扫其穴。须知锦绣好山河,血泪斑斑红点缀。祝我诸姊莫回头,休惜生难兼死别。"读此参观杜陵"车辚辚马萧萧"之篇,王翰"醉卧沙场君莫笑,古来征战几人回"诸什,徒见其气馁而已。[1]

辛亥革命时国民情绪之激昂,巾帼不让须眉、毅然参军北伐之沸腾热血,于诗事、诗作中展露无疑,具有强烈的时代精神。此外,诗话中写道"庚子以后,全国竞开学校,然女子教育提倡而赞助者,以吾所闻,当时首推吕家三姐妹为最著"[2],并记吕惠如、吕眉生诗;另记其友唐英辛亥末自东瀛还感怆时局所作《感事》诗及其论远大志向的言辞。虽然诗话中不尽是此类作品,但显然因这类内容的存在更具价值。至于啸云之《香闺诗话》批专制制度致女学之不昌、《缩春楼诗话》斥专制君主纵情声色强选民间女子、《漆室诗话》记爱国女英等等,均闪耀着新思想的光芒。报刊闺秀诗话中最具价值的内容就是这类对晚近以来新女性的文学活动与崭新思想观念的记载,展现了文化转型时期女性的生存状况与文化、文学活动,有较高的社会学史料价值与文学价值。

---

① 《妇女时报》,1912年第8期,第76页。
② 《妇女时报》,1912年第8期,第77页。

如上所述,不同的诗话作品之间表现出新、旧内容与观念的差异,同时,有不少报刊闺秀诗话是古今通收,新、旧内容与新、旧思想杂糅交织于一部作品之内。如仰厂的《闺秀诗话》计 7 条,既记乾隆年间毕沅之母张氏、随园女弟子孙云凤,又记近代北京女师范学校国文教员、直隶女师范监学史敬之;李玉成的《两株红梅室闺秀诗话》既记明代申屠氏、清康熙时八旗诗人蔡琬、乾隆时毕沅母张氏,又记近代教育家施淑仪;兰州雪平女士的《红梅花馆诗话》记柳如是、顾横波、毛奇龄女弟子诗,又记秋瑾诗;常熟庞松柏著、程灵芬注的《今妇人集》既表彰大量的烈妇、节妇,同时又极力赞誉近代投身革命事业、教育事业的女性如秋瑾、吕碧城等人,对于创振华女校的谢长达、13岁登台慷慨陈词控诉美帝恶行的薛锦琴等更钦慕有加,誉之为近世女杰。新、旧内容与思想相互杂糅,是产生于文化交替时期的闺秀诗话的典型特征。

### 三、良莠杂陈,劣作多而佳什少

从上面的梳理中我们已不难看出,民国报刊诗话虽数量不少,但良莠杂陈,水平不一,总体来讲,佳作偏少。当然,有几部作品还是很有特色的,除上文已提及者外,如《苎萝诗话》专记浙江诸暨地区女性诗事,篇幅不大,但续接了前代地域闺秀诗话的传统,且编排精谨,对于地方文化建设有积极意义;俞陛云萃选诸家而成的《清代闺秀诗话》,则可称闺秀诗话发展史上的殿军之作。

俞陛云(1868—1950),字阶青,号乐静,又号斐龛,室名乐静堂,浙江德清人。近代知名学者、诗人。光绪二十四年(1898)戊戌科进士,以殿试一甲第三名赐探花及第,授编修,光绪二十八年出任四川副主考,民国元年(1912)任浙江省图书馆馆长,民国三年任清史馆协修,移居北京。拒绝溥仪佐政伪满之邀,日军侵华后为保气节闭门京郊,诗书自娱,卖字为生。《清代闺秀诗话》即是俞陛云隐于京郊时所作,载于《同声月刊》1941 年第 1 卷第 12 期,1942 年第 2 卷第 1、2、3期,每期各一卷,凡四卷;又载于《故都旬刊》1946 年第 1 卷第 3 期,称《清代闺秀诗话》(卷一),署"阶青",内容与《同声月刊》所载四卷并不相同。诗话初刊第一卷前有俞陛云辛巳年(1941)秋之序语,末曰:"三百年来,人才如海,非勺水所能罄。他日访求所及,当为续编。"《故都旬刊》所载很可能即是续前之作(可称之为第五卷),惜《故都旬刊》发行时间太短,所续诗话目前也仅见此一卷。

《清代闺秀诗话》前四卷计收入有清一代(含由明入清者)150 名左右女性文人,大体依诗人生活时代之先后而列;第五卷则收入盛昱之母博尔济吉特夫人、俞樾门下士王彦成母、汪甘卿母吴佩纕及孙采苹、诸锦香、严永华、严澄华 7 位晚近文坛杰出之女性。作者选录诗家去取颇严,"袁随园诸妹"条云:

> 袁随园诸妹,如素文、绮文、秋卿、淑英,皆能诗。惟绮文《寄兄诗》云:"无言但劝归期早,有泪多从别后弹。新暑乍来应保重,高堂虽老幸平安。"性情中语,不事雕饰而真切有味。素文诸人,以无警句未录。(卷三)[①]

又录袁枚女孙诗:

> 袁随园诸女孙,皆耽风雅,紫卿诗词尤工。原本性灵,意无不达。其《乐安公主玉印歌》《养贡歌》,均见才气。登临怀古之作尤佳。《鸡笼山》云:"复道旧曾回玉辇,台城谁为掷金瓯。"《桐

---

江舟中》云："滩声喧水碓,帆影掠鱼矶。"《南平道中》云："月宫旧梦沉哀角,水国新凉上薄衣。"《抚州野望》云："炊烟村屋环红树,晓日渔舟晒绿蓑。"皆清丽可诵。(卷四)[1]

袁氏闺秀之诗,经随园揄扬,后人多盛称之。俞陛云则按个人选诗标准重新去取,两代仅留袁绮文、袁紫卿之诗,余者因无警句不录。这种不盲从、自判定的独立精神是可贵的。

《清代闺秀诗话》有很强的原创性,诗话不少资料虽亦取材于前代,但条目的编写往往能自出手眼,展现出作者深厚的学养与不俗的识见,这在闺秀诗话发展晚期撮抄蹈袭之弊风行的大环境下,尤显难能可贵。如卷二记阚玉诗事:

> 明弘光时,广征采女。民间有及笄之女端丽者,仓卒适人,以避征选。钱塘人阚玉,为媒媪所绐,误适匪人,终日喂豕锄泥,头如蓬葆,仰天而号,作感吟句曰:"我本无心植杨柳,阴成都作夜栖鸦。"闻者哀之。[2]

阚玉事在陈维崧《妇人集》、雷氏兄弟《闺秀诗话》卷七等作中均有记载,然仅就阚玉个人命运而论,且事繁文复。俞陛云则删繁就简,存其精义,且由弘光朝选秀女事入笔,将阚玉的命运遭际置于广阔的时代背景之下,突出了阚玉以个体现群体的典型意义,堪为以文存史之作。再如"毕韬文"条:

---

[1] 《同声月刊》,1942 年第 2 卷第 3 期,第 15 页。
[2] 《同声月刊》,1942 年第 2 卷第 1 期,第 21 页。

　　　　毕韬文,年二十,随父官蓟州。值寇乱,父战死。韬文率精
　　锐入贼营,手刃其渠,众溃,夺父尸归。赋《纪事诗》云:"吾父矢
　　报国,雪涕复父离。夜战贼不备,手刃仇人头。泣奠慰先灵,归
　　葬乡山陬。"孝烈之声,播于遐迩。于归后,食贫偕隐,淡泊自安。
　　有《村居赠外诗》云:"明日断炊君莫问,且携鸦觜种梅花。"其高
　　致如是。见者不知为孝勇之奇女子也。[1]

　　毕韬文,名著,沈善宝《名媛诗话》卷一、雷氏兄弟《闺秀诗话》卷
七亦皆有载,二作均详述韬文入敌营前与众人之对话,俞陛云此条均
略去,而以精简的语言概括其奇勇孝行,更写其淡泊自安之高致,芜
杂尽褪,独显毕著之精神与诗才。

　　俞陛云早年受教于祖父俞樾。俞樾为清末经学大师,诗词文章
造诣极高,且对女性文学多有推扬,曾为清初女性诗人吴绛雪编纂年
谱,其《春在堂诗编》《春在堂杂文》中更有不少为女性文人集所作序
跋及题诗。在撰写闺秀诗话之前,俞陛云已有《诗境浅说》(自序称丙
子年即 1936 年作)、《唐五代两宋词选释》(1941 年)等诗词批评选本。
晚年的俞陛云以诗人加诗论家的双重身份、以诗话之形式对有清一
代闺秀诗歌展开批评,精择严选,并以深厚之学养发精辟深微之见
解,其独到之眼光,精当之结论,足以引起清代女性文学研究者的
重视。

　　作为闺秀诗话最后的存在形态,受动荡之政局、时代之交替与作
者之转型等诸多因素影响,民国闺秀报刊诗话良莠并陈,总体上给人
以纷杂凌乱之感,其中单纯为刊载获利、于闺秀诗话建设毫无益处之
作不在少数。面对这样的文化遗留,我们首先必须以足够的耐心细

---

[1]　《同声月刊》,1942 年第 2 卷第 1 期,第 19 页。

细梳理,逐一甄别,剔除糟粕,选出其中真正有价值的作品,而后再将其放入闺秀诗话发展的整个链条当中去评价。处于新旧文化交替期与闺秀诗话发展终结期的民国报刊闺秀诗话,自有其价值:俞陛云的《清代闺秀诗话》可为闺秀诗话之荟萃总结;绅叶《绿蓏阁诗话》等所记多晚近人物,如曾国藩幕僚曾吟村继室左冰如、近代算学家华蘅芳夫人史佩兰、咸同间诗人吴声槐妹吴适徐等等;常熟庞松柏著、妻程灵芬注《今妇人集》中记载了很多近代文学女性投身教育事业、慷慨报国的事迹,正可接续《名媛诗话》《闽川闺秀诗话》等记载终止于道光末咸丰初的作品,完整呈现清代闺秀的创作全貌。因有几种优秀的作品出现,民国报刊闺秀诗话亦足可称道,在闺秀诗话发展的终结期奏出了嘹亮的尾声。

# 下　编

　　诗话的创作多具有较大的随意性,因此常遭人非难,
论者甚或将诗歌的衰落归罪于诗话兴盛,一笔抹杀诗话
之价值。元人称诗话盛而诗愈不如古,在贵古贱今的前
提下否定了诗话;明人主流的诗学倾向是"尊唐抑宋",诗
话也被视为宋诗衰落的缘由:"唐人不言诗法,诗法多出
于宋,而宋人于诗无所得。"①这些观点的偏颇之处显而易
见。作为一种较为特殊的文学批评形式,诗话自有其价
值。蔡镇楚在《中国诗话史》中曾从六个方面对诗话的价
值作了评定:艺术论的渊薮,诗歌创作的经验总结,诗歌
艺术鉴赏的金钥匙,诗歌批评的有力武器,诗歌发展历史
的生动记录,诗歌美学研究的资料宝库等②;刘德重、张寅
彭《诗话概说》则从理论价值、批评价值、资料价值三个角
度宏观地对诗话价值作了概括③,这些均有助于人们充分

---

① 李东阳著,李庆立校释:《怀麓堂诗话校释》,人民文学出版社,2009年,第27页。
② 蔡镇楚:《中国诗话史》,第24—36页。
③ 刘德重,张寅彭:《诗话概说》,第13—14页。

认识诗话这一文体的学术价值。作为一种特殊的类型诗话，因创作目的多在于传女性诗人之名，闺秀诗话中的诗学批评话语相对较少，对古代女性诗人的生存境况与文学创作作详细记录，成为闺秀诗话最重要的使命，以故其价值必然主要体现为资料价值，具体来讲，是为女性文学研究与女性社会学研究提供丰富的资料。同时，作为一种诗学批评形式，闺秀诗话中也必然蕴含一定的女性诗学批评思想。因本研究主要是文学研究，所以本书下编拟从还原女性诗人生成与成长的社会机制、保存女性诗歌的活动场景、记录女性文学批评话语、构建女性文学史、推进女性文学文献学研究几方面对闺秀诗话的文学史料价值作一探讨。

# 第五章 从闺秀诗话看明清时代
女性诗人的生成机制

中国古代女性的诗歌创作,至明清时代方成规模,考察这一时期女性诗人生成与成长的社会机制,对于古代女性文学的研究具有重要意义。闺秀诗话中散落着大量的关于女性诗人成长的社会环境、家庭环境与教育情况的记载,将这些材料综合起来考察会发现,时代观念与社会风尚、家庭文化氛围、诗歌教育环境等对女诗人的生成与成长起到了至关重要的作用。

## 第一节 时代观念与社会风尚

中国女性的文学创作,自《诗经》时代已拉开序幕,但真正发展是从十七世纪前后开始的,这与明代中后期王学左派思想的传播有直接关系。在追求个性解放、尊情尚性思潮的冲击之下,作为明清官方哲学的理学实际统治效力渐渐削弱。"那时的女性,虽然仍不能免除深受其束缚甚至荼毒的危害,但她们若想跳出这一思想的牢笼,由于社会风气的多样性和发展性,也不是完全没有可能。"①因此,从明代

---

① 邓红梅:《女性词史》,山东教育出版社,2007年,第155页。

直至晚清甚而民国时期,虽然一直有人奉行"女子无才便是德"的准则否定、排斥女性为文,但也不乏与其相对抗、能跳出狭隘思想牢笼的有识之士,他们肯定女性文学价值,并身体力行地以不同的方式推扬文学女性,一时成为社会风尚。

### 一、女性价值观的重构

女性文学的发展,与女性价值观念的重构密切相关。宋代以来,孝亲、顺夫、教子,和睦家族,不预外事,是社会对女性的基本伦理要求;对男性、对家庭的依从性成为女性的基本社会属性,女性价值评判也围绕"孝""贤""慈"等道德标准展开。明代中后期,思想界之李贽发出女性识见不逊于男子的呼声:"谓人有男女则可,谓见有男女岂可乎? 谓见有长短则可,谓男子之见尽长,女人之见尽短,又岂可乎?"[1]这无疑启发了一部分男性与先知先觉的女性重新思考女性的价值问题。明代云间女诗人王凤娴"工文墨,有诗名","俯仰三四十年间,荣华凋落,奄忽变迁,触物兴情,惊离吊往,无不于诗焉发之",但最初"雅不以屑意,成辄弃去,所存无几何",且谓弟王献吉曰:"妇道无文,我且付之祖龙。"王献吉以"《诗》三百篇,大都出于妇人女子"劝阻,凤娴"于是哀而梓之",且嘱其弟弁首。[2] 在"妇道无文"的传统观念影响之下,热爱创作的女性对于情思凝聚而成的文稿是存是毁犹豫不定,因家人的肯定鼓舞方有勇气将之付梓,这正是女性进行自我价值重构过程的直接反映。而叶绍袁在《午梦堂全集·序》中言"丈夫有三不朽:立德、立功、立言。而妇人亦有三焉:德也,才与色

---

① 李贽:《答以女人学道为见短书》,见《焚书》卷二,清光绪宣统间上海国学保存会排印国粹丛书本。
② 胡文楷编著,张宏生等增订:《历代妇女著作考(增订本)》,上海古籍出版社,2008 年,第 90—91 页。

也，几昭昭乎鼎千古矣"①，直接将"德、才、色"并举为妇人之"三不朽"，加以叶氏一门闺秀突出的创作实绩，直为女性寻得了另一种新的理想的人生模式，这无疑昭示着女性主体意识的进一步解放与新的女性价值标准的确立，亦为女性文学之繁荣奠定了思想基础。

　　至清代乾嘉时期，袁枚直斥："俗称女子不宜为诗，陋哉斯言！……李笠翁则云：'有色无才，断乎不可。'有句云：'蓬心不称如花貌，金屋难藏没字碑。'"②从女性价值层面肯定了女子之才的重要性。蒋士铨则在为女诗人胡慎容诗集所作的序言中，从哲学层面指出了女性为文的依据："《离》象文明，而备位乎中；女子之有文章，盖自天定之。"③姚鼐摒弃性别偏见，回归问题根本，指出评判言语价值的尺度应为是否"当于义""明于理"："儒者或言文章吟咏非女子所宜，余以为不然。使其言不当于义，不明于理，苟为炫耀廷欺，虽男子为之可乎？不可也。……言而为天下善，于男子宜也，于女子亦宜也。"④肯定了女子为诗的合理性，彻底否定了"妇道无文"的观念。在闺秀诗话的记载中，我们依然能看到对女子为文的禁锢偶有存在，且看张倩《名媛诗话》中一段生动有趣的记载：

　　　　倩母训严，谓女子不贵咏诗。倩请曰："识字何为？"母曰："识字欲其知大义耳，岂为咏诗也哉？"由是，凡所咏句母不之知。尝有句云："笔墨偷将灯下写，吟诗只说是描花。"⑤

---

① 叶绍袁：《午梦堂全集·序》，叶绍袁撰辑《午梦堂全集》，上海贝叶山房，1936 年，第 3 页。

② 袁枚著，王英志批注：《随园诗话》，第 323 页。

③ 袁枚撰，王英志辑：《袁枚闺秀诗话》卷一，王英志主编《清代闺秀诗话丛刊》，第 62 页。

④ 姚鼐：《郑太孺人六十寿序》，《惜抱轩诗文集》卷八，上海古籍出版社，1992 年，第 121 页。

⑤ 张倩：《名媛诗话》，肖亚男主编《清代闺秀集丛刊续编》第 21 册《留香集》卷下，第 108 页。

显然，至清代中后期，如张倩一样具有强烈主体意识、对女性自我价值有明确追求的女性，文学书写热情已很难再被陈腐的观念压制，女性迈向彻底的文学解放的步子也越来越稳健。虽然一些闺秀诗话仍着意于揄扬节、烈、孝妇，但诸多闺秀诗话的序跋以及评诗话语都时时昭示出注重女性才华、不仅仅以德行作为评价女性唯一价值标准的时代观念，这一点前文已多有申说，兹不赘述。

## 二、社会风尚的推助

明清两代的社会文化风尚对于女性诗人的生成与成长起了重要的推助作用。自明末开始，推崇女子为诗渐成社会风尚，且追随时风者越来越多："近吴越中，稍有名媛篇什行者，人宝如昭华琬，能使闺阁声名，驾藁砧而上之。"①而"清代的文人对于闺秀作品非但未予社会道德的眼光评斥之，反而往往有更宽容的赞美之辞"②。事实上，自明中后期至晚清，社会名流如钟惺、江盈科、冒辟疆、钱谦益、毛西河、陈维崧、王士禄、王士禛、沈德潜、袁枚、任兆麟、王昶、洪亮吉、法式善、陈文述、俞樾等，或以诗话、诗文集序跋与即兴点评为女子延誉，或选刊女性诗予以推扬，或招收女弟子以助其学，或主持、参加女性诗歌活动躬与其盛。名公的奖掖推扬，既为女性文人播扬了声名，提升了文学女性的自信心，也使得女性看到实现人生价值的另一条路径，促使更多的闺秀加入到文学创作队伍中来，对于女性诗人的生成与成长起了重要的推助作用。正如乾隆末年女诗人马素贞序王琼诗集所言："我朝文化之盛，无以复加。不特文人学士为能踊跃向风，即闺阁奇才，往往究心诗学。此虽山川灵秀所钟，要亦赖有

---

① 王思任：《钟山献序》，见《谑庵文饭小品》（卷五），清顺治刻本。
② 钟慧玲：《清代女诗人研究》，（台北）里仁书局，2000 年，第 55 页。

人焉提倡之耳。"①王琼的《寄呈袁简斋先生书》亦称："乃闺阁成名,不少亲师取友之益,而诗篇不朽,尤仗名公大人之知。若昭华之于西河,采于之于西堂,映玉之于松崖,芳佩之于堇浦,莫不藉青云而后显,附骥尾而益彰也。"②以前代名公毛奇龄、尤侗、惠栋、杭世骏等招收徐昭华、张采于、徐映玉、方芳佩等女弟子为据,说明闺阁为文,若得亲师益友特别是有名望者之提倡,则其风愈炽,其名益彰。

闺秀诗话中相关记载颇多。其中最为人所乐道的,如毛奇龄对好友徐咸清之女徐昭华的赏识与提携。施淑仪《清代闺阁诗人征略》中有详细记载:徐昭华母为知名女诗人商景徽,昭华"幼承母教,诗名噪一时",且"工楷隶,善丹青","咸清与毛奇龄游会,奇龄过其家传是斋。座客方满,昭华出谒,奇龄命赋《画蝶》诗,信口立成,一座大惊"。昭华赋《画蝶》诗得毛奇龄赏识,"西河尝曰:'吾门虽多才,以诗,无如徐都讲者'",直以昭华诗超越诸多男弟子,因此大力推扬,为题其画幡,且将她带入自己的交游圈,"阳羡词派"领袖陈维崧、浙西词人吴宝崖等均为昭华诗集作序。③ 长洲吴绡则得当时名诗人冯班推赏:"冯定远文集中有与高阳夫人论古诗乐府源流,即谓素公(注:吴绡字)也。定远断断持论,少可多否,而推许夫人,则夫人诗格可知矣。"④纪映淮得王士禛赞誉更被多部诗话记载,如"映淮字阿男,善诗,以'栖鸦流水点秋光'之句见称于王阮亭尚书"⑤,"渔洋老人《竹枝词》有'栖鸦流水空萧瑟,不见题诗纪阿男'

① 马素贞:《爱兰书屋诗钞序》,任兆麟辑《吴中女士诗钞》附《爱兰书屋集》,乾隆五十四年(1789)刻本。

② 王琼:《爱兰书屋诗钞》,任兆麟辑《吴中女士诗钞》附。

③ 施淑仪:《清代闺阁诗人征略》卷一,王英志主编《清代闺秀诗话丛刊》,第1721—1722页。

④ 施淑仪:《清代闺阁诗人征略》卷一,王英志主编《清代闺秀诗话丛刊》,第1748页。

⑤ 王僎:《名媛韵事》卷一,蒋寅主编《清代诗话珍本丛刊》第1辑43册,第22页。

之句"①。同样得王士禛称道的还有钱塘顾启姬,"其所制词曲有'一轮月照一双人面',为王阮亭尚书所称,宋牧仲尚书则最称赏其'花怜昨夜雨,茶忆故山泉'一联"②。王士禛之后清代诗坛另一位宗主沈德潜亦赞柴季娴之诗"本乎性情之贞,发乎学术之正,韵语中时带箴铭"③。而有关袁枚对随园女弟子、陈文述对碧城女子诗群成员称赏的记载,更是随处可见。此外,如蒋士铨序胡慎容玉亭女史诗称:"玉亭名慎容,姓胡,山阴人,嫁冯氏,所天非解此者,遂一旦焚弃之。然其韵语,已流播人间,有《红鹤山庄诗》行世。其女兄弟采齐、景素,亦皆能诗,俱不得志。玉亭尤郁郁,未四旬,殁矣。"④再如"吴县庄德芬,以受遗感逝之身,衔辛茹苦。管世铭序其诗,谓'虽处悲沮之境,而绝无衰飒气';洪北江谓其五古之佳者无愧汉魏"⑤。"通州陈娶(字无垢),幼博学,诗文绝工。著有《绣佛斋集》。尝作《闺怨》五言诗,有'梦去不关愁,晓来心自恶'之句。从叔文起(名宏裔)见之,屡形吟赏。"⑥闺秀诗话中记载文人推扬女性创作的条目可谓不胜枚举。

居于要位的文化名流的肯定与赞誉,一方面有利于改变社会上"女子无才便是德"的观念,使得女子为诗的行为被更多人接纳,另一方面也提高了女性诗歌创作的热情,不断壮大女性作家队伍。从闺秀诗话的记载中可以看到,以文化名流为主要力量营造的良好的社会文化氛围,为女性文人的成长提供了有力的外部环境支持。

---

① 张倩:《名媛诗话》,肖亚男主编《清代闺秀集丛刊续编》第 21 册《留香集》卷下,第96 页。

② 沈善宝:《名媛诗话》卷一,王英志主编《清代闺秀诗话丛刊》,第 356 页。

③ 俞陛云:《清代闺秀诗话》卷一,第 25 页。

④ 袁枚撰,王英志辑:《袁枚闺秀诗话》卷一,王英志主编《清代闺秀诗话丛刊》,第 62 页。

⑤ 俞陛云:《清代闺秀诗话》卷一,第 34 页。

⑥ 陈维崧:《妇人集》,王英志主编《清代闺秀诗话丛刊》,第 27 页。

## 第二节　母家与夫家的文化氛围

　　明清女性文学具有鲜明的地域性和家族性特征。因此，社会氛围而外，来自于家庭的文化熏陶是女性诗人成长的重要土壤。学者李真瑜直接指出文学世家对女性创作的影响："一般说来，封建时代的文学流派都是由活动在社会上的男性作家组成的，女性作家基本上独立于任何一个文学流派之外。而在文学世家中情况则有所不同，女性文学创作是一个重要的存在，这说明托起女性文学创作的是家族的文学（文化）氛围。换言之，在中国封建社会，较之男性作家，女性作家背后的家族文化因素起着更为明显的作用。正如清人袁枚所说：'闺秀能文，终竟出于大家。'"①可谓的论。从闺秀诗话大量零星的材料之中可以看出，明清杰出的女性诗人多生长于以文学艺术传家、诗学氛围浓郁的文化家族中。

　　文化家族才女辈出，一门风雅，是明清两代较普遍的现象，正所谓："桐乡之孔，京江之鲍，海宁之杨，钱塘之袁，叠萼重跗，珠联璧合。"②如明末至清初吴江叶绍袁之妻沈宜修及四女均擅文；山阴祁氏家族女性则以祁彪佳之妻、明兵部尚书商周祚之女商景兰为首，祁门三女祁德渊、祁德琼、祁德茞，子妇张德蕙、朱德蓉皆富文采，景兰之妹景徽与景徽女徐昭华、侄女商彩等亦环绕周围。有清一代，名门望族滋养出的家族女性文人群体更为多见，钱塘叶氏与袁氏、阳湖张氏、武进恽氏、松陵计氏、湘潭郭氏、仪征阮氏等堪为代表，这些文化家庭"或娣姒竞爽，或妇姑齐美，以暨母子兄弟，人人有集"③。闺秀诗话中有关母女

①　李真瑜：《明清文学世家的基本特征》，《中州学刊》，2006 年第 1 期，第 221 页。
②　易顺鼎：《清代闺阁诗人征略·序》，王英志主编《清代闺秀诗话丛刊》，第 1696 页。
③　柳弃疾：《松陵女子诗征序》，见费庆善等《松陵女子诗征》，锡成公司铅印本，1919 年。

能诗、婆媳能诗、姐妹能诗、姑嫂能诗、娣姒能诗的记载俯拾皆是。如沈善宝记祁氏一门："山阴祁修嫣德琼，前明祁忠惠公彪佳女，诸生王鳄叔室，母商媚生夫人景兰。姊羧英德渊，著有《静好集》。妹湘君德茝，诸生沈萃祉室，著有《寄云草》。一门风雅，皆有才名。"①徐昭华"母商景徽与女兄景兰俱以能诗名。景兰有女，湘君继起，而昭华名更籍甚，一时有都讲之目"②。同书记毕沅母张于湘有《培远堂集》，其外母长洲顾兰谷有《挹翠阁诗钞》③。河内邹氏"适花泰隆，有《绿筠楼诗》二卷，其女亦能诗，适邑诸生李嘉谷"④。婆媳能诗如明东阁大学士钱士升子妇吴黄与儿媳沈榛、孙媳蒋纫兰"姑妇相承，世传风雅"⑤。钱浣青夫人"诗才冠绝一时，其媳庄素磐，济南太守庄敛坡之女，亦工诗"⑥。姐妹、姑嫂、娣姒能诗的记载也很多。如泰州宫婉兰，适邑诸生冒褒，如皋冒氏与泰州宫氏均为名门，且两家为世交，以故婉兰"娣姒嫂姪皆擅风雅"⑦。维扬吴师韫"适武林诗人施槃，有《蕉雨轩遗稿》……其妹泽文亦工韵语，闺中唱和尤多"⑧。《名媛韵事》"袁机"条："袁为钱塘巨姓，机乃简斋太史女弟也。诸娣姒皆能吟，氏诗最著，俱详随园集中。"⑨"杨林惠"条："陕西明府杨鲁川，黔之名士。生三女，皆能诗，林惠居仲，姊妹倡和，锦绣成帙，惠诗尤工丽。"⑩光绪年间梁溪杨蕴辉记本家女性创作之盛："余家梁溪，世多知诗。先母秦

---

① 沈善宝：《名媛诗话》卷一，王英志主编《清代闺秀诗话丛刊》，第 351 页。
② 施淑仪：《清代闺阁诗人征略》卷一，王英志主编《清代闺秀诗话丛刊》，第 1721 页。
③ 沈善宝：《名媛诗话》卷二，王英志主编《清代闺秀诗话丛刊》，第 378 页。
④ 王倬：《名媛韵事》卷一，蒋寅主编《清代诗话珍本丛刊》第 1 辑 43 册，第 24 页。
⑤ 王蕴章：《然脂余韵》卷一，王英志主编《清代闺秀诗话丛刊》，第 631 页。
⑥ 雷瑨、雷瑊：《闺秀诗话》卷四，王英志主编《清代闺秀诗话丛刊》，第 997 页。
⑦ 王倬：《名媛韵事》卷一，蒋寅主编《清代诗话珍本丛刊》第 1 辑 43 册，第 18 页。
⑧ 王倬：《名媛韵事》卷一，蒋寅主编《清代诗话珍本丛刊》第 1 辑 43 册，第 25 页。
⑨ 王倬：《名媛韵事》卷二，蒋寅主编《清代诗话珍本丛刊》第 1 辑 43 册，第 33 页。
⑩ 王倬：《名媛韵事》卷二，蒋寅主编《清代诗话珍本丛刊》第 1 辑 43 册，第 38 页。

太恭人著《梅花吟草》,先继母毛太恭人著《蝉花阁吟草》,诸姑姊妹有《琴清阁》《选云楼》诸诗草行于世。[①]多人有集,风雅之盛可见矣。

精神品格的塑造与学术文化底蕴的培养,是文化家族在子弟后代教育中最为重视的方面。自明代中后期开始,不少文化家族中的女性都成为接受诗歌教育的对象。如闽地林玉衡为"前明举人初文女,诗人林茂之先生古度之妹",在这样的家庭环境下,玉衡"七岁即能诗,初文建小楼成,值雪后月出,楼前梅花盛开,命之吟,应声赋云:'梅花雪月本三清,雪白梅香月更明。夜半忽登楼上望,不知何处是瑶京。'长老传诵,皆为惊叹"[②]。冒德娟"为如皋铸错老人女,适贡生石渠开,著有《自怡轩诗钞》。其父叔兄弟皆一时诗人,受益尤多"[③]。铸错老人冒褒为"明末四公子"之一冒襄幼弟,冒氏乃如皋望族,江南知名的文学世家,冒德娟能成长为诗人得益于家族文化多矣。乾隆年间闽地知名的女诗人许琛出身于福建侯官许氏家族,"许氏代以诗画仕宦显,其家七世同居,闻于朝,遂获邀御制诗及御书匾额之褒。节妇(指许琛)之于诗画,固濡染者深"[④]。直言许琛的文化素养源于文化家族的影响。再如女诗人杨蕴辉父工词,有《听雨小楼词》;母秦氏,著《梅花吟草》;继母毛氏,著《蝉花阁吟草》;诸姑姊妹亦多能诗。蕴辉"以耳濡目染,故不学而成"[⑤],可见家庭诗歌创作氛围对女诗人成长影响之大。

闺秀诗话中的一些材料显示,有些女性走上诗歌创作道路是受夫家文化氛围的影响。如,梁章钜夫人郑氏为进士郑光策之女,"本

①　杨蕴辉:《闽川闺秀诗话续编・书后》,王英志主编《清代闺秀诗话丛刊》,第 333 页。
②　梁章钜:《闽川闺秀诗话》卷一,王英志主编《清代闺秀诗话丛刊》,第 195 页。
③　王僴:《名媛韵事》卷一,蒋寅主编《清代诗话珍本丛刊》第 1 辑 43 册,第 21 页。
④　梁章钜:《闽川闺秀诗话》卷四,王英志主编《清代闺秀诗话丛刊》,第 207 页。
⑤　王蕴章:《然脂余韵》卷六,王英志主编《清代闺秀诗话丛刊》,第 822 页。

名父之女,幼通《诗》《礼》,归余后益亲笔墨",因梁章钜喜吟咏,郑夫
人又与喜好文学的梁章钜叔母许太淑人同居,故濡染渐深,亦时时以
诗遣怀,并自言"尚冀有片纸只字留示后昆也"①。再如阮元妻曲阜孔
璐华,为孔子第七十三代女孙,幼年读《毛诗》,不能颖悟。于归后,因丈
夫喜言诗,始时时为之。又因宦游浙江,景物佳美,以故得诗较多。母
家培养了孔璐华良好的文化素养,婚后受丈夫兴趣与宦游经历之影响,
孔璐华走上了诗歌创作道路并得以不断精进而有所成。

　　母家良好的文化氛围与教育观念,为封建时代女性诗人的生成
提供了最重要的养分;而夫家的文化气氛,则往往决定了女性在成年
后能否继续进行诗歌创作,对女性诗人的发展之路尤为重要。闽地
周蕊芳为梁章钜弟梁兰笙继室,"母高氏亦能诗,通经史,故蕊芳幼承
母训,素解吟咏。年十七归兰笙,复从余九妹蓉函讲贯,诣益进"②。
梁氏家族诗礼传家,特别是梁章钜妹梁函蓉热爱诗歌创作,她力课家
族女性为诗,正是夫家良好的创作氛围,使得周蕊芳诗艺益精,渐有
成就。再如郑方坤之母黄昙生,"父处安公,闽县诸生,沉酣六籍,有
志当世",昙生幼时"日侍几案,听说忠义事,受经学,作诗文,温纯大
雅,不为闺阁香艳之句。处安公喜曰:'是伏生女、曹大家流,苏若兰
岂足方哉?'"归郑先生,"郑先生令固安,期年政平,招戚友滞都下者
至署,作竟岁欢,拈韵赋诗,觥政具举。夫人在阃内亦与群从、子婿、
通家子倡和。除日,夫人剪绢成梅花,插胆瓶奉客。偶作小诗,诸子
竟次其韵,为夫人寿。著作甚富,秘不示人。惟吴兴臧夫人《皆绿轩
诗》、西陵《林大家集》,奉处安公命为序,两家寿梨枣,今得脍炙人口。
他有藏者,皆女孙翰菀所录,椟而藏之"③。可以说,黄昙生是古代社

① 梁章钜:《闽川闺秀诗话》卷三,王英志主编《清代闺秀诗话丛刊》,第 225 页。
② 梁章钜:《闽川闺秀诗话》卷三,王英志主编《清代闺秀诗话丛刊》,第 232 页。
③ 丁芸:《闽川闺秀诗话续编》卷四,王英志主编《清代闺秀诗话丛刊》,第 322 页。

会典型的幸运文化女性,因其父的学养与识见,她自幼就接受了开放良好的文化教育,于归后夫家亦一门风雅,其文学才华得以淋漓尽致地展现。当然,女子若在母家接受很好的诗歌教育,却不能嫁入同样重视文化且无生计之忧的家庭,诗歌创作的道路自然会被中断,这样的例子也很多。如几部诗话都记载的明末女子阚玉,容貌端丽有诗才,却不幸为卖菜佣所给嫁其子,终日爨炊煨豕、锄泥莳灌,未几竟作歌而亡。[①]　再如沈善宝姨母吴世佑"最耽吟咏,工画牡丹",出嫁前备受宠爱,母亲不忍其远嫁,三十岁于归武进卜子安,却不得不从宦往来,"儿女既多,笔墨遂废。每谓余云:'欲作雅人,必须终身在室。近日偶得一二句,思欲足成,辄为俗事败兴'"[②]。"最耽吟咏"的吴世佑深深无奈于婚后为日常俗事所累,因生活境况所迫,无法保证创作的时间和物质条件,这也是封建时代众多与其有一样命运遭际的文化女性的共同心声。

## 第三节　良好的诗歌教育环境

中国古代的正统女教,主要围绕培养孝妇、贤妻、良母的目标展开。自先秦以迄明清,"四德"教育一直是女子教育的核心内容。《周礼·天官·九嫔》曰:"九嫔掌妇学之法,以教九御,妇德,妇言,妇容,妇功。"历经千年,康熙年间所刊蓝鼎元《女学》仍称:"女子之学,一曰妇德,二曰妇言,三曰妇容,四曰妇功。"[③]生于光绪六年(1880)的清末民初女性学者戴礼也以"四教为女学之本",更明言:"所谓女学者,将

---

① 陈维崧:《妇人集》,王英志主编《清代闺秀诗话丛刊》,第25页。
② 沈善宝:《名媛诗话》卷六,王英志主编《清代闺秀诗话丛刊》,第450页。
③ 蓝鼎元:《女学》卷一,鹿洲全集本。

为女行之准的也。女行无缺,则妇德自全;妇德克全,则母仪自立,而女子之事备矣,毕生之名全矣,复何求多哉?"①在这些主流女性教育观的影响下,即便是明清时代,仍有不少人秉持"女子无才便是德"的观念,认为"摘句寻章、簪花咏絮之事"于女子"非所谓学矣"②。当然,保守的女性教育思想在明清时代其势已渐如强弩之末,在晚明个性解放与清代性灵思潮的冲击下,大多数人对于女教的态度都较为宽容,即便是大斥袁枚招收女子弟子的保守道学家章学诚也对女子习文辞作出了肯定:"或以妇职丝枲中馈,文辞非所当先,则又过矣。夫聪明秀慧,天之赋畀,初不择于男女,如草木之有英华,山川之有珠玉,虽圣人未尝不宝贵也,岂可遏抑?正当善成之耳。"③事实上,晚明以来,女子特别是江南文化家族女性从多种途径接受"四德"而外的文艺教育已不鲜见,这为培养女性诗人创造了良好的条件,闺秀诗话中对此多有记载。

## 一、父母亲长之教

中国古代的女子基本是被排斥于正规学校教育之外的,所谓"男女既别,不能出于学校以求师。相习成风,故举国女子殆皆不学"④。但与前代相比,明清很多文化家族都重视女子的教育。陈宏谋《教女遗规序》云:"有贤女然后有贤妇,有贤妇然后有贤母,有贤母然后有贤子孙。王化始于闺门,家人利在女贞。女教之所系,盖綦重矣。"⑤虽然仅从女性对家族中夫、子之影响出发,但已强调女教的重要性。

① 戴礼:《女小学》卷一,清同治十年(1871)刘述荆堂刻本。
② 同上。
③ 章学诚著,叶瑛校注:《文史通义校注》,第 555 页。
④ 康有为:《大同书》戊部《去形界保独立·妇女之苦总论》,第 156 页。
⑤ 陈宏谋:《五种遗规》,光绪二十一年(1895)浙江书局刻本。

古代女性的文学教育，主要是通过宗族家庭教育来实现的。

一些文化家族中，往往会有一位或多位父师或母师教授，鼓励女子进行文学创作。士大夫阶层作为文化和教育的承载者，对其家庭内女性成员的文学活动有重要影响。明清不少女性诗人都是在家族父辈或兄长的培养下成长起来的，她们自幼随家族中的男性如父亲、伯叔或兄长学诗，诸多闺秀诗话对此都有详细载录。如毛奇龄女毛安芳为秋红吟社成员之一，其诗音节浏亮，沈善宝《名媛诗话》记"安芳幼承庭训，刻苦吟诗"①，故有所成。秣陵崔秀玉"父吴门老教授，家贫，居僦鸡鸣埤下。常口授秀玉书史，无不明晓。著有《耽佳阁诗集》一卷"②。《名媛韵事》记姜善华"其父生四子，而氏最稚，尤钟爱焉。幼教之读，二年即工韵语，加诸兄而上，亦天才也"③。《闽川闺秀诗话》"吴丝"条称吴丝字黄绢，为威略将军吴英女，英"性喜吟咏，黄绢，其爱女也，亲课之诗"④，吴英还请人将女儿吴丝的诗写作便面；郑翰莼则"承其父新繁令石幢先生方城及叔父荔乡先生之教，以通诗礼名家"⑤，由父亲和叔父共同教授。丁芸《闽川闺秀诗话续编》记王秋英"七岁随宦漳南，先生公暇教以诵读及韵语，稍长遂能诗，与谢冰壶闺秀唱和"⑥。浦城孙若梦，孝廉振豪女，"孝廉教以唐诗，因解吟咏"⑦。郭仲年父亲郭远堂为女儿诗集《继声楼古今体诗》所作序言称"女始从予读书于鳌峰书院中，偶学近体诗"⑧，因郭远堂为鳌峰书院院长，所以女儿郭仲年有

---

① 沈善宝：《名媛诗话》卷一，王英志主编《清代闺秀诗话丛刊》，第 357 页。
② 陈维崧：《妇人集》，王英志主编《清代闺秀诗话丛刊》，第 31 页。
③ 王僎：《名媛韵事》卷二，蒋寅主编《清代诗话珍本丛刊》第 1 辑 43 册，第 40 页。
④ 梁章钜：《闽川闺秀诗话》卷一，王英志主编《清代闺秀诗话丛刊》，第 197 页。
⑤ 梁章钜：《闽川闺秀诗话》卷二，王英志主编《清代闺秀诗话丛刊》，第 212 页。
⑥ 丁芸：《闽川闺秀诗话续编》卷二，王英志主编《清代闺秀诗话丛刊》，第 297 页。
⑦ 丁芸：《闽川闺秀诗话续编》卷四，王英志主编《清代闺秀诗话丛刊》，第 324 页。
⑧ 丁芸：《闽川闺秀诗话续编》卷二，王英志主编《清代闺秀诗话丛刊》，第 290 页。

机会随其在书院读书并学习诗歌创作。"丁抱珠"条引丁炜《问山文集·亡长女墓志铭》："余曹务少闲,授女《孝经》《女诫》《论》《孟》诸大义。女即目成诵,占对时出意表,稍稍导以声律,每针绣暇间,出秀句呈余,余辄色笑。"①棣华园主人的《闺秀诗评》记"香山童氏女,幼慧,父教以韵语,辄善吟咏"②;"闽中秦小珊,美姿容,幼从父学诗,甚慧"③。民国金燕的《香奁诗话》记震泽陈淑梅"父名诸生,幼从诸兄读,课之如男子"④,同乡钱希令为"名士芝门先生之女公子,幼受先生之教育,博通文史"⑤。还有一些女性在兄长的培养下成为诗人,如天水赵子履妻武淑仪幼受学于乃兄静如先生⑥。可见,家族男性亲长在培养闺秀诗人方面扮演了重要角色。

接受良好家庭教育的女性,不少又成长为新一代的母师,在家族后辈女性的培养与文学教育中发挥作用,闺秀诗话所记因母亲、姑母等女性长辈教习而成为诗人的闺秀数量更多。如祁彪佳妻商景兰"教其二子理孙、班孙,女德琼、德渊、德茝及子妇张德蕙、朱德蓉"⑦,祁氏一族满门闺秀皆解吟咏,显然得力于商景兰之教诲。梁章钜妹梁蓉函"姊妹为女史许鸾案女,同承慈教,均以诗名"⑧。梁章钜记其叔母许鸾案:"生长名家,濡染庭训,敦诗悦礼,蔚为女宗……余总角时即从太淑人受五七言句法,膝前三女皆娴吟咏,至今内外群从,人人有集者,太淑人之力为多。"⑨许鸾案出身名门,嫁入梁氏家族后,对

---

① 丁芸:《闽川闺秀诗话续编》卷三,王英志主编《清代闺秀诗话丛刊》,第315页。
② 棣华园主人:《闺秀诗评》,王英志主编《清代闺秀诗话丛刊》,第2284页。
③ 棣华园主人:《闺秀诗评》,王英志主编《清代闺秀诗话丛刊》,第2312页。
④ 金燕:《香奁诗话》卷上,王英志主编《清代闺秀诗话丛刊》,第2236页。
⑤ 金燕:《香奁诗话》卷上,王英志主编《清代闺秀诗话丛刊》,第2237页。
⑥ 金燕:《香奁诗话》卷上,王英志主编《清代闺秀诗话丛刊》,第2236页。
⑦ 施淑仪:《清代闺阁诗人征略》卷一,王英志主编《清代闺秀诗话丛刊》,第1720页。
⑧ 施淑仪:《清代闺阁诗人征略》卷六,王英志主编《清代闺秀诗话丛刊》,第1990页。
⑨ 梁章钜:《闽川闺秀诗话》卷三,王英志主编《清代闺秀诗话丛刊》,第225页。

子女与侄辈的诗歌教育起到了重要作用,其女梁蓉函因其培养成为优秀的女性诗人,而蓉函又为培养母家与夫家同辈或晚辈的女性诗人作出了极大贡献。此外,如徐昭华"幼承母教,名重一时"[1]。侯官人周瑞芳"母高氏亦能诗,通经史,故蕊芳幼承母训,素解吟咏"[2]。沅陵杜小英亦自称"诗书曾奉母为诗"[3]。"桐城张文端公英之三女令仪,幼承母教,以好学能诗称"[4]。江宁卞玄文"年三十四而卒,著有《绣阁集》。生平诗学,得力于母氏吴岩"[5]。湘潭郭智珠为女诗人郭筌愉女侄,"幼失怙,依诸姑习诗文"[6]。沈善宝学诗于母亲和姨母,归武凌云为继室后,又于家居中教授继女友愉与侍儿筝鸿作诗,友愉"性颇敏给,喜弄笔墨,与侍儿筝鸿晨夕执卷,咿唔研诵。吾授以唐宋律绝,稍稍指授,未尝督责也,不数年皆能成小诗"[7],两女皆有所成。在礼制的束缚之下,闺阁女性的人际交往多受到很大限囿,但她们与身边女性长辈或同辈的接触是完全自由的,因此,母亲及姑、叔、姨母往往成为她们诗歌教育的启蒙老师。

当然,很多女性接受诗歌教育的途径并不是单一的,有些文学女性的成长是由家族中父师、母师共同促成的。如《闽川闺秀诗话》卷三详细记载了梁章钜家族的诗学教育情况。梁氏家族吟咏之盛,主要与梁章钜叔母许太淑人对下一代的诗学教育有关。许氏字鸾案,出身于福州侯官许氏家族,其祖上许豸为广禄诗派的创始人,"七世

---

① 沈善宝:《名媛诗话》卷一,王英志主编《清代闺秀诗话丛刊》,第351页。
② 梁章钜:《闽川闺秀诗话》卷三,王英志主编《清代闺秀诗话丛刊》,第232页。
③ 沈善宝:《名媛诗话》卷一,王英志主编《清代闺秀诗话丛刊》,第361页。
④ 俞陛云:《清代闺秀诗话》卷一,第33页。
⑤ 金燕:《香奁诗话》卷上,王英志主编《清代闺秀诗话丛刊》,第2296页。
⑥ 沈善宝:《名媛诗话》卷七,王英志主编《清代闺秀诗话丛刊》,第466页。
⑦ 沈善宝:《名媛诗话》卷十一,王英志主编《清代闺秀诗话丛刊》,第545页。

同居","代以诗画仕宦显其家"①。许鸾案"生长名家,濡染庭训,敦诗悦礼,蔚为女宗……余(注:梁章钜)总角时即从太淑人受五七言句法。膝前三女,皆娴吟咏,至今内外群从,人人有集者,太淑人之力为多"②。三个女儿与梁章钜都在许鸾案的教授下成长为诗人,后来梁章钜夫人郑氏也学诗于许。梁章钜又教授妹梁秀芸与两个女儿梁兰省、梁兰台与儿媳杨渼皋作诗,公暇之余常令诸人"分日作诗课"③。许鸾案"三女皆能诗,而蓉函为之冠","吾乡女士当首推之"④。梁蓉函又成长为家族新一代的女师:梁章钜弟兰笙继室周蕊芳素解吟咏,从"蓉函讲贯,诣益进"⑤;梁章钜女筠如与寿研、子妇杨渼皋亦相约受业于姑母蓉函。在家族氛围的影响之下,章钜之侄女赋茗、兰芬、金英、佩茳与侄孙女瑞芝均工诗。梁氏一族四代女性吟咏唱和,闺门风雅极一时之盛,无疑得益于两位母师与一位父师的诗歌教育。另,梁蓉函适侯官许濂,许濂侧室林炊琼"初入门,不甚通文理,余妹蓉函力课督之,遂渐知诗"⑥;赵玉钗为"蓉函子妇也,蓉函教之诗甚勤,初入门即课其读四子书即毛诗,年余尽通其意"⑦;蓉函女许还珠、许季兰均有诗集传世,则受母诗教无疑矣。此外,如卞梦钰"幼颖慧。其父母教之以文史之学,靡不博通,翰墨词章,流传吴越"⑧;谢琳英"性聪慧,幼从学于伯母王氏"⑨;沈善宝同里关小锟"年十五诗已成

① 梁章钜:《闽川闺秀诗话》卷一,王英志主编《清代闺秀诗话丛刊》,第 207 页。
② 梁章钜:《闽川闺秀诗话》卷三,王英志主编《清代闺秀诗话丛刊》,第 225 页。
③ 梁章钜:《闽川闺秀诗话》卷三,王英志主编《清代闺秀诗话丛刊》,第 234 页。
④ 梁章钜:《闽川闺秀诗话》卷三,王英志主编《清代闺秀诗话丛刊》,第 229 页。
⑤ 梁章钜:《闽川闺秀诗话》卷三,王英志主编《清代闺秀诗话丛刊》,第 232 页。
⑥ 梁章钜:《闽川闺秀诗话》卷四,王英志主编《清代闺秀诗话丛刊》,第 250 页。
⑦ 同上。
⑧ 施淑仪:《清代闺阁诗人征略》卷一,王英志主编《清代闺秀诗话丛刊》,第 1728 页。
⑨ 丁芸:《闽川闺秀诗话续编》卷四,王英志主编《清代闺秀诗话丛刊》,第 330 页。

帙，盖受学于外大母汪兰史贵珍也"①。可见，一位优秀的文化女性，往往在家族中不同辈分、不同关系、不同层次的女性的诗歌教育方面发挥作用。

　　还有一些女性，待字闺中时并未学诗，于归后受夫家人教诲才开启诗歌创作之路，夫婿、婆母、姑婆甚而一些侍妾的正室夫人都可能是她们婚后的"为诗之师"。因夫婿之教而能诗者相对较多，如江都徐渊珠，早慧，有京宦欲纳为妾。渊珠曰："愿侍文人，如东坡之朝云，不愿纨绔。"后归施愚山，教之习诗，遂能为五七言句。② 王偁继室杜玉贞出身滨州世族，"幼读书识字，后归余，教之诗，越年即能工。予编诗话，氏为之抄集，其功居半。偶有吟咏，予为心折，不忍以室家之嫌掩其所长也"③。再如孙兆湉继室涂莹，"性格豪爽，心地聪明。初归时仅粗识字义，嗣见余吟咏，爱慕不置，因授以唐诗，并教以典故及作诗之法，最爱读吴梅村、袁子才诗集"④。闺秀李白华兰陔"幼不知书，归蝶扉居士，闺房静好，教之识字，由是知吟。著有《思媚堂诗草》"⑤。还有受婆母之教的，前所言商景兰之子妇张德蕙、朱德蓉，梁函蓉子妇赵玉钗皆因婆母传授而成长为诗人。再如孙兆湉二妹蓝仙适武林汪氏，"其尊嫜虚白老人，巾帼才子也，有《不栉吟》行世"，"妹从之学韵语，颇得诗中三昧"⑥。梁章钜子妇杨婉蕙，"为竹圃方伯之女，竹圃口不称诗，但授以书义。故婉蕙少不知有声韵之学。归余三子恭辰时，恭儿方习举子业，亦不暇言诗。而余同堂妹蓉函好作诗而

----

① 沈善宝：《名媛诗话》卷九，王英志主编《清代闺秀诗话丛刊》，第505页。
② 俞陛云：《清代闺秀诗话》卷一，第33页。
③ 王偁：《名媛韵事》卷二，蒋寅主编《清代诗话珍本丛刊》第1辑43册，第42页。
④ 孙兆湉：《闺秀录》，蒋寅主编《清代诗话珍本丛刊》第1辑43册，第271页。
⑤ 张倩：《名媛诗话》，肖亚男主编《清代闺秀集丛刊续编》第21册《留香集》卷下，第97页。
⑥ 孙兆湉：《闺秀录》，蒋寅主编《清代诗话珍本丛刊》第1辑43册，第250—251页。

工,婉蕙喜从之游。适余长女筠如、次女寿研方学为诗,遂相约受业,请题为课,而婉蕙骤有所解"①。受乃父影响,杨婉蕙在母家未能接受诗歌教育,于归后在婆姑母及姊妹影响下进入了诗歌创作的殿堂。还有为大妇所教者,如梁蓉函夫许濂侧室林炊琼入门不通文理,正室夫人梁蓉函"力课督之,遂渐知诗"②。

## 二、师徒授受的专业诗歌教育

家庭教育而外,明清时代不少女性也走出闺阁,向当世名家或专业教师学习。乾嘉诗坛上,袁枚、陈文述相继招收几十名女弟子,先后形成随园女弟子诗群、碧城女子诗群,声名甚著,规模与影响之大,一时无两。其实,袁、陈二人之外,明清两代特别是清代还有不少男性都招收女子为徒。"文人招女弟子之风始于明代,如李贽曾收梅澹然为女弟子。至清代此风渐盛,如清初毛奇龄招徐昭华、冯班招吴绡、尤侗招张繁、惠栋招徐映玉、翁照招方芳佩等,但皆是招个别女弟子。乾隆后期,任兆麟招张清溪、李嫄、张芬、陆瑛、席惠文、朱宗淑、江珠、沈纕、尤澹仙、沈持玉等'吴中十子',以及汪玉轸、金逸(汪、金亦为随园女弟子)、马素贞、刘芝、周澧兰、王拈华、叶兰、陶善、周佛珠等为女弟子,已得二十来人。"③清代声名较著的男性文人如毛奇龄、尤侗、冯班、王士禛、王文治、杭世骏、洪亮吉、王昶、郭麐、任兆麟等均有女弟子,其他名不见经传的闺秀男师更是大有人在;另外,一些文化女性也因负盛名或为生计所迫招收女弟子授诗,大量"闺塾师"的出现是明清时期独特的文化景观,闺秀诗话中留存了不少相关资料。

---

① 梁章钜:《闽川闺秀诗话》卷三,王英志主编《清代闺秀诗话丛刊》,第 235 页。
② 梁章钜:《闽川闺秀诗话》卷三,王英志主编《清代闺秀诗话丛刊》,第 250 页。
③ 王英志:《袁枚题〈十三女弟子湖楼请业图〉二跋考》,《中国社会科学院报》,2011 年 3 月。

　　女子拜男师者,如汪端"幼受业高迈庵先生,以其后人衰替,每叹身非男子,不能尽师门之谊,以为生平憾事"①;山阴女子徐昭华"名重一时,为毛西河太史高足"②;莆田黄幼藻"少受业于老儒方泰,年十三四工声律,通经史,知大节"③;闽地萨莲如"尝受业于姚履堂邑侯"④;江鸿祯曾受业于陈秋坪,"陈秋坪先生,知余有抄辑闽诗之举,手录其弟登爵及其女弟子江鸿祯遗诗各十余首付予"⑤;山阴胡慎容夙慧,伯父为其延师,"授以书,一过成诵"⑥;浙江孙秀芬"诗才清丽,为阳湖洪北江先生女弟子"⑦;沈善宝"幼从甬江陈箫楼权受诗"⑧;嘉定钱瑛"幼聪颖,父国学生瑞墀绝爱怜之,延名师课读,遂工吟咏"⑨,等等。

　　女子拜女师的情况更为常见,如齐祥棣尝学诗于梁蓉函⑩;张滋兰"幼受业于徐香溪女史之门,工诗文"⑪;江夏张净因"曾在仪征相国家,授刘谢唐诸女史诗"⑫;许定生《琴外诗钞》中《哭高真媛》序称真媛"从家慈学习诗词并琴画,无不专心致志"⑬。张倩在《闺秀诗话》里记载自己从女师焦右文学习,并与其探讨诗艺:"女师焦右文先生尝云:

① 施淑仪:《清代闺阁诗人征略》卷八,王英志主编《清代闺秀诗话丛刊》,第 2037 页。
② 沈善宝:《名媛诗话》卷一,王英志主编《清代闺秀诗话丛刊》,第 351 页。
③ 梁章钜:《闽川闺秀诗话》卷一,王英志主编《清代闺秀诗话丛刊》,第 204 页。
④ 梁章钜:《闽川闺秀诗话》卷二,王英志主编《清代闺秀诗话丛刊》,第 222 页。
⑤ 梁章钜:《闽川闺秀诗话》卷四,王英志主编《清代闺秀诗话丛刊》,第 247 页。
⑥ 施淑仪:《清代闺阁诗人征略》卷四,王英志主编《清代闺秀诗话丛刊》,第 1884 页。
⑦ 金燕:《香奁诗话》卷上,王英志主编《清代闺秀诗话丛刊》,第 2233 页。
⑧ 沈善宝:《名媛诗话》卷六,王英志主编《清代闺秀诗话丛刊》,第 454 页。按,陈权,疑当为陈权巽。陈权巽,字占甫,鄞县人,诸生。有《箫楼诗稿》。
⑨ 施淑仪:《清代闺阁诗人征略》卷八,王英志主编《清代闺秀诗话丛刊》,第 2059 页。
⑩ 梁章钜:《闽川闺秀诗话》卷四,王英志主编《清代闺秀诗话丛刊》,第 253 页。
⑪ 沈善宝:《名媛诗话》卷四,王英志主编《清代闺秀诗话丛刊》,第 406 页。
⑫ 沈善宝:《名媛诗话》卷十,王英志主编《清代闺秀诗话丛刊》,第 528 页。
⑬ 沈善宝:《名媛诗话》续集中,王英志主编《清代闺秀诗话丛刊》,第 600 页。

'男子诗中用女儿字最雅,至女子诗用男儿字,便不成话矣。'倩请曰:
'夫子不问花蕊夫人之"十四万人齐解甲,更无一个是男儿"乎?'师喟
然称许。"①展现出女弟子独立思考的能力与更为开阔的诗美眼光。
大量有关闺塾师的记载也折射出女子从女师学诗是较常见的现象。
明清不少女性文人,如顾若璞、黄媛介、王端淑、曹鉴冰、归懋仪、卞玄
文、袁枚长姑、沈善宝、王采苹等,都曾为闺塾师。一些女师授徒成就
显著,如山阴人胡慎仪石兰"早寡,抚幼子,未几子卒,家益落,乃为闺
塾师,历四十年,受业弟子前后二十余人,多以诗名"②;女诗人沈善宝
招收女子授诗,学生达百余人。有些记载虽然并没有指明女师教授
内容为诗歌,如苏畹兰香岩因夫倪一擎"家素贫,课徒自给。香岩组
驯之余,兼课女弟子,资其服修以佐晨夕"③;陈雪榭善吟咏,"缙绅、内
眷多延为女师"④等,但游走于四方的女性塾师基本都诗画兼通,其教
授内容大多少不了诗歌。

　　闺秀别集与总集对于女子拜师材料的记载,或零散,或简略,查
找不易。与其他类型文献相比,闺秀诗话集中记录了大量女子拜师
学诗的材料,为系统考察女性的专业化诗学教育提供了极大便利。
这些记载隐约透露出如下信息:毛奇龄是清代较早招收女弟子的男
性,而女子拜男性为师的社会风气至乾嘉后更盛,袁枚与陈文述二人
招收的诗女弟子有百人左右,极大地推动了女性特别是江南地区女
性走上专业化诗歌创作的道路。散见于闺秀诗话的有关女性塾师的
材料也非常之多,这有助于考察明清女性教师的群体构成、生存状况
等诸多问题。

---

① 张倩:《名媛诗话》,肖亚男主编《清代闺秀集丛刊续编》第 21 册《留香集》卷下,第 103 页。

② 沈善宝:《名媛诗话》卷四,王英志主编《清代闺秀诗话丛刊》,第 412 页。

③ 施淑仪:《清代闺阁诗人征略》卷四,王英志主编《清代闺秀诗话丛刊》,第 1885 页。

④ 梁章钜:《闽川闺秀诗话》卷三,王英志主编《清代闺秀诗话丛刊》,第 312 页。

　　除上述几种诗歌学习路径之外，还有自学成才的女性诗人，如钱榮女钱淑课嗣子读书，教之以唐诗而自解吟咏①。综合闺秀诗话中女性诗歌教育的材料可以看出，从明末清初到清代中叶，女性的诗学教育途径极多，且呈现出由家庭教育逐渐向社会教育迈进的趋势，这是女性诗歌教育逐步专业化的反映。家庭与社会两种诗歌教育形式又往往相互交叉，如徐昭华之母为女诗人商景徽，商诗深得乐府体裁，徐昭华"幼承母教"②，又拜父友毛奇龄为师，名噪一时，有"徐都讲"之称。再如道光年间女性诗坛宗主沈善宝，既随母亲吴浣素与五从母也是其姨母吴世佑学诗于家，又随包括陈权巽、陈文述等在内的多位男师学习，是家庭教育与师徒授受教育共同培养的优秀人才。如果说家庭中父母亲长之教为女性从事诗歌创作作了必要的准备的话，那么男师或女师社会化的专业诗歌教育则拓宽了女性的视野，提升了女性诗歌创作的艺术水平，为一批杰出女性诗人的产生创造了条件。

　　除诗学教育、社会文化氛围之外，闺秀诗话还有一些关乎女性文人生成与成长的其他因素的记载。如文化家族联姻对于女性诗歌行为的巩固与强化，随宦生涯中丰富人生阅历对女性诗歌题材、风格、境界与成就的影响，社会诗事交往对女性诗艺的促进以及优裕家庭环境的物质保障等等，此类记载俯拾皆是，可为研究者综合考察古代女诗人的生成与发展提供全面而丰富的资料。

---

① 孙兆溎：《闺秀录》，蒋寅主编《清代诗话珍本丛刊》第 1 辑第 43 册，第 241 页。
② 沈善宝：《名媛诗话》卷一，王英志主编《清代闺秀诗话丛刊》，第 351 页。

# 第六章　从闺秀诗话看明清女性
## 诗人的诗文化生活

　　作为集中汇总诗学资料的文献,闺秀诗话中留存了大量有关女性诗歌活动场景的资料。从这些材料可以看出,明清时代,家庭依然是女性诗人活动的主要场域,文化家族成员之间各种形式的诗歌活动极为丰富。同时,很多文学女性突破家庭限囿,彼此之间以结社、唱和、题赠、雅集等形式建立起女性文学社交网络,这些诗歌活动或发生于同一空间,或超越时地的界限,展现出女性作家之间同气相求的知己情谊。还有相当一部分女性的文学交往跨越了性别界限,她们积极与异性文人进行诗学互动,主动寻求进入主流文化圈的路径,以拓展女性的文学生存空间。

## 第一节　女性诗人的家族诗事活动

　　"学术文化与大族盛门不可分离。"[①]明清大多优秀的女性诗人都是在家族文化的熏陶下成长起来的,家族成员之间此唱彼和、即题吟咏的诗歌活动,对于提升女性诗艺的作用不言而喻。一些闺秀诗话

---

① 陈寅恪:《隋唐制度渊源略论稿》,上海古籍出版社,1980 年,第 320 页。

系统、集中地展现了女性以家族为中心开展的文学活动,较典型的如
《闽川闺秀诗话》详记黄任及郑方坤两大家族的三代约 10 位女性、梁
章钜家族四代 14 位女性的文学活动;有些诗话因所记不拘于一时一
地,对家族诗事的载录较为零散,但相关材料随处可见,因而更为丰
富。从这些细节生动的材料中可以看出,明清时代女性参与的家族
诗事活动多种多样。

## 一、闺门风雅,此唱彼和

诗词唱和是女性进行文学交流最主要的方式。闺秀诗话中记载
的关于女性诗词唱和的材料比比皆是。从唱和对象来看,夫君、家族
其他成员、闺中诗友、社会名流等都有与女性的唱和;就唱和活动发
生的场域来看,又有闺门唱和、诗社唱和、同里唱和、署衙唱和、异地
唱和等数种。于闺门之内与家族成员之间唱和,在女性文学唱和中
出现频次最多。

张问陶继室林佩环有"修到人间才子妇,不辞清瘦似梅花"之句,
道出了无数闺秀诗人的心理。热爱吟咏的女性,如果能遇到志趣相
投的夫君,刻烛分题,同声偶唱,可谓人生一大幸事。闺秀诗话中记
载了不少这类幸运的女诗人。如,陈维崧记冒褒妻宫婉兰:"归余友冒
无誉,曲室唱酬,才情朗畅,伉俪之笃,亚于埙篪矣。"[1]"王琇君(名璐
卿),通州人马孝廉(名振飞)之妻也。闺房唱和,时以小幅行世,风调
绵整,人甚称之。"[2]吴江徐山民与妻吴琼仙"同声偶唱,穷分日夜"[3]。
归懋仪"夫唱妇和,名噪一时"[4]。张滋兰"号清溪,别号桃花仙子。诸

---

① 陈维崧:《妇人集》,王英志主编《清代闺秀诗话丛刊》,第 24 页。
② 陈维崧:《妇人集》,王英志主编《清代闺秀诗话丛刊》,第 28 页。
③ 王蕴章:《然脂余韵》卷一,王英志主编《清代闺秀诗话丛刊》,第 634 页。
④ 张倩:《名媛诗话》,肖亚男主编《清代闺秀集丛刊续编》第 21 册《留香集》卷下,第 106 页。

生任兆麟室,幼受业于徐香溪女史之门,工诗文,善写墨竹。于归后携隐林屋山中,琴瑟倡和,诗学益进"①。吴江庞纫芳工诗,与夫吴闻玮"葺藤华书屋,倡和于内"②。华亭朱灵珠为"知县廖古檀景文室,古檀以诗名,与灵珠深得倡和之乐。尝携笔砚游虎阜,乘舟半塘,随所至辄赋一诗,人指为神仙中人"③。无锡顾繁,归赵君浣生,"伉俪倡和,比于眉阳和鸣之集"④。如皋范姝"既归延公,闺门倡和,极笔墨之乐"⑤。"吴江吴山民之配吴琼仙,字子佩,一字珊珊,工吟咏。山民故喜为诗,得珊珊大喜过望,同声偶歌,穷日分夜。"⑥孙兆溎挚友何二我与妇杜采采"倾城名士,鸿案分笺,比翼和鸣,致足乐也"⑦。而宗室女诗人兰轩更以唱酬为夫嵩山排忧,"兰轩性和多艺,时以唱酬排闷,伯仁(注:嵩山字)顿忘疾苦"⑧。夫妻唱酬之作还有结为专集的,如江西侍郎李元鼎与夫人朱中楣有《文江唱和》一集,盛行于世⑨。郭笙愉嫁与李石梧为妻,"琴瑟之笃,可继秦徐",所著《梧笙管联吟》"即伉俪倡和之什"⑩。这种夫妻志趣相投、充满文学气息的家庭环境,对文学女性来讲是极为难得的。闺秀诗话中记载夫妻唱和之乐的材料不胜枚举。

　　女性诗人与家族其他成员的诗歌唱和也很常见。与同辈唱和的最多。如兄弟、姐弟唱和的,如闽地女诗人梁蓉函与堂兄章钜唱和极

---

① 沈善宝:《名媛诗话》卷四,王英志主编《清代闺秀诗话丛刊》,第 406 页。
② 王俪:《名媛韵事》卷二,蒋寅主编《清代诗话珍本丛刊》第 1 辑第 43 册,第 33 页。
③ 沈善宝:《名媛诗话》卷五,王英志主编《清代闺秀诗话丛刊》,第 422 页。
④ 雷瑨、雷瑊:《闺秀诗话》卷十六,王英志主编《清代闺秀诗话丛刊》,第 1344 页。
⑤ 金燕:《香奁诗话》卷上,王英志主编《清代闺秀诗话丛刊》,第 2234 页。
⑥ 王蕴章:《然脂余韵》卷一,王英志主编《清代闺秀诗话丛刊》,第 634 页。
⑦ 孙兆溎:《闺秀录》,蒋寅主编《清代诗话珍本丛刊》第 1 辑第 43 册,第 264 页。
⑧ 施淑仪:《清代闺阁诗人征略·补遗》,王英志主编《清代闺秀诗话丛刊》,第 2187 页。
⑨ 陈维崧:《妇人集》,王英志主编《清代闺秀诗话丛刊》,第 36 页。
⑩ 沈善宝:《名媛诗话》卷七,王英志主编《清代闺秀诗话丛刊》,第 463 页。

多：梁章钜由苏州引疾归田，有《吴中留别》四律，一时和者至数百家，蓉函和诗情文相生，词调谐稳，为冠时之作；梁章钜筑东园分十二景，并作诗纪之，蓉函亦和之；梁章钜在温州作《游雁荡》诗寄与福州的蓉函，蓉函亦和诗以寄兄。[①] 再如刘家谋记"陈氏妹，少余一岁，月夕风晨，迭为唱和，所谓四海当时一子由也。著有《梅下客初稿》一卷。于归后遂少作，既为未亡人，益屏绝绮语"[②]。侯官李蕊馨，字绿卿，"少工诗，不事雕琢，常与从兄庶常彦彬、中翰彦章相唱和。彦章刻《蒹葭草堂集》，绿卿诗为多"[③]。郑徽音"通文翰，在家时与诸兄唱和"[④]。郑徽柔与黄莘田先生为中表亲，"故集中有《和莘田表弟重宴鹿鸣》诗"[⑤]。姐妹唱和最为多见。如梁秀芸善为诗，"与诸姊唱和，独能作豪壮语"[⑥]。阳湖张孟缇"姊妹四人，皆能诗词"，"姊弟同居一宅，友爱最笃。姊妹姑娣临池唱和，极天伦之乐事，绘有《比屋联吟图》"[⑦]。维扬吴师韫能诗，其妹泽文"亦工韵语，闺中唱和尤多"[⑧]。许心榛"与妹阿莼、阿苏、阿芬唱和为乐，又与母妗张采于称闺中诗友"[⑨]。再如钱维城女钱梦钿（号浣青）与表姐毕汾来往酬唱，孟钿有《毕素溪表姊以图扇见贻次韵赠别》，毕汾有《留别浣青原倡》[⑩]。与夫姊唱和者，如"龙溪蔡氏，少能诗，适邑子陈里。里有女兄溥娘，亦能

---

① 详见梁章钜：《闽川闺秀诗话》卷三，王英志主编《清代闺秀诗话丛刊》，第223—239页。

② 刘家谋：《怀藤吟馆随笔》，杨蕴辉《闽川闺秀诗话续编·书后》"梅下客"条引，王英志主编《清代闺秀诗话丛刊》，第334页。

③ 丁芸：《闽川闺秀诗话续编》卷三，王英志主编《清代闺秀诗话丛刊》，第304页。

④ 丁芸：《闽川闺秀诗话续编》卷三，王英志主编《清代闺秀诗话丛刊》，第305页。

⑤ 梁章钜：《闽川闺秀诗话》卷二，王英志主编《清代闺秀诗话丛刊》，第212页。

⑥ 施淑仪：《清代闺阁诗人征略》卷六，王英志主编《清代闺秀诗话丛刊》，第1991页。

⑦ 沈善宝：《名媛诗话》卷二，王英志主编《清代闺秀诗话丛刊》，第387页。

⑧ 王倓：《名媛韵事》卷一，蒋寅主编《清代诗话珍本丛刊》第1辑43册，第25页。

⑨ 沈善宝：《名媛诗话》卷四，王英志主编：《清代闺秀诗话丛刊》，第417页。

⑩ 沈善宝：《名媛诗话》卷三，王英志主编《清代闺秀诗话丛刊》，第391页。

诗,氏多倡和"①。长辈与晚辈之间也多有唱和。如嘉定钱瑛与其叔母陈研香夫人均以才媛著称且早寡,二人"意相浃,隔一练水,诗筒往还无虚日"②。梁章钜于福州新居建东园,分为十二景,各系以诗,和题之作甚多,其女梁兰省和作独能按切情事,惬于父心。③

从闺秀诗话载录的材料可以看出,女性于家族姻亲间的唱和对象较为广泛,可以说,家族内部爱好文学创作的人不拘身份,均可彼此唱和。这种夫妇以及家族姻亲之间的唱和之风,几乎不受时地的限制,可以随时随地进行,频次远高于与其他对象的唱和。闺门之内的唱和为女性的文学创作营造了极好的氛围,也是她们提高诗歌艺术水平与创作能力的极佳途径,对女性诗人的发展起到了极大的促进作用。闺秀诗话中这类材料对于精细化的女性文学研究有积极意义。

## 二、拈毫分韵,家庭课诗

诗课是家族为培养女性诗人而进行的诗事活动。《闽川闺秀诗话》卷二记郑方坤课女事:"荔乡先生一门群从,风雅蝉联,膝前九女,皆工吟咏。荔乡先生守兖州时,退食余暇,日有诗课,拈毫分韵,花萼唱酬,有《垂露斋联吟集》。自古至今,一家闺门中诗事之盛,无有及此者。"④长乐郑氏一族,世代以诗礼传家,郑方坤作为知名的学者型官员,尤博学有才藻,一生著述不辍,有《全闽诗话》十二卷等二十余部作品。郑方坤重视对女儿的教育,公退余暇,日课九女为诗,并结为《垂露斋联吟集》,以故郑氏九女皆能诗。《闽川闺秀诗话》的作者

---

① 丁芸:《闽川闺秀诗话续编》卷三,王英志主编《清代闺秀诗话丛刊》,第 318 页。
② 施淑仪:《清代闺阁诗人征略》卷八,王英志主编《清代闺秀诗话丛刊》,第 2059 页。
③ 梁章钜:《闽川闺秀诗话》卷三,王英志主编《清代闺秀诗话丛刊》,第 233 页。
④ 梁章钜:《闽川闺秀诗话》卷一,王英志主编《清代闺秀诗话丛刊》,第 213 页。

梁章钜也以诗课的形式教诲家中女眷。"梁兰台"条云:"余次女兰台,字寿研,归国学生邱黎光。随侍桂林时,亦与筠如、晚蕙等分日作诗课。值庭中杜鹃花盛开,首课即以此命题。余首唱五古一首,闺中和者颇多。"①记自己于广西为官时家眷随侍,带诸女、子妇分日作诗课,即兴命题互相唱和。梁章钜堂妹梁函蓉也以诗课家中侄女筠如、寿研与侄媳婉蕙,"余同堂妹蓉函好作诗而工,婉蕙喜从之游。适余长女筠如、次女寿研方学为诗,遂相约受业,请题为课,而婉蕙骤有所解"②。诗课是家族为培养女诗人进行的专业诗歌活动,这种较为系统的强化训练对培养高水平女性诗人起到了决定性作用。

### 三、即景生题,诗会联吟

偶逢良辰胜景,即兴举办诗会,是文化家族中常见的雅事。如祁彪佳妻商景兰,夫殉国时年仅四十二,"教其二子理孙、班孙,女德琼、德渊、德茝及子妇张德蕙、朱德蓉。葡萄之树,芍药之花,题咏几遍。过梅市者望之若十二瑶台焉","夫人有二媳、四女,咸工诗。每暇日登临,则令媳女辈载笔床砚匣以随,角韵分题,一时传为盛事"③。可见祁氏一门群从,在商景兰的带领之下,时常即景取题,以诗为会,令人称羡。再如郑方坤母黄昙生,夫"郑先生令固安,期年政平,招戚友滞都下者至署,作竟岁欢,拈韵赋诗,觥政具举。夫人在阃内亦与群从、子婿、通家子倡和。除日,夫人剪绢成梅花,插胆瓶奉客,偶作小诗,诸子竟次其韵,为夫人寿"④。家族亲友常聚聚一堂,饮酒赋诗,内外唱和。阳湖刘琬怀"园中有红药数十<u>丛</u>,台榭参差,阑干曲折,与诸

---

① 梁章钜:《闽川闺秀诗话》卷三,王英志主编《清代闺秀诗话丛刊》,第 234—235 页。
② 梁章钜:《闽川闺秀诗话》卷三,王英志主编《清代闺秀诗话丛刊》,第 235 页。
③ 施淑仪:《清代闺阁诗人征略》卷一,王英志主编《清代闺秀诗话丛刊》,第 1720 页。
④ 丁芸:《闽川闺秀诗话续编》卷四,王英志主编《清代闺秀诗话丛刊》,第 322 页。

昆仲及同堂姊妹常聚集其间,分题吟咏"①。当曲径幽庭,红药美景,家人相聚分题吟咏,风雅之盛可见矣。再如《然脂余韵》记浙江嘉兴闺秀任蕴昭"幼聪慧,耽书史,倚两姑习女红,分题拈韵,调笑为乐"②。不难看出,一些崇尚诗礼传家的风雅之门,家人之间的即兴唱咏乃生活中常见的场景。

　　此外,诗札来往,互致问候与汇刊诗集,褒扬芳烈,也常见于文化之家。如沈善宝《名媛诗话》卷七记湘潭郭氏家族四代女性皆工诗,其中第三代之郭笙愉与沈善宝为诗友。郭笙愉之祖姑郭步蕴即有诗载于《闺秀集》中;步蕴之女侄郭素心、郭芳谷皆有诗集,且姐妹兄弟间常以诗歌酬唱赠答,如素心有《次三妹秀娟〈寄怀〉韵》、芳谷有《送竹溪弟赴云麓兄鄠县官署》等;郭笙愉与胞姊六芳为芳谷侄女,亦有集。郭笙愉手刊《湘潭郭氏三代闺秀诗集》,以志家学。郭笙愉侄女智珠幼年失怙,又依诸姑习诗文。郭氏以授诗、刊集、唱和等方式,使一族四代闺门风雅相继,一时传为美谈。③ 无独有偶,归安叶氏家族也集姑妇姊妹之作为《织云楼合刻》予以刊行。④ 至于分隔两地的亲人以诗歌互致问候,则极为常见,相关记载在闺秀诗话中随处可见;为家族女性整理刊刻文集也不鲜见。总之,闺秀诗话中关于家庭诗课、联吟唱和、即兴诗会、刊刻诗文别集或合集等家族诗事的记载极多,可为系统考察明清以来文化家族的女性诗歌活动与家族文学活动提供佐证。

---

① 王蕴章:《然脂余韵》卷二,王英志主编《清代闺秀诗话丛刊》,第 673 页。
② 王蕴章:《然脂余韵》卷二,王英志主编《清代闺秀诗话丛刊》,第 697 页。
③ 沈善宝:《名媛诗话》卷七,王英志主编《清代闺秀诗话丛刊》,第 463—466 页。
④ 沈善宝:《名媛诗话》卷四,王英志主编《清代闺秀诗话丛刊》,第 402 页。

## 第二节　女性诗人之间的文学交流

家庭成员而外,女性诗人文化交游的主要对象是同样热爱诗歌创作的文学女性。闺秀诗话中记载了不同区域、不同范围内不同身份的女性诗人之间的文学交游,其中结社、唱和、雅集、题赠是明清女性诗人之间进行诗学交流的主要形式。

### 一、结社联吟

谢国桢描述明清结社现象称:"结社这件事,在明末已成风气,文有文社,诗有诗社,普遍了江、浙、福建、广东、江西、山东、河北各省,风行了百数十年。大江南北,结社的风气,犹如春潮怒上,应运勃兴。那时候,不但读书人要立社,就是女士们也要结起诗社,提倡风雅,从事吟咏。"①明代隆庆、万历时期,已经有女子参与文人结社、集会的活动,如安徽桐城方孟式、方维仪、方维则三姊妹与弟媳吴令仪等结桐城名媛诗社,吴江沈宜修等人也有结社;清代女性结社的风气更盛,有研究者统计,"有清一代,女性文人结社及有结社活动之实但未有其名的文学社群团体之数目应在 71 个左右"②。很多闺秀诗话中都记载了女子结社的情况。

清初女性诗社以蕉园诗社声名最著,清代中叶清溪吟社、秋红吟社等亦颇具影响。这些女性社团活动,在闺秀诗话中屡屡被提及。如清代康熙年间杭州的蕉园诗社,在沈善宝的《名媛诗话》、施淑仪的《清代闺阁诗人征略》及俞陛云的《清代闺秀诗话》等中均有记载。

① 谢国桢:《明清之际党社运动考》,中华书局,1983 年,第 8 页。
② 张杰群:《清代女性文学社群研究》,上海师范大学硕士学位论文,2020 年,第 22 页。

季娴工写竹梅,尝与闺友林亚清、顾启姬、钱云仪、冯又令、张槎云、毛安芳诸君结蕉园吟社,群推季娴为女士祭酒。①

亚清能文章,工书善画,尤长墨竹。与同里顾启姬姒、柴季娴静仪、冯又令娴、钱云仪凤纶、张槎云昊、毛安芳媞,倡蕉园七子之社,艺林传为美谈。②

宋牧仲有《赠鄂友舆诗》云:"闲中有良友,茶忆故山泉。似此惊人句,难为赠妇篇。"因其室人顾启姬有"花怜昨夜雨,茶忆故山泉"句,群推佳咏也。启姬工诗,并精音律。与林亚清、柴季娴、钱云仪、冯又令、张槎云、毛安芳结社联吟,有"蕉园七子"之目。③

均对蕉园诗社的人员构成及其地域特性作了记载。有些诗话还详记了柴静仪、顾姒、钱凤纶、林以宁、冯娴、张昊、毛媞等人生平资料与诗歌作品,为考订诗社成员提供了资料。乾隆年间苏州的清溪吟社也见载于闺秀诗话:

《吴中十子诗钞》者,张滋兰允滋与张紫蘩芬、陆素窗瑛、李婉兮嬿、席兰枝蕙文、朱翠娟宗淑、江碧岑珠、沈蕙孙纕、尤寄湘澹仙、沈皎如持玉,结清溪吟社,号"吴中十子",媲美西泠。集中诗、词、文、赋俱佳,洵可传也。④

对于"吴中十子"诗群所结清溪吟社的成员、创作成就均有记载。

① 沈善宝:《名媛诗话》卷一,王英志主编《清代闺秀诗话丛刊》,第 354 页。
② 施淑仪:《清代闺阁诗人征略》卷二,王英志主编《清代闺秀诗话丛刊》,第 1799 页。
③ 俞陛云:《清代闺秀诗话》卷一,第 27 页。
④ 沈善宝:《名媛诗话》卷四,王英志主编《清代闺秀诗话丛刊》,第 406 页。

《清代闺阁诗人征略》卷六"张允滋"条亦引《闺秀正始集》材料,记录了清溪吟社的情况,《然脂余韵》卷二亦有载录。至于道光年间沈善宝与八旗女诗人顾太清等人在京师所结的秋红吟社,则因突破了地域与民族的畛域而更具特色。诗社参与者沈善宝在《名媛诗话》中对社事多有记述:

> 己亥秋日,余与太清、屏山、云林、伯芳结秋红吟社。初集咏牵牛花,用《鹊桥仙》调。太清结句云:"枉将名字列天星,任尘世,相思不管。"云林云:"金风玉露夕逢秋,也不见,花开并蒂。"盖二人已赋悼亡也。余后半阕云:"花擎翠盏,藤垂金缕,消受早凉如水。红闺儿女问芳名,含笑向,渡河星指。"虚白老人大为称赏。末社《白海棠》,屏山《东风齐着力》一阕,轻圆清脆,雅韵欲流。①
>
> 京都夏间,售冰梅汤,其人手持小铜盏二敲之,名曰"冰盏"。予与云林消夏,社中曾拈《冷布》《冰盏》《响竹》《花帚》等题。②
>
> 壬寅上巳后七日,太清集同人赏海棠……霞仙是日未到,次日寄四诗至,颇堪压倒元白。今录其二首云:"新题遥寄暮春天,姹紫嫣红剧可怜。为问社中诸姊妹,阿谁曾作海棠颠。"③

这些材料涉及诗社的创立时间、主要成员、重要社事活动以及诗社的活动方式等,为考辨诗社成员、诗社活动、雅集时间等提供了宝贵的资料。

此外,闺秀诗话里还有很多有关诗社活动的记载,如王俪《名媛

---

① 沈善宝:《名媛诗话》卷八,王英志主编《清代闺秀诗话丛刊》,第493页。
② 沈善宝:《名媛诗话》卷七,王英志主编《清代闺秀诗话丛刊》,第469页。
③ 沈善宝:《名媛诗话》卷八,王英志主编《清代闺秀诗话丛刊》,第480页。

韵事》记如皋闺秀范姝等女子结社事,称范姝善吟咏,"一时得吴蕊仙、蒋冰心、周羽步、吴眉兰诸女士为诗友,闺中建社,主持风雅"①。徐德馨与沈善宝之母吴浣素于江西结社:"乌程徐德馨,随父宦于章江,与先慈结社唱和。余时甚幼,见其丰神秀丽,侍母最孝。其母沈孺人与先慈至契,时相往还。"②嘉定钱瑛,与其叔母陈研香夫人以才媛著称,家有园亭,"春秋佳日,相与女伴结社联吟"③。会昌知县黄曾慰妻江阴才女沈珂,于夫任所与当地闺秀结湘吟社:"会昌地近庾岭,冬日颇暖,桃已盛开。腊月后,雨雪数寸,时同人结湘吟社,以'雪里桃花'命题,沈太宜人先成绝句。"④许亭亭与魏秀仁等人结访红楼吟社⑤,等等。凡此均可为清代女子诗社研究提供资料。

## 二、赠答唱和

与闺中诗友赠答唱和,是明清女性文人对外诗学交往中最常见的方式。有些是同区域之间女性的唱和,如商景兰家族一门风雅,"黄皆令入梅市访之,赠送唱和甚盛"⑥。再如徐州徐人俊妻范毓秀工诗,"时与周羽步相倡和"⑦;如皋闺秀范姝同吴蕊仙、蒋冰心、周羽步、吴眉兰诸女士为诗友,"氏与诸女士唱和甚多,惟眉兰、羽步为最契"⑧;范姝病中有诗答夫子问,诗友周琼亦和之⑨。松陵周琼周羽步,少颖悟工诗,与吴中诸女士诗文往还,有《赠吴蕊仙》《赠范洛仙》

---

①　王僔:《名媛韵事》卷一,蒋寅主编《清代诗话珍本丛刊》第 1 辑 43 册,第 15 页。

②　沈善宝:《名媛诗话》卷九,王英志主编《清代闺秀诗话丛刊》,第 501 页。

③　施淑仪:《清代闺阁诗人征略》卷八,王英志主编《清代闺秀诗话丛刊》,第 2058 页。

④　施淑仪:《清代闺阁诗人征略》卷十,王英志主编《清代闺秀诗话丛刊》,第 2162 页。

⑤　丁芸:《闽川闺秀诗话续编》卷二,王英志主编《清代闺秀诗话丛刊》,第 293 页。

⑥　施淑仪:《清代闺阁诗人征略》卷一,王英志主编《清代闺秀诗话丛刊》,第 1720 页。

⑦　王僔:《名媛韵事》卷二,蒋寅主编《清代诗话珍本丛刊》第 1 辑 43 册,第 37 页。

⑧　王僔:《名媛韵事》卷一,蒋寅主编《清代诗话珍本丛刊》第 1 辑 43 册,第 16 页。

⑨　同上。

《赠苏贞仙》《寄怀洛仙》《赠吴湘逸》等诗多首①，可见江苏一地闺秀以周琼为连接彼此之间紧密的诗歌交流。常熟归懋仪佩珊也与多位诗友唱和，"与席佩兰为闺中畏友，互相唱和，传播艺林"②。仁和陈牧祥"与归佩珊、段淑斋太夫人唱和，诗甚多"③。"卢元素，字静香，江都人。与骆佩香倡和，齐名一时，有'女卢骆'之号。"④常州管静初为陈文述篴室，"嗜学不倦，卓然成家，四六、古风、近体，莫不工丽"，"海内知名闺秀数十人问字碧城，时相酬唱"⑤。嘉定钱瑛，时与女伴于家中园亭结社联吟，"尝赋《柳絮词》四首，一时和者甚众，闺人咸以'小道韫'目之"⑥。闽地王贞仙为衣工之女，幼时代父裁缝以给厨膳，暇则学为诗。贞仙居光禄坊，与齐烈女祥棣对门，间相唱和。⑦李白华有诗和同邑汤静贞《寄外》云："绣到鸳鸯不自由，忽然心事上眉头。愁容怕被姑姑见，强作无愁倍是愁。"⑧从明末直至晚清，同区域女性诗友之间以倡和为主的诗艺交流从未中断。

有些女性因父或夫宦游，于官署中结交同样宦游随侍的诗友，如梁章钜记子妇杨婉蕙随侍桂林时，"日与常熟钱莲因夫人守璞游山赋诗，莲因为江南名族女，龙门巡司张骐之继室也。尝与婉蕙及余女筠如联为'岁寒三友'，才调相匹，意气相孚，唱和无虚日"⑨。还有一些女性文人之间的唱和，跨越了时空阻隔。如沈善宝与云间丁步珊佩

---

① 陈维崧：《妇人集》，王英志主编《清代闺秀诗话丛刊》，第 27 页。
② 施淑仪：《清代闺阁诗人征略》卷六，王英志主编《清代闺秀诗话丛刊》，第 1947 页。
③ 沈善宝：《名媛诗话》卷五，王英志主编《清代闺秀诗话丛刊》，第 430 页。
④ 王蕴章：《然脂余韵》卷四，王英志主编《清代闺秀诗话丛刊》，第 742 页。
⑤ 沈善宝：《名媛诗话》卷十，王英志主编《清代闺秀诗话丛刊》，第 522 页。
⑥ 施淑仪：《清代闺阁诗人征略》卷八，王英志主编《清代闺秀诗话丛刊》，第 2058 页。
⑦ 丁芸：《闽川闺秀诗话续编》卷二，王英志主编《清代闺秀诗话丛刊》，第 298 页。
⑧ 张倩：《名媛诗话》，肖亚男主编《清代闺秀集丛刊续编》第 21 册《留香集》卷下，第 105 页。
⑨ 梁章钜：《闽川闺秀诗话》卷三，王英志主编《清代闺秀诗话丛刊》，第 236 页。

"神交七载,方得一晤,而七载之中音问不绝,此唱彼和,不啻聚谈一室"①;秣陵朱琴仙丰神秀美,工诗善画,壬子年访沈善宝,并赍其和沈《题梅》诗韵②;蓉江陈慕青与夫"宦隐津门,丙午春来都过访,唱和颇欢"③。这些女子因文结缘,同气相求,彼此之间惺惺相惜,并突破空间阻隔,以唱和切磋诗艺,积极拓展文学交游与文学生存空间,极大地促进了女性文学生态的良性发展。

### 三、雅集宴游

雅集是女性诗歌交游的另一种重要形式。有关临时性诗歌集会的资料常常出现在闺秀诗话中。袁枚诸女弟子之湖楼诗会堪为代表,闺秀诗话中多有记述,学界对此亦有考述。此外,沈善宝的《名媛诗话》也记载了她与诸闺秀于不同时地的多次雅集。有在杭州与同里诗友的集会,如:"丙申初夏,蘋香、芷香姊妹携湘池席怡珊慧文、云林并余泛舟皋亭,看桃红绿荫,新翠如潮,水天一碧,小舟三叶,容与中流。较之春花烂漫、红紫芳菲时,别饶清趣。将近皋亭,泊舟桥畔,联步芳林,果香袭袂。村中妇女,咸来观看,以为春间或有看花者,至今则城中人罕有过此,盖从未见有赏绿叶者。余诵屈宛仙'惜花须惜叶,叶好花始茁。花有几时红,叶自经年绿'之句,相与一笑……留连半晌,重上小舠,推篷笑语,隔舫联吟。"④有在京师与社友的集会:"庚子暮秋,同里余季瑛庭璧集太清、云林、云姜、张佩吉及余于寓园绿净山房赏菊,花容掩映,人意欢忻,形迹既忘,觞筹交错。惟余性不善饮,太清笑云:'子既不胜涓滴,无袖手旁观之理。即以'山房'之'山'

---

①　沈善宝:《名媛诗话》卷七,王英志主编《清代闺秀诗话丛刊》,第 460 页。
②　沈善宝:《名媛诗话》续集卷下,王英志主编《清代闺秀诗话丛刊》,第 608 页。
③　沈善宝:《名媛诗话》卷十一,王英志主编《清代闺秀诗话丛刊》,第 541 页。
④　沈善宝:《名媛诗话》卷六,王英志主编《清代闺秀诗话丛刊》,第 451 页。

字为韵,可赋七律一章,逾刻不成,罚依金谷,勿能恕也。'"①沈善宝作诗一首,太清并有《冬日季瑛招饮绿净山房赏菊是日有云林云姜湘佩佩吉诸姊妹在座奈余为城门所阻未得尽欢归来即次湘佩韵》相和。又记"壬寅上巳后七日,太清集同人赏海棠,前数日狂风大作,园中花已零落,诸君即分咏盆中海棠"②。施淑仪《清代闺阁诗人征略》中也引录了多则女子集会的材料。如卷二记蕉园诗社诸女的西湖之游:"是时武林风俗繁侈,值春和景明,画船绣幕,交映湖漘,争饰明珰翠羽、珠鬐蝉縠以相夸炫。季娴独漾小艇,偕冯又令、钱云仪、林亚清、顾启姬诸大家,练裙椎髻,授管分笺。邻舟游女望见,辄俯首徘徊,自愧不及。"③季娴与蕉园诗社诸女伴之雅集,亦见于其他闺秀诗话:"季娴擅诗画,能鼓琴。尝于春日,偕蕉园诸女伴扁舟泛湖,练裙椎髻,命翰分吟。画舫相邻,多靓妆游女,窥季娴之风格者,诧为仅见。"④此外,如常熟女子屈秉筠于百花生日"招集女史十二人,宴于蕴玉楼,谋作《雅集图》以传久远"⑤。梁章钜记子妇婉蕙随宦温州时,"与丁芝仙夫人善仪交称莫逆。芝仙为永嘉令杨炳继室,才名久著。时余女筠如自浦城来省视,亦一见如故。每春日,约同城内外踏青近游,辄有诗。芝仙本诗媛,婉蕙与筠如喜与之角盛"⑥。随宦女眷结为诗友,时相集会,春日踏青而以诗角胜负,游人之风雅兴味可见矣。

有些文学女性以文会友,拜访宴游,亦有诗作。沈善宝就多次记载她访友与被宴请的经历,如"庚戌冬日,余返杭扫墓。关秋芙集诸

① 沈善宝:《名媛诗话》卷六,王英志主编《清代闺秀诗话丛刊》,第 452 页。
② 沈善宝:《名媛诗话》卷八,王英志主编《清代闺秀诗话丛刊》,第 480 页。
③ 施淑仪:《清代闺阁诗人征略》卷六,王英志主编《清代闺秀诗话丛刊》,第 1799 页。
④ 俞陛云:《清代闺秀诗话》卷一,第 25 页。
⑤ 施淑仪:《清代闺阁诗人征略》卷六,王英志主编《清代闺秀诗话丛刊》,第 1947 页。
⑥ 梁章钜:《闽川闺秀诗话》卷三,王英志主编《清代闺秀诗话丛刊》,第 236 页。

闺友宴余于巢园"①。"辛亥春初,余晤凤阳方鲹邻(年姒)。性极温雅,爱才如命。湖上探梅,衙斋设宴,兰谊优渥,良可感也。为言:'无锡丁芝仙,工诗善画,性情风雅。现随任嘉兴,当寄书介绍,俾与足下珠联璧合,亦闺中之韵事。'逮余舟至鸳湖,芝仙已遣纪探问数日矣。闻至,即官舆相迓,把晤倾谈,殊恨相见之晚,遂定雁行,书一绝以惠……余亦口占和之。"②沈善宝参加安徽凤阳闺秀方年姒组织的雅集,方年姒引荐她与诗友丁芝仙结识,沈、丁于是订交。同年春天,沈善宝又至扬州,与一众闺秀相聚,"访云林、云姜、伯芳,班荆道故,旧雨情深。云林为居停主,皆欲尽平原十日之欢。余感其意,为留三日……云姜、伯芳晓至暮归,相忘形迹,临别复以诗壮行……又于云林斋中晤雪溪郑兰孙娱清,美秀工诗,云林出其赠句四章……"③"辛亥试灯后十日,暖妹约蘋香及余挈友愉女,同往皋亭山下崇光寺探梅。时宿雨初晴,春阴乍敛,万树寒香,含苞始放。一溪流水,照影生姿。"沈善宝乘兴起《清平乐》首句,蘋香、暖妹续之,沈善宝、蘋香又接续词成,众人相与欢笑,纵谈古今,人影花光,相看忘暮。沈善宝又作七律一首,蘋香、暖妹皆和之。于良辰美景中,闺阁诗友以相聚畅饮之乐事,吟咏唱和之欢洽,毕集人生四美矣。

　　闺秀诗话中有关女性游春、赏花、聚饮、相访的雅集记载很多,④清代中叶女性常相宴集、饮酒赋诗、即景吟咏的风气于此可见一斑。

　　结社、酬唱、雅集而外,女性诗人之间的文学交流活动还有题赠、合刊诗集、为作序跋等多种。如陈淑兰读金陵女徐氏、鲁月霞两人诗

---

①　沈善宝:《名媛诗话》续集下,王英志主编《清代闺秀诗话丛刊》,第 602 页。
②　沈善宝:《名媛诗话》续集下,王英志主编《清代闺秀诗话丛刊》,第 605 页。
③　沈善宝:《名媛诗话》续集下,王英志主编《清代闺秀诗话丛刊》,第 605—606 页。
④　王蕴章:《然脂余韵》卷四,王英志主编《清代闺秀诗话丛刊》,第 742 页。

而慕之,题其集云"吟来恍入班昭座,恨我迟生二十年"①。合肥才女
许燕珍题袁枚妹素文遗集:"彩凤随鸦已自惭,终风且暴更何堪? 不
须更道参军好,得嫁王郎死亦甘。"②沈善宝曾于丁酉冬题海盐朱小莲
《小莲花室学隶图》③;茂苑吴蕊仙与周羽步合刊《比玉新声集》,黄皆
令为其作序④。总体来看,明清女性文人之间的文学交游形式丰富且
气氛热烈,与男性诗人彼此之间的交流相较并无二致。可见至封建
社会末期,女性文人已经有相对自由的文化生存空间。

## 第三节　女性与异性文人的诗学互动

明代中叶以后,随着对文学女性之赞誉褒扬以及对女性为文包
容度的提升,闺阁文人与异性文人之间的文学互动也渐趋频繁。

首先,女性文人积极融入文坛潮流,主动参与男性主导的诗坛盛
事,闺秀和王渔洋《秋柳》诗一事堪为代表。顺治十四年(1657),二十
四岁的王士禛与诸名士集于济南大明湖畔,王作《秋柳》诗四章,一时
大江南北和者甚众,闺秀文人亦躬与其盛。王士禛自记曰:"顺治丁
酉,余在济南明湖倡秋柳社,南北和者至数百人。广陵闺秀李季娴、
王璐卿亦有和作。彼二年余至淮南始见之,盖其流传之速如此。"⑤闺
秀和渔洋《秋柳》诗事,闺秀诗话多有记载。如梁章钜记曰:"王渔洋

---

① 袁枚撰,王英志辑:《袁枚闺秀诗话》卷一,王英志主编《清代闺秀诗话丛刊》,第 69 页。
② 袁枚撰,王英志辑:《袁枚闺秀诗话》卷一,王英志主编《清代闺秀诗话丛刊》,第 101 页。
③ 沈善宝:《名媛诗话》卷九,王英志主编《清代闺秀诗话丛刊》,第 506 页。
④ 陈维崧:《妇人集》,王英志主编《清代闺秀诗话丛刊》,第 27 页。
⑤ 王士禛:《带经堂诗话》卷二十五,清乾隆二十七年刻本。

《秋柳》诗，当时闺秀和者至数百家。……吾乡郑玉台亦有和作云……①诗话完整收录了郑玉台的四首和《秋柳》诗。同时，也载录了漳浦闺秀苏世璋的《〈秋柳〉用王渔洋韵》："深秋袅袅最堪怜，一望平芜杂暮烟。枚叔不逢空旖旎，小蛮欲别尚缠绵。将军旧垒伤今日，帝子长堤忆昔年。为想五株陶令宅，西风摇曳夕阳边。"并称其能"学新城风韵"②。王偁记纪映淮（阿男）"以'栖鸦流水点秋光'之句见称于王阮亭尚书"，阿男"有《和渔洋〈秋柳〉诗》四首，一时绝妙"③。李季娴、王璐卿和《秋柳》事亦见载于《然脂余韵》。④ 类似事件还有闺秀和徐嗣曾《素心兰》诗："乾隆间，闽中徐两松藩伯首唱《素心兰》四律，一时都人士次韵者至数百家，旁及闺秀，亦有和章。"章钜母王淑卿和章有句"三霄桂窟输清绝，万顷芝田仁后缘"，为鳌峰书院院长孟瓶庵称赏。⑤

其次，闺秀与文人雅士之间相互赠诗唱和也不鲜见。晚明文学家王思任之女王端淑，负才工诗，"初得青藤书屋居之，继又寓武林之吴山。与四方名流相倡和，对客挥毫，同堂角麈，所不吝也"⑥。完全突破性别限囿，自由挥毫，与男性文士同堂角胜。吴绡字冰仙，擅书画，兼精丝竹，"尝与吴梅村相唱和。冯定远文集言与高阳夫人论古诗乐府源流，即冰仙也"⑦。吴冰仙不但与同宗兄吴伟业等名流相唱和，还与其老师"海虞二冯"之冯班畅论古诗乐府源流。《名媛韵事》记："如皋闺秀，传以范洛仙为最。""氏健吟，一时得吴蕊仙、蒋冰心、

① 梁章钜：《闽川闺秀诗话》卷二，王英志主编《清代闺秀诗话丛刊》，第 213 页。
② 梁章钜：《闽川闺秀诗话》卷一，王英志主编《清代闺秀诗话丛刊》，第 196 页。
③ 王偁：《名媛韵事》卷一，蒋寅主编《清代诗话珍本丛刊》第 1 辑 43 册，第 22 页。
④ 王蕴章：《然脂余韵》卷二，王英志主编《清代闺秀诗话丛刊》，第 699 页。
⑤ 梁章钜：《闽川闺秀诗话》卷三，王英志主编《清代闺秀诗话丛刊》，第 224 页。
⑥ 施淑仪：《清代闺阁诗人征略》卷一，王英志主编《清代闺秀诗话丛刊》，第 1724 页。
⑦ 俞陛云：《清代闺秀诗话》卷一，载《同声月刊》1941 年第 1 卷第 12 号，第 27 页。

周羽步、吴眉兰诸女士为诗友，闺中建社，主持风雅。冒青若赠有七律，传诵一时。"①冒青若即冒辟疆次子冒丹书，有《妇人集补》。袁枚同年钱维城女浣青"有诗才，与婿崔君龙见、弟维乔、戚里庄君炘、管君世铭五人倡和。宅有古桑，绿荫毵毵，映一亩许；视其影将逾屋，则公必退朝，各呈诗请政，公欣然为甲乙之，有《鸣秋合籁集》两卷，真公卿佳话也"②。钱浣青与亲戚里党诸人倡和，并结集为《鸣秋合籁集》。桐城王仙御、王仙驾姊妹俱工诗，各有和汪钝翁《姑苏杨柳枝词》二绝。③ 休宁苗玉海女苗五美人，工画美人，兼善诗，"同邑词老程孟阳独雅重之，数与唱和"④。可憾的是，苗五因文字之交而对程孟阳情根深种，在程孟阳离邑后遽逝。以唱和为方式开展的与异性之间的诗艺切磋与文学交游，助力了女性诗人的成长与声名传播。

　　再次，女性诗人往往还主动向文坛名家投寄诗篇。山阴女子王端淑寄诗与毛奇龄一事是清代诗坛为人津津乐道的佳话："毛大可太史选浙江闺秀诗，独遗端淑，因寄以诗云：'王嫱未必无颜色，怎奈毛君下笔何？'人称其使事工巧。"⑤毛西河选闺秀诗，遗漏了山阴女子王端淑，王献诗巧妙地表达了对自己诗歌的自信。《随园诗话》乐收闺秀诗，很多有意以文传名的女性主动投寄诗作与袁枚，在闺秀诗话里更是随处可见。此外，有些闺秀还为男性作家文集题词，如闺秀李纫兰以《金缕曲》题黄仲则词集⑥；为文人画题诗，如吴江汪宜秋有题郭麐《水村图》，诗云："深闺未识老人宅，昨夜分明梦水村。却与图中浑不似，万梅花拥一柴门。"郭麐因此诗"复作《万梅花拥一柴门》图，遍

①　王偁：《名媛韵事》卷一，蒋寅主编《清代诗话珍本丛刊》第1辑43册，第15页。
②　王英志辑：《袁枚随园诗话》卷一，王英志主编《清代闺秀诗话丛刊》，第101页。
③　雷瑨、雷瑊：《闺秀诗话》卷五，王英志主编《清代闺秀诗话丛刊》，第1017页。
④　王偁：《名媛韵事》卷一，蒋寅主编《清代诗话珍本丛刊》第1辑43册，第17页。
⑤　张倩：《名媛诗话》，肖亚男主编《清代闺秀集丛刊续编》第21册《留香集》卷下，第99页。
⑥　孙兆溎：《闺秀录》，蒋寅主编《清代诗话珍本丛刊》第1辑第43册，第263页。

征题咏,虞山孙子潇室席佩兰题诗三截。"①闺秀与文坛名家的文雅互动可见矣。

总体而言,明清两代女性与异性的文学互动虽然形式较为多样,但频次还是比较有限的。能与除师长而外的异性进行文学交往的女性,或是有家族亲人的引介与支持,或是自身女性主体意识较强。这说明女性进行文学创作虽然渐被时人接纳,但受传统道德观念之影响,女性与异性的社会交往空间依然很小。

闺秀诗话中散落了大量女性于闺门内外、与不同人物之间的文学交流资料,反映了女性以诗歌为中心开展的文化活动以及女性文学发展的生态文化环境,展现了古代女性诗歌创作中丰富多样的生态景观,为我们了解女性文人的诗文化生活提供了宝贵的资料。

---

① 王蕴章:《然脂余韵》卷一,王英志主编《清代闺秀诗话丛刊》,第 633 页。

# 第七章　从闺秀诗话看明清的
## 女性文学批评观念

　　文学批评是闺秀诗话自有的功能之一。虽然闺秀诗话"论诗及事"的特点较为突出,但作为一种诗学批评形式,它也必然与其他诗话一样会"论诗及辞"。从江盈科的《闺秀诗评》,到民国年间产生的报刊诗话无一不具有批评的功能。闺秀诗话中至少蕴含三个层次的文学批评:男性诗话作者对女性文学的批评,女性诗话作者对女性文学自身展开的批评,此外一些诗话条目还记载了女性诗人对诗歌创作的看法即女性诗歌创作主体的诗学批评。就讨论范围而言,闺秀诗话已涉及女性诗歌本质论、风格论、创作论、功能论、鉴赏论、文体论等内容,可以说是对女性诗歌创作艺术经验全方位的探讨,但总体来讲,闺秀诗话中的论诗话语不多。这里,我们还是将所有闺秀诗话视为一个整体,仅讨论几个闺秀诗话创作者关注较多、体现共性、具有价值的诗学理论问题。

## 第一节　"只求性情"的诗本观

　　清代是中国古典诗学集大成的时期,关于诗歌本质的探讨依然在进行。闺秀诗话中有关诗歌本质的探讨不多,但男女性诗论家基本达成了共识，即女性诗歌应以写真情为主，一发于自然，以臻神韵天成之境。

沈善宝直言："诗本天籁，情真景真，皆为佳作。"即强调诗歌抒发源于人性本真的情感，描写景物也贵在真切，所谓自然天籁。因此，她赞赏那些情感饱满深挚的作品，如悼亡之作中，天台陈蕴璞有"愁临破镜蛾眉淡，痛检残诗血泪垂"句，沈母吴浣素有"可怜儿女尽童孩，短幅缞麻称体裁。灯下依然作欢笑，不知哀处更堪哀"句，皆"沉痛已极，读之酸鼻"①。道光年间的女性诗论家张倩称赞李白华《忆母》"诗中并无泪字，读之似觉泪痕满纸"②，也是基于作品中流露的深情。

略晚于《名媛诗话》的棣华园主人之《闺秀诗评》，更强调女子诗中真挚的情感：

> 予素性最喜诗词，闺秀诗尤爱若拱璧，以为近代香奁体，如王次回、袁香亭等作，往往刻画太露。女子自言性情，大都丰韵天然，自在流出，天地间亦少此种笔墨不得。③

棣华园主人之所以酷爱闺秀诗，根本原因就在于闺秀诗歌不刻意雕琢，而能自言性情，真情自在流出，故丰韵天然，自然感人。他还借为其选寄诗歌的友人石生之口陈言：

> 石生之言曰："人生贵以心相与耳。文字者，人之心也。虽古今异世，隔绝万里，得其文字，则心与俱来。"真性情语也。最

---

① 沈善宝：《名媛诗话》卷三，王英志主编《清代闺秀诗话丛刊》，第397页。
② 张倩：《名媛诗话》，肖亚男主编《清代闺秀集丛刊续编》第21册《留香集》卷下，第97页。
③ 棣华园主人：《闺秀诗评》，王英志主编《清代闺秀诗话丛刊》，第2286页。

初寄郘阳谢绮文一帙，有《病中送夫》句云：“沉沉病体着轻绡，才喜归装又别愁。已到将离留不得，嘱郎临去莫回头。”石生谓：“读此类诗，不历其境之惨，不知其言之悲也。”①

诗歌之所以能够使古今异世、隔绝万里的人产生情感共鸣，主要就在于它写人之本心，表现真情，“发于至性，可歌可泣”②。观其《闺秀诗评》所选，与其他诗话大相径庭，道德教化、吟讽弄月之作极少，所选大多是真情贯注、富有灵趣的作品。

民国年间，论家依然重视女子对真情的抒写。苕溪生的《闺秀诗话》多抄撮棣华园主人之作，但是其余30多条诗话颇具见地。卷二自称：“苕溪生曰：自古佳人才子，赋命多薄，况才美两擅，落迹风尘，蹈山涉水，饱历星霜，偶一念至，能不悲哉？ 余情奴也，情之所钟，正在我辈。”③作者以“情奴”自命，认为命途多舛、坎坷漂泊之佳人才子作品中自然流露的身世之悲最足感人。苕溪生认为，选女子之诗，当以性情为标准：

> 世之论诗者必曰：“诗之为道，宜远规风雅，近寝馈于汉唐以来诸名作，然后润之以山川之气，乃能超然自成一家言。”然若是者，求之白首穷经之士，尤难多得，况乎深闺弱质者哉？ 故我之取闺秀诗，只求性情，不尚格调魄力，亦以其难得也。④

苕溪生认为，俗常高自标榜的为诗标准其实是可望而难及的，以

---

① 王蕴章：《闺秀诗评》，王英志主编《清代闺秀诗话丛刊》，第3381页。
② 王蕴章：《闺秀诗评》，王英志主编《清代闺秀诗话丛刊》，第2296页。
③ 苕溪生：《闺秀诗话》，王英志主编《清代闺秀诗话丛刊》，第1655页。
④ 苕溪生：《闺秀诗话》，王英志主编《清代闺秀诗话丛刊》，第1657页。

其来要求女性创作不切实际。深闺弱质,眼界本自有限,若能自抒性情,即不失为佳作,不必拘于常规论格调魄力。王蕴章也从"诗词之作,本乎性情"出发论女子之作。所撰《然脂余韵》之自序称:

> 尝谓诗词之作,本乎性情。忽然而来,神与古会。空山无人,水流花放。臻斯境者,厥云上乘。女子之作,于金戈铁马之风、豪肉哀丝之奏,或稍稍漓矣。至若幽花媚春,子规叫血,赋景独绝,言愁已芜,班之香耶? 宋之艳耶? 美人香草,要为天地间必不可少之一境。①

王蕴章认为女子之作虽然在艺术风貌上表现出与男子迥异的特点,但是也是描写生命个体之所思所见,本乎性情,是诗国里应有之一境。在诗话正文中,他又借前代女性诗论家熊琏论诗话语重申:"诗本性请,如松间之风,石上之泉,触之成声,自然天籁。"②所以,王蕴章选诗对发于自然真情、神韵天成的作品称道有加:评朱澄暗小姑句"忽忽经年别,茫茫天地愁""哀感不忍卒读"③;评陆鄂华诗"含思凄婉,哀感顽艳"④。凡此,均可见选评者对诗歌抒情本质的重视。

性情是性灵说的第一要素。现在可见的几部较早且成熟的闺秀诗话如张倩的《名媛诗话》、沈善宝的《名媛诗话》、梁章钜的《闽川闺秀诗话》、棣华园主人的《闺秀诗评》基本出现在道光前后,此时,乾嘉年间风行的性灵说热潮虽然消退,但性灵说中合理的成分特别是强调诗以性情为主等,已被很多人接受,直至民国时期。闺秀诗话中虽

---

① 王蕴章:《然脂余韵·序》,王英志主编《清代闺秀诗话丛刊》,第 625 页。
② 王蕴章:《然脂余韵》卷三,王英志主编《清代闺秀诗话丛刊》,第 726 页。
③ 王蕴章:《然脂余韵》卷一,王英志主编《清代闺秀诗话丛刊》,第 636 页。
④ 王蕴章:《然脂余韵》卷一,王英志主编《清代闺秀诗话丛刊》,第 638 页。

也有力排袁枚之作，如《闽川闺秀诗话》称"随园老人往往孟浪如此"[①]，"其说颇为无稽"[②]，但绝大部分作品（包括《闽川闺秀诗话》）都强调女性诗贵在抒写真情，进而肯定建立在性情基础上的"性灵"之美。棣华园主人在《闺秀诗评》中明确指出，应以性灵为评价女性诗歌的标准：

> 近人言诗，往往尚风格而不取性灵。甚至阃女子诗亦持此论，尤为迂阔。深闺弱质，大率性灵多而学力少，焉得以风格绳之？故予所录诸作，取其温柔袅娜、不失女子之态者居多。[③]

棣华园主人认为，女性诗歌之优劣，大率与学力无关，也不必论其风格。能以天性中的那一点自然灵机表现女性真实的生命体验即"写女子之态"，皆有存录的价值。所选如广州吴蕙卿《雪后登钱塘寓楼》有句"怪底尘寰容易老，青山犹有白头时"[④]，灵动风趣，所谓"兴会语自觉可喜"[⑤]，诗话中此类作品比比皆是。此外，如王蕴章评丹徒包佩芬女史《秋日病中》"诗意清淡，是能以性灵为主者"[⑥]，"澹仙诗词俱妙，出于性灵"[⑦]，郭笙愉诗"皆能抒写性灵，一洗斧凿堆砌之迹"[⑧]；雷瑨、雷瑊《闺秀诗话》评华亭陆氏"笔墨非性灵，无以发其光"与"实括

---

① 梁章钜：《闽川闺秀诗话》卷一，王英志主编《清代闺秀诗话丛刊》，第 206 页。
② 梁章钜：《闽川闺秀诗话》卷三，王英志主编《清代闺秀诗话丛刊》，第 234 页。
③ 棣华园主人：《闺秀诗评》，王英志主编《清代闺秀诗话丛刊》，第 2278 页。
④ 棣华园主人：《闺秀诗评》，王英志主编《清代闺秀诗话丛刊》，第 2281 页。
⑤ 棣华园主人：《闺秀诗评》，王英志主编《清代闺秀诗话丛刊》，第 2288 页。
⑥ 王蕴章：《然脂余韵》卷二，王英志主编《清代闺秀诗话丛刊》，第 688 页。
⑦ 王蕴章：《然脂余韵》卷一，王英志主编《清代闺秀诗话丛刊》，第 726 页。
⑧ 王蕴章：《然脂余韵》卷二，王英志主编《清代闺秀诗话丛刊》，第 682 页。

作诗大意"①,等等,均表达了论者对性灵的崇尚。

## 第二节  以"清"为终极审美理想

在闺秀诗话的理论话语中,对诗歌风格的评定是最常见的,也较为系统。统观几部重要的闺秀诗话作品会发现,在批评者对闺秀诗歌进行评判时,"清"出现频率极高,是明清女性诗歌风格论中的核心概念。

明代江盈科的《闺秀诗评》中只选 28 位女性,每位作家下仅一条短评,"清"已出现三次:评朱淑真诗"清绝可爱",元好问妹诗有"清贞之意",孟淑卿《春归》"清浅而古",可见已经将"清"作为重要的审美理想。沈善宝《名媛诗话》的风格论里,"清"出现的频率最高:如卷一评黄汉荃"诗笔颇清,似工于愁者",颜柔仙诗"颇清丽",武进沈采蘋"诗笔亦清",周庚文章"颇觉清老",松陵周羽步"诗才清逸";卷二评歙县吴喜珠"诗极清丽";卷三称澧州雷半吟"清词络绎",屈婉仙《韫玉楼诗草》"清丽圆稳",周映清《咏梅五古四章》"最为清丽";卷四称吴门金逸"诗极轻清";卷五称满洲完颜兑《喜高平表妹至》诗"颔联神清如绘",仁和黄云湘诗"清新熨贴,工于赋物";卷六称钱塘夏仙佩"遗稿数百首,新词丽句,清气盎然",锁佩芬"诗致清新";卷七评无锡曹采蘩诗"刻画无痕,秀丽清切",吴县戴松琴《渡黄河》"老炼清切";卷八评汤瑶卿诗"不假雕琢,自然清雅";卷十称桂林秦鸾枝"诗笔清老";卷十一评上元梅竹卿"诗文清丽",湘南张兰芬"笔致清新,风神摇曳",莫蕙芳《新柳》诗"旖旎清新",陈秀君"诗俱清俊";《续集》中评

---

① 雷瑨、雷瑊:《闺秀诗话》卷八,王英志主编《清代闺秀诗话丛刊》,第 1106 页。

仁和高五云淑人诗"清真温厚",王素卿诗"清丽可诵",陆娟诗"清婉";《续集》下评陈静宜"笔情苍秀",仁和汪采湘"轻俊清圆"……虽然总会有不同的组合,但如此密集的使用频次,足以见出"清"在沈善宝闺秀诗批评的话语体系中是居于核心地位的。

　　对闺秀诗"清"风的赞誉,至晚清民国依然不衰。王蕴章最常用以评价闺秀诗风格的字眼也是"清"。仅以《然脂余韵》卷二为例,评许蘅诗"清隽可传",嘉善朱听秋女史"诗笔清雅",磁州张湘东诗"清婉可诵",湘潭郭笙愉诗"清新俊逸,绝无富贵之气,可贵也",郭智珠诗"清婉绝尘",丹徒包佩芬"诗意清淡,是能以性灵为主者",阳湖杨蕴萼诗"颇清婉可诵",阳湖庄盘珠"今体清新婉妙",青浦胡智珠诗"不即不离,清新有味"。《香奁诗话》的作者金燕也欣赏超尘脱俗的"清"气。如卷上评徐横波"诗境清寂,无人间烟火气",李是庵"诗笔清奇,有中唐遗韵",孙秀芬"诗才清丽",钱定娴"诗境清淡,有韦柳王孟之风",吴纫萱"笔致清拔",卷中朱瑞云诗"清丽可诵",等等。

　　由上引大量的评点话语不难看出,"清"确为闺秀诗话评价女性诗歌风格的核心概念。其实,早在南朝时期,刘勰就已将"清"视为诗歌审美的终极理想。《文心雕龙·明诗》曰:"五言流调,则清丽居宗。"[①]魏晋南朝,文人诗以五言古诗为主,七言诗的时代还没有真正到来,所谓以"清丽"居五言之宗,实即以清丽作为诗歌最高的审美标准。至明清时代,文人更将"清"与女性诗歌之审美紧密联系起来。钟惺的《古今名媛诗归·叙》称:"夫诗之道,亦多端矣,而吾必取于清。向尝序友夏《简远堂集》曰:'诗,清物也,其体好逸,劳则否;其地喜静,秽则否;其境取幽,杂则否。然之数者,本克胜女子者也。'……

---

① 刘勰著,范文澜注:《文心雕龙注》卷二,人民文学出版社,1962年,第67页。

(妇人)衾枕间有乡县,梦魂间有关塞,惟清故也。清则慧。"依然以"清"为诗歌风格之美的最高标准,同时进一步指出,"清"所关涉的逸、静、幽于性与女子为近,女子性清,清则慧,故"男子之巧,洵不及妇人矣。其于诗赋,又岂数数也哉?"①女子性近清之论大体不错,如清代范端昂在《奁泐续补》自序所言:"夫诗抒写性情者也,必须清丽之笔。而清莫清于香奁,丽莫丽于美女,其心虚灵,名利牵引,声势依附之,汩没其性聪慧,举凡天地间之一草一木,古今人之一言一行,国风汉魏以来之一字一句,皆会然于胸中,充然行之笔下。"②所以,女性诗歌创作自然易有"清"气。另外,以著名诗人和诗论家钟惺的身份,在女性文学繁荣之初给出的这一诗美标准,对于后来女性文学自身之发展与女性文学批评观念之影响自然不容小觑。③ 至清代中期,女诗论家熊琏著《澹仙诗话》选论女性诗时也称:"闺秀诗妙在清雅。近见管夫人罗霞绮《习静轩遗稿》,全无香奁气息,时出警句。"④评价王琼辑《名媛同音集》"类皆清超澹远,不落脂粉艳习,殆闺阁中复古士也"⑤,也将"清"作为正面标举的闺秀诗审美理想。传统的诗学思想与闺秀诗自身呈现的特质,直接影响闺秀诗话以"清"为终极审美理想的观念的确立。

---

① 钟惺:《古今名媛诗归·叙》,《四库全书存目丛书》集部第 339 册,齐鲁书社,1997 年,第 2—3 页。

② 范端昂:《奁泐续补》,清康熙刊本。

③ 当前学界多以《名媛诗归》为托名于钟惺之作,署名为钟惺的《名媛诗归叙》之真伪亦有待考订。

④ 熊琏:《澹仙诗话》卷三,道光二十五年(1845)见南山居重刊本。

⑤ 同上。

## 第三节 闺中"别调"
### ——闺秀诗话中突出的审美倾向

所谓闺中"别调",是指女性诗歌中表现出的异于女性诗歌"本色"的风格特征。女性诗歌是应该保持闺秀本色,还是应摒弃自身特质而向男子诗风靠拢,早已引起人们的争论,批评家各执一词,莫衷一是。① 但道光以来的闺秀诗话,除张倩的《名媛诗话》、棣华园主人的《闺秀诗评》等极少数作品外,在闺秀诗风格的评价中却表现出突出的一致性,都对闺中"别调"予以高度肯定,"绝无脂粉气"一词经常被用来赞誉女性诗。

《闽川闺秀诗话》的作者梁章钜,对诗歌风格评论较多,他肯定"诗意婉约""含毫邈然""藻丽气清""音节谐婉"等女性独具的诗美,同时又对能突破闺阁诗常见模式的诗歌表达了特别称赏,如称苏世璋"闺阁中独能学选体"(卷一),魏凤珍的怀古之作《咏韩侯钓台》"慷慨激昂,在香奁中颇不易得"(卷一),林淑卿"拟古便能近古,非描脂画粉者所能猝办"(卷二)等。女性著者沈善宝也倾心于闺阁音中的"别调":称朱季娴"诗落落大方,无脂粉气"②;林亚清"诗笔苍老,不愧大家"③;八旗汉军蔡琬"闺阁中具经济才者,诗笔极其雄健"④;同为八旗汉军的高景芳"笔力雄健,巾帼中巨擘也"⑤;常熟沈素君"写奇险之境,历历如画,诗亦苍劲"⑥;太仓王慧"《谒禹陵》五言长律,沉雄

---

① 参见王翼飞《清代女性文学批评研究》,第 133 页。
② 沈善宝:《名媛诗话》卷一,王英志主编《清代闺秀诗话丛刊》,第 355 页。
③ 沈善宝:《名媛诗话》卷一,王英志主编《清代闺秀诗话丛刊》,第 356 页。
④ 沈善宝:《名媛诗话》卷一,王英志主编《清代闺秀诗话丛刊》,第 359 页。
⑤ 沈善宝:《名媛诗话》卷二,王英志主编《清代闺秀诗话丛刊》,第 371 页。
⑥ 沈善宝:《名媛诗话》卷一,王英志主编《清代闺秀诗话丛刊》,第 365 页。

深厚,尤为杰构"①;钱塘孙云凤"诗笔苍老,为随园弟子之翘
楚"②……沈善宝论诗持论比较通达,她有一段以花喻诗的理论:

> 诗犹花也。牡丹、芍药具国色天香,一望知其富贵。他如梅
> 品孤高,水仙清洁,杏桃浓艳,兰菊幽贞。此外,则或以香胜,或
> 以色著,但具一致,皆足赏心,何必泥定一格也?然最怕如剪彩
> 为之,毫无神韵,令人见之生倦。③

同自然界一样,诗歌的苑囿里也应百花齐放,春兰秋菊各尽其美,只
要能有自家面目、独具的个性特征,就有存在的价值。可见,沈善宝
是肯定多样化的诗风的。但是,从上引文字中以"巨擘""杰构""翘
楚"等来评定闺秀诗中有雄音者即可看出,沈善宝是很推崇女性诗中
之"别调"的,她的诗词也时露清雄之气。

　　民国年间产生的几部诗话,则明确表达对女性诗歌美学风格突
破传统牢笼的要求。这一时期论者常以"脂粉气""女儿态"来界定女
性诗歌中惯有的风格,并表现出较强烈的批评态度。《然脂余韵》的
作者王蕴章评阳湖杨蕴萼女史"诗多古风,取法甚高,无闺帏绮艳之
习"④;"清初才媛,首推禾中黄媛介","初从《选》体入,后师杜少陵,清
隽高洁,绝去闺阁畦径"⑤。称近时奉天女子师范吕清扬"尝刊其诗曰
《辽东小草》,起丁未四月,迄己酉六月。中多感怀时事之作,感慨苍

---

① 沈善宝:《名媛诗话》卷二,王英志主编《清代闺秀诗话丛刊》,第 370 页。
② 沈善宝:《名媛诗话》卷四,王英志主编《清代闺秀诗话丛刊》,第 408 页。
③ 沈善宝:《名媛诗话》卷七,王英志主编《清代闺秀诗话丛刊》,第 467 页。
④ 王蕴章:《然脂余韵》卷二,王英志主编《清代闺秀诗话丛刊》,第 694 页。
⑤ 王蕴章:《然脂余韵》卷三,王英志主编《清代闺秀诗话丛刊》,第 713 页。

凉,不屑作庸脂俗粉语,故是此中健者"①,表达了对传统闺秀诗风的排斥。

金燕也表现出对女性诗褪去脂粉气的极力赞赏。《香奁诗话》卷上称赞周羽步"所作诗无脂粉气";范姝《咏螺蜂》"诗格遒老,不似闺人口角";黄媛介"诗境苍老";钱希令《咏信陵君》"夭矫飘忽,诗笔挺拔,无一毫儿女子口气,洵奇才也"。金燕甚至还将有无脂粉气作为评价女性之美的标准,称李是庵"耽读书,耻事铅华",吕逸初"性倜傥,不作儿女子态",张竹君"生而英发,无脂粉恶习"②,朱瑞云也"丰姿潇洒,无脂粉恶俗气"③。可见,不独在闺秀诗歌创作上,在女性之行为、气质等方面,金燕对于女性都有一种较为激切的"去传统"态度,这与当时的女性解放思潮是分不开的。

此外,苕溪生称"清季刘景韩观察之夫人孔氏所著《韵香阁诗草》中,古近体近千首,均苍遒高华,洗尽脂粉之气,真闺阁中仅见之才"④。雷瑨说:"闺阁诗即佳甚,亦多脂粉气,所谓'有情芍药含春泪,无力蔷薇卧晚枝'是也。"⑤所论与王蕴章、金燕等相同,都表达了批评家对女子打破性别牢笼与常规的诗歌表现领域的期待。

闺秀诗话中的大多数论者均表达了女性诗歌应突破自身限制、力创新境的观念,如何来评价这一倾向是个极为复杂的问题。学者康正果从女性主义视角出发称:"认为女诗人突破了所谓'闺阁习气',能够发雄声而倡豪言,便值得称赞。这种称许也许看起来似乎在抬高女诗人的地位,倘若从'女性中心的读解'出发去检验这些言

---

① 王蕴章:《然脂余韵》卷三,王英志主编《清代闺秀诗话丛刊》,第 718 页。
② 以上均见金燕:《香奁诗话》卷上,王英志主编《清代闺秀诗话丛刊》,第 2227—2248 页。
③ 金燕:《香奁诗话》卷中,王英志主编《清代闺秀诗话丛刊》,第 2259 页。
④ 苕溪生:《闺秀诗话》卷二,王英志主编《清代闺秀诗话丛刊》,第 1657 页。
⑤ 金燕:《香奁诗话》卷中,王英志主编《清代闺秀诗话丛刊》,第 2260 页。

论,不难看出其骨子里的男性中心批评标准。"①若从女性文学发展多样化的角度考量,肯定女性文学中不同凡响的"别调"的做法是无可厚非的。但问题的关键在于,很多批评家特别是进入民国以后的论者,是在否定闺阁本色之音的基础上倡导所谓"别调"雄音的。男子发"闺音"会被批判,女子作"雄声"则被褒扬,看似欲解放女性,实则无视女性的主体性和与生俱来的特质,无怪乎女权主义者们痛斥之。闺秀诗话的这种评价倾向显然会成为一种价值导向,更多的女性主动加入到被肯定的"去脂粉气"的创作队伍中来,"从女性写作者的角度看,她们崇尚、追求男性化的表现,也只不过是在宗法男权强势文化浸淫下自觉或不自觉的异化,对女性主体进行义无反顾的自我贬损,企图通过'伪男性'的社会性别定位,来换取女性文化的'伪突破'"②。女性文学最可珍贵之处,还在于女性基于自我独特的生命体验发出的本真自然的表达,其表现内容与风格可能因时而异,但彰显女性气质的"闺阁本色"不应被否定。从这个意义上来讲,张倩称"闺秀诗最忌脂粉气,然一味沉雄,流入粗派,翻失女子面目"③,强调女性作诗可沉雄但不应失女子面目,棣华园主人以"不失女子之态者"④为选评诗之标准,肯定女性诗歌独特的诗美特征,可谓慧眼独具,超越时流。

闺秀诗话中还有一些零散的论述,涉及女性诗歌价值论、女性诗歌创作关涉的一些关系命题如命运与诗境、人生境况与诗歌创作等,其中有些女性自道冷暖,因个人生命体验生发出对闺秀诗歌创作的一些独特感受,让人倍感真切,也极为宝贵。如《闽川闺秀诗话续编》

---

① 康正果:《风骚与艳情》,河南人民出版社,1988 年,第 319 页。
② 王力坚:《清代才媛文学之文化考察》,文津出版社,2006 年,第 49 页。
③ 张倩:《名媛诗话》,肖亚男主编《清代闺秀集丛刊续编》第 21 册《留香集》卷下,第 96 页。
④ 棣华园主人:《闺秀诗评》,王英志主编《清代闺秀诗话丛刊》,第 2278 页。

卷二"朱芳徽"条引其《绿天吟榭诗稿自记》："性酷嗜翰墨……生平遭际之艰将四十载矣，一发之于诗，以抒其志。"①女性文人以诗歌作为展现人生际遇、抒写情志的手段。毛奇龄女毛媞"年老无子，尝自持其诗卷曰：是我神明所钟，即我子也"②，更视诗歌为生命的延续、人生价值的依托。再如，沈善宝之姨母吴世佑"最耽吟咏，工画牡丹，为外大母所钟爱，不忍远嫁。在室时以诗画自娱，性情潇洒，吐属风雅。年三十于归武进卜子安参军，旬从宦往来。儿女既多，笔墨遂废。每谓余云：'欲作雅人，必须终身在室。近日偶得一二句，思欲足成，辄为俗事败兴。'"沈善宝从旁观者的视角，记录了一个卓有才华的女性婚后因俗事缠身不得不放弃创作的真实案例，因为所记对象是自己的亲人，所以这段记述细节生动，作者并写道姨母"临殁，朗诵生平所作诗词，气息渐微，奄然化去。时举家患疫，稿遂失散不传"③。在生命的尽头，吴世佑心念所系还是她钟爱的诗词，然生时无暇经营之，殁后遗稿又散佚无传，良可憾也！反观其"欲作雅人，必须终身在室"的慨叹，又沉积着多少无奈。而吴世佑，只是封建时代千千万万与她有一样遭际的女子的代言人。千百年来，大概直至今日，有无数的女性都如她一样，一直被这深深的无奈所裹挟！人生际遇不但决定诗歌的风格，甚而还决定诗歌创作的道路能否延续，女性发出的此类生命感受真切而动人。

---

① 丁芸：《闽川闺秀诗话续编》卷二，王英志主编《清代闺秀诗话丛刊》，第 291 页。
② 沈善宝：《名媛诗话》卷一，王英志主编《清代闺秀诗话丛刊》，第 357 页。
③ 沈善宝：《名媛诗话》卷六，王英志主编《清代闺秀诗话丛刊》，第 450 页。

# 第八章　闺秀诗话与女性文学史建构及女性文学文献学研究

文学史料价值与文献学价值，是闺秀诗话在社会史料价值、批评史料价值而外的另一重要价值维度。闺秀诗话中散落着大量与女性文学史构建相关的资料，对于生动、全面的女性文学史书写具有重要意义。闺秀诗话对女性文籍的生成、存毁、刊刻、流传等情况的记载尤多，有助于考察女性文籍生产史；诗话中载录的诗歌作品，对于女性诗集的补遗、辑佚与校勘工作均有助益。

## 第一节　闺秀诗话与中国古代女性诗歌史建构

与其他文献类型相比，闺秀诗话在集中记录、评价文学女性与女性文学创作方面，具有很多优势：它比载录个体女性文人作品的别集收录范围广，纪事性与评论功能又强于文学总集，而综合性诗话与一些学术笔记对女性文学活动的记载显然比闺秀诗话零散分散。闺秀诗话载录的大量有关女性诗人与诗歌作品的资料，对建构完整的女性诗歌史有积极意义。

## 一、呈现女性文学的多元发展格局

闺秀诗话中载录的某些女性诗人或诗歌作品，常常被主流诗家排斥在视野之外。如青楼女子鲜有别集，选家又多有鄙薄，或屏而不录，或附列于后。恽珠所编《国朝闺秀正始集》是清代最重要的闺秀诗总集之一，因其以"风天下而端闺范"（潘素心序）为编选旨归，故《例言》称："是集所选，以性情贞淑、音律和雅为最；风格之高尚其余事。至女冠缁尼，不乏能诗之人，殊不足以当闺秀，概置不录。""青楼失行妇人，每多风云月露之作，前人诸选津津乐道，兹集不录。"①但大部分闺秀诗话都收录了青楼女子的诗歌，清代前中期的闺秀诗话大多记录明清之际出身青楼的才女如董小宛、柳如是、寇白门等人；民国时期闺秀诗话对青楼女子的诗歌创作关注尤多，金燕的《香奁诗话》卷中为青楼专卷，雷瑨甚至专辑《青楼诗话》二卷刊行。此外，女子的题壁诗，因往往有突破闺阁常规生活的丰富诗事背景，也成为闺秀诗话热衷记载的内容。如陈维崧的《妇人集》记黄姓士子妻秦氏乙酉澄江之变被掳不屈过金山题诗壁上、姑苏女史方芸有驿亭题诗、长沙女子王素音为乱兵所虏有题古驿诗等，沈善宝《闺秀诗话》载广州李氏遭顺治庚寅兵乱被掳题诗壁上自缢而亡、阳朔秦玉梅被掳题诗伏波岩后自沉潭中（卷一），施淑仪的《清代闺阁诗人征略》记浙江镇海林氏清初被掳过百叠岭以指血题诗石壁后投崖而死、海宁查嗣庭女因父获罪随徙边塞途次有题壁诗（《补遗》），展现了不同历史时期、不同阶层的女性不同的人生遭际与复杂心态，多角度地记录了女性的生活与情感，很多都具有鲜明的时代特征，极富典型意义。这些身份特殊的诗人与独特的诗歌，很多在其他类型的文献中不被载录，女

---

① 恽珠：《国朝闺秀正始集》，道光辛卯红香馆刻本。

性诗歌创作的丰富性、多元性赖闺秀诗话得以呈现。

　　闺秀诗话在记录女性的个体诗歌创作之外,还对女性群体的文学活动多有关注。如才媛们雅集、唱和的诗作,总集与别集限于文献辑录的体制要求多不能集中收录,但却可以作为一次诗文化活动的成果集中呈现于纪事性强的诗话里。闺秀诗话中记载的大量的文学家族、文学社团等更为考察各类女性文学群体的活动提供了重要资料。如闽地黄任、郑方坤与梁章钜三大文化家族的诗歌创作被详细记载在《闽川闺秀诗话》中。沈善宝《名媛诗话》中记载的文学家族更多:山阴祁彪佳夫人商景兰、女儿德琼、德渊、德茝与子妇朱德蓉皆工诗,"一门风雅,皆有才名"①;阳湖张孟缇"姊妹四人,皆能诗词"②;恽珠及其子妇程孟梅、女孙妙莲保与佛芸保皆工吟咏③;太原张古什更是"姊妹七人皆工诗"④;甚至八旗家族的文学盛事也有记载,满洲铁保之淑配如亭夫人"工诗,善草书、画兰,兼能骑射,识见过人""少如、修篁皆如亭夫人少女,并能诗画""家学渊源,殊为盛事"⑤;沈善宝一家母亲、姨母、妹、从妹亦皆工诗,等等,可谓不胜枚举。另外,常州戴延年"称其继母张氏,一门风雅,九世相传,即闺中亦多工吟咏,与吴江《午梦堂集》可以并驱"⑥;桐城方氏三姐妹、钱塘袁氏三姝、常州三吕等与蕉园七子、秋红吟社等女性作家群组均常见于各部诗话中。

　　女性文学史的书写,常规来讲,当以连缀重要作家、以线性结构展现文学历时性的发展为主,但知名个体作家之外,对各类创作主体、不同诗歌样式以及作家群体性文学活动作全面观照,才能展

① 沈善宝:《名媛诗话》卷一,王英志主编《清代闺秀诗话丛刊》,第 351 页。
② 沈善宝:《名媛诗话》卷八,王英志主编《清代闺秀诗话丛刊》,第 482 页。
③ 沈善宝:《名媛诗话》卷十一,王英志主编《清代闺秀诗话丛刊》,第 541 页。
④ 沈善宝:《名媛诗话》卷二,王英志主编《清代闺秀诗话丛刊》,第 383 页。
⑤ 沈善宝:《名媛诗话》卷八,王英志主编《清代闺秀诗话丛刊》,第 478—479 页。
⑥ 王蕴章:《然脂余韵》卷二,王英志主编《清代闺秀诗话丛刊》,第 673 页。

现女性文学发展的多元格局,使女性文学史的书写更加完整、立体、丰满。

## 二、提供女性文学史细节书写的支撑材料

闺秀诗话中的很多材料可用作文献考证,为文学史的细节书写如作家年谱编纂、作品系年、作品辑佚等提供材料支撑。如沈善宝的《名媛诗话》记载了大量标有时间、地点、人物活动等确切信息的材料,内容包括沈善宝的人生行迹、诗友交游,可为沈善宝及其他女性文人的生平考述与年谱编纂提供宝贵的细节材料。如:"庚子暮秋,同里余季瑛集太清、云林、云姜、张佩吉及余,于寓园绿净山房赏菊。"①可知庚子年(1840)秋,沈善宝随宦京师,身边聚集了一批以杭州和京城闺秀为主的诗友,其中满洲女词人顾太清与汉族闺秀交往密切。这则材料对于沈善宝与顾太清两位重要女性文人的研究都有资料价值。《名媛诗话续集》记载的细节资料更多:"余寓春明已十二载,最相契者太清、孟缇,不减同气之谊。闻余南归有日,极尽绸缪,以诗宠行,情见乎词。太清七律云……"②寓京时间、文人交谊、顾太清诗系年于此则记载已明。"庚戌冬日,余返杭扫墓,关秋芙集诸闺友宴余于巢园,出所著《花㕛集》《众香词》……七古《花朝曲》云……""秋芙宴余巢园,余即席赋赠一律云……秋芙和云……陈湘英和云……李佩秋和云……鲍玉士和云……"③后一则与前一则中间隔三则,大体可推知所记为一事,前一则专记秋芙事与诗,后一则记闺友唱和。据这两则,可考此次雅集实际参与人,并为诸才女诗作补遗或辑佚,亦为沈善宝年谱编写添一切实材料。类似的记载在一些间记

---

① 沈善宝:《名媛诗话》卷六,王英志主编《清代闺秀诗话丛刊》,第452页。
② 沈善宝:《名媛诗话》续集中,王英志主编《清代闺秀诗话丛刊》,第585页。
③ 沈善宝:《名媛诗话》续集下,王英志主编《清代闺秀诗话丛刊》,第602、604页。

同时代人的闺秀诗话如《闽川闺秀诗话》《名媛诗话》（张倩）、《名媛韵事》《闺秀录》《闽川闺秀诗话续编》《闺秀诗评》（棣华园主人）、《然脂余韵》等中都可见到。如丁芸《闽川闺秀诗话续编》"朱芳徽"条引其《绿天吟榭诗稿自记》称："余性酷嗜翰墨，日手一编未尝辍，数十年如一日也。""生平遭际之艰将四十载矣，一发之于诗，以抒其志。""所作诗草虽经当代诸名公赐以弁语，诚恐未足传也。且近岁以训蒙糊口，无力付梓，稿多散佚。今岁寓砚晋安县署，蒙司马向公高义，先于全集中掇抄两卷，代付梨枣，名曰《绿天吟榭》，初刊伦次未检，阅者谅之。"丁芸按语："早寡，无子，仅遗一女，年十九，未嫁卒。贫困无依，受聘为闺塾师。""向静庵焘官闽县，延课其女蕴珍，为刻《吟稿》二卷。然随手抄撮，非其至者。《夜枕不寐作呈倩云诗史》云……""余与朱姜二姓有连，事迹知之颇详。其诗已刻者毁于火，未刻者无人为之付梓。兹故详录其诗，并缀述生平，俾后之志列女者，有所考焉。"①丁芸此条记载先引朱芳徽诗集自序，交代她生平创作基本情况，而后以按语作补充。朱芳徽的经历是丁芸亲见熟悉的，所以他能详细补充一些细节，如刊刻之集并非优选之作，特别是后面提到"已刻者毁于火，未刻者无人为之付梓"，这些补充信息详细记载了女性别集的刊刻流传情况，丁芸还在按语中录其诗四首及残句，在文集已佚的情况下这些作品显然也可用来辑佚。

闺秀诗话中记载了不少关于别集或其他类文献写作刊刻的情况，可以用作版本考订。在诸多闺秀诗话之中，《名媛诗话》的版本最为复杂。肖妍的《〈名媛诗话〉研究》提到："《名媛诗话》有道光二十六年鸿雪楼刊本、光绪鸿雪楼刻本（十五卷，续集三卷）及民国一二年排

---

① 丁芸：《闽川闺秀诗话续编》卷二，王英志主编《清代闺秀诗话丛刊》，第 292 页。

印本(十二卷,续集四卷)。"①蒋寅《清诗话考》记载较详,概括之有十六卷本(《安徽通志稿·艺文考》著录,未见)、八卷本,另有"十二卷本最罕见,首都图书馆有藏本"②。事实上,详细考诸闺秀诗话文本,上述记载似乎都有问题。第一,《名媛诗话》有道光二十六年刊本的说法存疑。检索《高校古文献资源库》,沈善宝十二卷本《名媛诗话》得两条记录:其一,藏北师大,清道光间(1821—1850)鸿雪楼刻本 2 册(1 函),存卷一至卷四;其二,藏北大,清道光二十六年(1846)刻本,6册(2 函),附注:版刻年据清道光二十六年(1846)跋。按,沈善宝《名媛诗话》第十二卷后有道光丙午仲春陈光亨跋;十一卷最后一则自识称:

> 余自壬寅春送李太夫人回里,是夏温润清又随宦出都,伤离惜别,抑郁无聊,遂假闺秀诗文各集并诸闺友投赠之作,编为诗话。于丙午冬落成十一卷,复辑题壁、方外、乩仙、朝鲜诸作为末卷,共成十二卷。③

据上可知,丙午即道光二十六年(1846)冬,诗话方成十一卷,陈光亨跋作于此年春天,必在成书之前。带着这个疑问继续查考发现,《鸿雪楼诗选初编》卷十二(丁未)中《四十初度口占》有句"快编碎玉诗千首",下注"手编《名媛诗话》十二卷初竣"④,沈善宝生于嘉庆十三年(1808),可知《名媛诗话》十二卷成书至早在道光二十七年(1847),刊刻绝不会早于道光二十七年。北大藏本附注称据跋语时间定其为道

---

① 肖妍:《〈名媛诗话〉研究》,安徽大学硕士论文,2007 年,第 5 页。
② 蒋寅:《清诗话考》,第 535 页。
③ 沈善宝:《名媛诗话》卷十一,王英志主编《清代闺秀诗话丛刊》,第 547 页。
④ 沈善宝著,珊丹校注:《鸿雪楼诗词集校注》,中国社会科学出版社,2012 年,第 307 页。

光二十六年刊本,显然是未及细审诗话内容致误,又被他人引据。第二,目前所见《名媛诗话》以光绪间鸿雪楼刊十五卷本(十二卷又续编三卷)最为完备,《续修四库全书》本据此影印,蒋寅《清诗话考》漏而未著录。第三,《名媛诗话·续集》的成书时间,研究者一直语焉不详,常常笼统地称沈善宝陆续补充《续集》上、中、下三卷,共成十五卷。其实,根据诗话《续集》的记载,是大体可以推知其创作时间的。《续集》(上)记:"孟缇自武昌返京,出诗一册,读之沉雄浑厚,似少陵入蜀后所作,益信江山之助,不可少也。"①张孟缇自武昌返京时间为道光二十八年(1848)即戊申年。另记"余前秋抱西河之痛"②云云,"西河之痛"即丧子之痛,此指沈善宝继子武友惇之殁。考诸沈善宝《鸿雪楼初集》卷十一有《哭次子友惇并叙》,《叙》记:"儿生于道光辛卯二月二十八日卯时,殁于丙午八月望日。"③丙午为"前秋",则此则作于道光二十七年即丁未年(1847)。据此推知,诗话《续集》(上)作于道光丁未戊申年间。《续集》(中)记:"余于己酉暮春返杭,重晤藕香、玉士诸闺友,久违暂聚,乐可知也。"④据"己酉暮春返杭""今春回杭"的记载可知,《续集》(中)的完成时间不早于己酉年即道光二十九年(1849)。《续集》(下)倒数第三则又记:"鸳湖陈静宜,绮余室。诗已录于前卷,不通音信已经十稔,去秋随宦来晋,并寄近年所作,阅之觉感慨愈深,时事使然耶?"⑤咸丰四年(1854)甲寅,武凌云外放朔平府知府,沈善宝随宦山西,则可知此则诗话作于咸丰五年(1855)。而《鸿雪楼诗集》十五卷收诗也至咸丰四年止。此后,内有太平天国起

---

① 沈善宝:《名媛诗话》续集上,王英志主编《清代闺秀诗话丛刊》,第567页。
② 沈善宝:《名媛诗话》续集上,王英志主编《清代闺秀诗话丛刊》,第582页。
③ 沈善宝著,珊丹校注:《鸿雪楼诗词集校注》,第301页。
④ 沈善宝:《名媛诗话》续集中,王英志主编《清代闺秀诗话丛刊》,第586页。
⑤ 沈善宝:《名媛诗话》续集下,王英志主编《清代闺秀诗话丛刊》,第612页。

义,外有英法联军侵华,时事日艰,沈善宝的文学创作生涯到咸丰五年基本终止,仅于咸丰十一年(1861)以西湖散人署名为顾太清(署名云槎外史)的《红楼梦影》作序,其余鲜有记载。结合以上材料可得出结论:《名媛诗话续集》的撰写历时较长,应是从十二卷本完成之后的 1847 年直至 1855 年间,其中 1848、1849、1855 年应有较集中的写作。

可见,借助诗话的记载,结合总集、别集等相关材料,一些文学史的细节内容是可以考证清楚的。闺秀诗话中记载了大量的古籍文献信息,如《闽川闺秀诗话》序言中提到梁章钜有《闽川诗钞》数十卷并诗话十二卷已成书,意欲先为脱稿单行,但是梁章钜此作今不见流传;卷一记方琬有《断钗集》,已梓行,觅之不得,等等。这些信息背后隐含的个别问题或系列问题都值得深入探究,关乎清代文献特别是女性文学文献的版本考辨、诗歌辑佚与诸多文学史事还原等,对于精细化的女性文学史书写具有重要意义。

### 三、建立相对完整的女性诗人、诗作序列

闺秀诗话以诗话体记录中国古代女性诗人及其诗歌创作,保留了大量古代女性特别是明末以来女性文人的文学资料,可为进一步统计古代女性诗人的数量提供重要资料。目前,人们对于古代女性作家创作队伍的统计,主要以胡文楷先生的《历代妇女著作考》为依据,一般认为明清两代女性作家有三千七百五十余人。《历代妇女著作考》集著者 20 余年之力,查阅大量目录书、方志、总集、别集、笔记与诗话等,第一次对古代女性的作品集作了系统勾勒,从产生之初至今一直是古代女性文学研究中最重要的目录学著作,厥功甚伟。固然,这部作品已呈现了古代女性作家创作队伍的大体规模,但是完全以其为统计古代女性作家数量的依据,显然是有认识上的误区的:

《历代妇女著作考》的性质为目录书,所以其所录仅是古代有诗词文集记载的女性文人,没有文籍刊刻或流传、但有零散作品传世的作家是不收录的,且其所收尚有一些疏漏与讹误,有俟补正,目前已见一些相关成果。从女性作品结集与刊刻难度之大来推断,古代有作品流传但无别集刊刻的女性作家不在少数,如果算上这部分作者,女性作家的数量定然远超《历代妇女著作考》所录,而闺秀诗话中记载的这类作家非常之多。具体又有两种情况:第一,有作品集但名称无记、作品无者,如丁芸《闽川闺秀诗话续编》引《陔南山馆诗话》记金贞玉喜读书,能诗,"遗诗二卷,今佚"①;沈善宝《名媛诗话》记五从母吴世佑"最耽吟咏",但殁后"举家患疫,稿遂失散不传"②。第二,只有单篇作品载于诗话,未记录有作品集,从大多闺秀诗话创作者强烈的为女性留存诗事的创作目的来看,这种未记作品集多因无集可记,有作品集却遗而不记的情况极少。

　　的确,当我们仔细地将《历代妇女著作考》与闺秀诗话放在一起作文献比对时就会发现,遗落在《历代妇女著作考》之外的古代女诗人有很多。如梁章钜《闽川闺秀诗话》与丁芸《闽川闺秀诗话续编》两部诗话总计录闽地林姓女诗人 24 位(目录有 25 条,但"林琼玉"条两见于《闽川闺秀诗话》,虽所录内容有差异却是 1 位诗人),其中,只有林文贞、林蕙、林瑛佩、林琼玉、林瑱、林芳蕤、林淑卿、林月邻 8 人在《历代妇女著作考》中被著录③,其余 16 位诗人都不见于《历代妇女著作考》。仅闽地林姓女诗人中,不见于《历代妇女著作考》者竟是《历代妇女著作考》著录数量的两倍,这样的核查结果是让人吃惊的。闺秀诗话中记载的这类没有别集刊刻的女诗人远多于有作品集者,仍

---

① 丁芸:《闽川闺秀诗话续编》卷二,王英志主编《清代闺秀诗话丛刊》,第 295 页。
② 沈善宝:《名媛诗话》卷六,王英志主编《清代闺秀诗话丛刊》,第 450 页。
③ 胡文楷编著,张宏生等增订:《历代妇女著作考》(增订本),第 396—397 页。

以《闽川闺秀诗话》为例，撰著者梁章钜是十分注意搜罗闺秀别集的，如林蕙之《香咳集》，他因"屡索之不获见"而深慨于"此集盖不可复得矣"[①]；再如，郑孟姬作诗"具有气格"，梁章钜颇为欣赏，"尝从其曾孙荫坪广文访求遗稿，不可得也"[②]；林圃诗"亦深于天性者，惜未获读其全稿也"[③]，等等。从这些论述话语中，我们不难看出作者对于搜集闺秀别集的重视。逐一统计可知，《闽川闺秀诗话》所收 103 位诗人记有集者仅 50 位，一半以上是无别集的，显然大部分闽地女诗人都不在《历代妇女著作考》著录之列。这样的统计数据自然提醒我们：对全部闺秀诗话中所载录的女性诗人作彻底核查，再与《历代妇女著作考》、文学总集中收录的女性诗人数据合观，去除复重，我们才可以真正得到更接近于历史真实的古代女性诗人总数的数据。考订闺秀诗话所收全部女性诗人与诗作，自然是我们建构中国古代女性文学史必有之环节，因此，闺秀诗话对于完整的女性作家序列的建立有重要意义。

就女性作家梳理、作品整理而言，自然应以女性别集与总集为重点，但是，完整的女性诗歌史书写不能忽视闺秀诗话的记载。事实上，闺秀诗话中所选录的女性诗作大多为具有代表性的重要作品，或有突出的思想性，或艺术水平较高，应予以一定的重视。将总集、别集与诗话合观，我们才能得到更为完整的女性诗歌作品序列。只有建立在准确、充分的文献基础之上的研究，结论才能令人信服。

---

① 梁章钜：《闽川闺秀诗话》卷一，王英志主编《清代闺秀诗话丛刊》，第 196 页。
② 梁章钜：《闽川闺秀诗话》卷一，王英志主编《清代闺秀诗话丛刊》，第 205 页。
③ 梁章钜：《闽川闺秀诗话》卷二，王英志主编《清代闺秀诗话丛刊》，第 211 页。

## 第二节　从闺秀诗话看女性文学
　　　　作品的留存与传刻

古代女性能否进行文学创作,主要取决于母家与夫家的文化观念与生活境况,女性文人养成实属不易,正如沈善宝所言:"窃思闺秀之学,与文士不同,而闺秀之传,又较文士不易。盖文士自幼即肄习经史,旁及诗赋,有父兄教诲,师友讨论。闺秀则既无文士之师承,又不能专习诗文,故非聪慧绝伦者,万不能诗。"①能生长于支持女性为文的文化之家,且出嫁后夫家的文化观念与生活境况均能允许其继续创作的女性,在古代实不多见,这是女性作家队伍规模远逊于男性的主要原因。而女性的文学作品要流传后世更是难上加难,需主客观多方面的条件兼备方能促成。

### 一、闺秀诗文之劫难

中国古代典籍在流传过程中,曾无数次因政治、兵燹、藏弆、人事等原因遭毁弃,是为"书厄"。历史上的"书厄"常常与重大历史事件有关联,又以兵燹破坏力最强,所谓"劫之大者,莫如兵"②。但这一规律却不大适用于女性文籍。女性文籍所遭之厄,随时随处都在发生,且原因也更为复杂,诗人自身的主观意愿与各种外在情况都可能成为女性诗作被毁的因素。

#### (一)"内言不出"与"才命相妨"之观念影响

明清两代,虽然社会对女性为文的认可度不断提升,且有一部分

---

① 沈善宝:《闺秀诗话》卷一,王英志主编《清代闺秀诗话丛刊》,第349页。
② 祝文白:《两千年年来中国图书之厄运》,《东方杂志》,1945年第41卷。

主体性强的女性有自觉的"以文立言"的传名意识,但从闺秀诗话的记载来看,受"内言不出于阃"与"才命相妨"等观念影响而藏匿、毁弃文稿的女性仍大有人在。

诗人宗梅岑(名元鼎)(1620—1698)母陈夫人"有妇德,兼工文咏,然唱随外,不以示人。每有所作,梅岑欲受而录之,辄不许,恐内言出于壸也。临终,取平生所作尽焚之,故不传一字。梅岑每言及,痛手泽之不存,犹叹慕者久之"①。长乐郑徽音"通文翰,在家时与诸兄唱和,旋焚弃之,以吟咏非女子所宜也"②。韩文懿公炎之季女韩韫玉,"少读群书,工词翰。年三十,已多著述,旋以病卒。病中悉焚其稿,其夫于书帙中,检得《咏鹤诗》云:'望里蓬山是去程,露寒常向九皋鸣。不随卫国乘轩队,稳卧松颠梦太清。'诗既超逸,而吉光片羽,弥可珍矣"③。孙兆澧三妹孙鹤仙诗画兼擅,却于道光丁亥年(1827)二十三岁时突然撒手人寰,"闻其病重,渌泉弟驰往省视,已盖棺三日。索其遗稿,亦渺不可得。据韩氏人传述云:临危之先,自将画稿诗笺及文房画具书籍等物付之一炬"④。同安闺秀洪汝敬小字许娘,未嫁殉夫而亡,许娘"少工吟咏,然常自匿,不令人见,稿亦罕有存者。及卒,于香奁衣笥中拾得数章,皆清丽可诵"⑤。裴中丞妻沈岫云工诗,"袁简斋太史辑《随园诗话》,向裴中丞索岫云诗稿,中丞取其诗寄之,而岫云不欲焉"⑥。即便是生活于文学昌明、诗礼相传之家的女性,亦未能"免俗"。如闽地郑氏家族,一门风雅,郑方坤母黄昙生"著作甚富,秘不示人。惟吴兴臧夫人《皆绿轩诗》、西陵《林大家

---

① 陈维崧:《妇人集》,王英志主编《清代闺秀诗话丛刊》,第 15 页。
② 丁芸:《闽川闺秀诗话续编》卷三,王英志主编《清代闺秀诗话丛刊》,第 305 页。
③ 俞陛云:《清代闺秀诗话》卷一,王英志主编《清代闺秀诗话丛刊》,第 32 页。
④ 孙兆澧:《闺秀录》,蒋寅主编《清代诗话珍本丛刊》第 1 辑第 43 册,第 254 页。
⑤ 王蕴章:《然脂余韵》卷四,王英志主编《清代闺秀诗话丛刊》,第 746 页。
⑥ 张倩:《名媛诗话》,肖亚男主编《清代闺秀集丛刊续编》第 21 册《留香集》卷下,第 108 页。

集》,奉处安公命为序,两家寿梨枣,今得脍炙人口。他有藏者,皆女孙翰莼所录,椟而藏之"①。

女子自毁或隐匿诗稿,自唐以来,代不鲜见。唐代如"孟昌期妻孙氏善诗,常代替丈夫作诗,有一天忽然觉得'才思非妇人事',便烧掉了自己的诗稿"②。北宋理学家程颐之母侯氏幼时即读诗书,但认为女子之辞章不应为外人所见。元代孙蕙兰"皆毁其稿,家人劝之,则曰:偶适情耳,女子当治织纴组紃,以致其孝敬,词翰非所事也"③。这些女性基本都从社会对女性的职责或道德要求角度出发,否定女子为诗或女性诗名外传,因而即便有机会、有才华成为女性诗人,也或不以创作为意作品随作随弃,或采取更极端的隐匿甚或"焚稿"行为,主动放弃女诗人的身份。显然,她们都深受封建礼教的毒害:"处于弱势地位的女性,由于礼教先借妇女贞洁观准备了对其性情文字扣而杀之的大棒,加上理学本来就不分情和欲,所以为慎重不招非议起见,这时代的女子普遍隐晦自己的情感,一般'不立文字'。"④对于女性作家焚弃文稿的心理动机,康正果曾作过深细的剖析:

> 由于接受了男性中心批评的标准,妇女对自身的态度有时比男性的评论还要保守,她们自贬自抑,甚至在女性作者群中划分等级。女子自幼秉承父兄的教导,以"内言不出"为戒,以"不以才炫"自律。因为与男人诗来诗往乃是妓女和女冠的事情,所以在良家妇女看来,诗名外扬就等于败坏名声。很多闺中的才女也爱写诗,但由于担心诗名外传,仅限于自吟自赏,最后私下

---

① 丁芸:《闽川闺秀诗话续编》卷四,王英志主编《清代闺秀诗话丛刊》,第 322 页。
② 康正果:《风骚与艳情》,第 326 页。
③ 钟惺:《名媛诗归》,《四库全书存目丛书》集部第 339 册,第 269 页。
④ 邓红梅:《女性词史》,第 155 页。

焚毁。……很多闺中才女把贬抑自己的诗名作为自尊自爱的姿态，而帮助他们保守作诗的秘密，似乎也成为成人之美的事情。有时在她们死后，她们的家属还替死者做最后的清洗：举火焚之。不知有多少闺秀的诗作就在这种无从推测的封闭状态中自生自灭，最终湮没无闻。①

　　精神分析女性主义者南希·乔多罗（Nancy Chodorow）认为，女性在关系中定义自我的方式相较男性更为突出，群体认同感是女性最显著的特征之一，身份敏感、相互依赖和群居是女性身份认同的关键因素。② 女性写作的外在行为被当作评价其内在品德的重要标准，为得到社会对个人德行的肯定，很多女子被迫或主动放弃所钟爱的文学写作，甚而有意识地遮掩生命的光芒，毁弃凝聚着其灵秀之质、深挚之情的文稿，抹杀自我，以期向男性中心批评标准靠拢，积极求得"群体认同"，无数承载着女性生命印记的可爱文字都因此而消散于历史的尘埃中。

　　还有一些女性，深受"才命相妨"观念之影响。如湖广黄冈人王宾娘，"七岁能诵唐诗绝句千首，十岁能属文，十五博通经史，家人以'女博士'呼之。后因所天不偶，心恒侘傺，诗文诸稿，都不以示人也"③。刘家谋《怀藤吟馆随笔》记刘氏妹"少余一岁，月夕风晨，迭为唱和，所谓四海当时一子由也。著有《梅下客初稿》一卷。于归后遂少作，既为未亡人，益屏绝绮语"④。李髻侬"因姑病废吟，将旧

---

① 康正果：《风骚与艳情》，第 326—327 页。
② 南希·乔多罗：《母性再生产：精神分析与性别社会学》，加利福尼亚大学出版社，1978 年。转引自［加］孟留喜《诗歌之力》，江苏人民出版社，2020 年，第 9 页。
③ 冒丹书：《妇人集补》，王英志主编《清代闺秀诗话丛刊》，第 44 页。
④ 杨蕴辉：《闽川闺秀诗话续编·书后》，王英志主编《清代闺秀诗话丛刊》，第 334 页。

稿尽付丙丁"①。这些女性往往遭遇较大波折与磨难,侘傺颓废,无心创作,故中断文学之路,甚至潜意识中将命运的不幸归罪于自己的文学才华,故隐匿、焚弃文稿,因此生命中的文学光华仅如昙花一现,很快便湮灭无踪了。

### (二) 女性文籍外来之厄

受创作主体观念认知影响被毁弃的古代女性诗词已不在少数;而即便是女性自身有强烈的留名意识,文稿也需经过"千淘万漉"的重重"考验",极幸运者才有机会留存下来传扬于世。导致女性文稿不能留存刊刻的外在因素非常之多。

遭受战火,是文籍被毁的原因之一,女性作品也不例外。如金沙王次回女王朗,"诗歌书画,靡不精工,尤长小词,为古今绝调。生平著撰甚多,兵火以来,便成遗失"②。王朗生平创作颇多,但多毁于战火,《全明词》仅录其词三首。再如闺秀杨秀珠,颖悟工诗,女红之外,以笔墨自娱。婚后随夫家宦游,遇大理兵乱,所作均散佚。③ 蒲卜臣观察姑母碧仙女史"性聪颖,自幼好读书,手不释卷,尤爱吟哦,著有《镜花楼诗稿》。咸丰间,兵燹频年,诗稿亦散佚"④。有的女性文籍毁于火灾,如沈善宝母亲吴浣素"天资敏悟,凡为诗词书札,挥笔立成,不假思索。著有《萧引楼诗文集》,于嘉庆丁丑毁于回禄"⑤,吴浣素早期诗文已成集,可惜被烧毁,后此又因丈夫离世为纷纭家务所累,无心为诗,故存者不足百首。

当然,大多女性作品被毁或未能刊刻,并非兵燹等大事件所致,

---

① 张倩:《名媛诗话》,肖亚男主编《清代闺秀集丛刊续编》第 21 册《留香集》卷下,第 110 页。
② 陈维崧:《妇人集》,王英志主编《清代闺秀诗话丛刊》,第 17 页。
③ 丁芸:《闽川闺秀诗话续编》卷二,王英志主编《清代闺秀诗话丛刊》,第 301 页。
④ 雷瑨、雷瑊:《闺秀诗话》卷一,王英志主编《清代闺秀诗话丛刊》,第 904 页。
⑤ 沈善宝:《名媛诗话》卷六,王英志主编《清代闺秀诗话丛刊》,第 448 页。

作品太少、财力不足、无人支持等生活中的小因素，是导致女性诗词不传的常见缘由。如清代知名诗人胡天游之妹胡慎容玉亭女史，"嫁冯氏，所天非解此者，遂一旦焚弃之"，其女兄弟采齐、景素，亦皆能诗，俱不得志。玉亭尤郁郁，未四旬而殁。① 因丈夫不喜女性为诗，出身于文学之家的胡玉亭不得不自焚文稿，但也未能改变失意早亡的命运，令人叹惋。闽地闺秀何淑薲有《琴北诗钞》一卷，亡故后经其叔父友人张君亨甫删选，得诗六十首，而以回文及诗余数章附于后，"淑薲弟高昺屡欲付梓，以过少不果"②。古代不少女性文籍体量都不大，若不能附骥于家人文集之后，或得与他人合刊，往往就没有机会出版。还有不少女性，受经济条件制约，文集无力付梓。如朱芳徽《绿天吟榭诗稿自记》云：

> 余性酷嗜翰墨，日手一编未尝辍，数十年如一日也……统计生平遭际之艰，将四十载矣。一发之于诗，以抒其志……所作诗草虽经当代诸名公赐以弁语，诚恐未足以传。且近岁以训蒙糊口，无力付梓，稿多散佚。今岁寓砚晋安县署，蒙司马向公高义，先于全集中掇抄两卷，代付梨枣，名曰《绿天吟榭》。

朱芳徽酷爱文学创作，曾随伯父宦游江右九年，于归后又侨寓玉融约七八寒暑。据丁芸按语所记，芳徽早寡无子，仅一女年十九未嫁而卒，芳徽贫困无依，受聘为闺塾师，并将一生经历坎坷，悉发之于诗。但因经济状况不佳，她无力刻集出版，幸得"向静庵鬶官闽县，延课其女蕴珍，为刻《吟稿》二卷。然随手抄撮，非其至者"。丁芸因"与

---

① 袁枚撰，王英志辑：《袁枚闺秀诗话》卷一，王英志主编《清代闺秀诗话丛刊》，第 62 页。
② 丁芸：《闽川闺秀诗话续编》卷四，王英志主编《清代闺秀诗话丛刊》，第 328 页。

朱姜二姓有连,事迹知之颇详。其诗已刻者毁于火,未刻者无人为之付梓。兹故详录其诗,并缀述生平,俾后之志列女者,有所考焉"①。遗憾的是,受人之助刊刻的部分并不是朱芳徽诗歌的菁华,且又毁于火,其他未刻者亦无人资助,以故仅能于闺秀诗话或总集中载录朱芳徽诗作之吉光片羽,而难以见其创作全貌。此外如林瑱"有诗数十章,五十年来未尝问世。今年近七旬,白发皤皤,身受旌典,其嗣子善垂始裒集以示人,人亦始知谢家妇之能诗也"②。林瑱能诗,但几十年间寂寂无名,直至年至古稀身受旌典,其作品集似乎才能够名正言顺地公之于众。

从闺秀诗话的这些记载可以看出,古代女性文学作品的流传情况很不乐观,散佚比例相当高,那些能被历史记录并为后世所见者,实属幸运。

## 二、女性诗歌的刻印途径与传播方式

未被毁弃的女性诗篇能否很好地保存并传播开来,亦未可知。女性文人若"生于名门巨族,遇父兄师友知诗者,传扬尚易;倘生于蓬荜,嫁于村俗,则湮没无闻者,不知凡几"③。文学女性声名传播与诗作刊刻,大多需借助身边亲友之力。一些女性诗集是由母家或夫家父母辈亲长编纂或刻印的。如商宝意为女商可编诗集《昙花一现集》④;陵县邢兰圃"工诗文,适邑康鲁瞻上舍,早归,操家政如仪,年卅二卒。遗有诗草,舅氏李基圻刊以行世"⑤,诗集由舅舅为其刊行;吴

---

① 丁芸:《闽川闺秀诗话续编》卷二,王英志主编《清代闺秀诗话丛刊》,第 291—292 页。
② 梁章钜:《闽川闺秀诗话》卷二,王英志主编《清代闺秀诗话丛刊》,第 211 页。
③ 沈善宝:《闺秀诗话》卷一,王英志主编《清代闺秀诗话丛刊》,第 349 页。
④ 袁枚撰,王英志辑:《袁枚闺秀诗话》卷一,王英志主编《清代闺秀诗话丛刊》,第 98 页。
⑤ 王倎:《名媛韵事》卷二,蒋寅主编《清代诗话珍本丛刊》第 1 辑 43 册,第 32 页。

中崔夫人字景俨，娶妇庄素馨，能诗，早卒，夫人为梓其《蒙楚阁遗草》①，乃婆母为儿媳刻集。由兄弟、姊妹、娣姒等平辈为刊集者亦有之，如袁枚为袁氏三妹刻《三妹合稿》②；松江李砚会刻其亡姊一铭心敬及子妇归懋仪（懋仪为一铭女）二人诗，号《二余集》，曹剑亭给谏为之作序③；善化何慧生有《梅神吟馆藏稿》，为其弟何小宇刺史收藏并传播④；汪端为嫂汤湘绿、姊纫青刊遗稿⑤；"娄县陈秀英、余姚徐清婉，娣姒也。陈诗曰《停梭吟草》。陈早卒，清婉为序而刊之。旋清婉亦卒，其夫婿山阴万同伦搜刻遗稿，颜曰《静香楼剩草》"⑥。与徐清婉一样，由丈夫刊集者更多。如明末清初女诗人顾玉蜂亡后，其夫董侍御刻其遗集百余篇，颜曰《翰墨有遗迹》⑦；松江曹黄门先生为亡妻陆夫人刻《梯山阁遗稿》⑧；常熟周茂才为室人姚蕙贞刻《镜青楼遗稿》⑨；"直隶高阳女士白润字香室，广文王香甫室也。幼聪敏，工诗词，归王五年而殁。王为梓其《绿窗小草》一册，曾以示予"⑩。由子侄或其他晚辈刻集者也较常见，如钱陈群为亡母陈书"辑其遗稿，叙而梓之"⑪；广东阳山李氏，著有《一桂轩诗钞》，"诗格朴老，不轻示人，卒后，子安福哀集授梓"⑫；常熟许玉仙，有《小丁卯集》《回文梅花百律》

---

① 袁枚撰，王英志辑：《袁枚闺秀诗话》卷一，第 81 页。
② 袁枚撰，王英志辑：《袁枚闺秀诗话》卷一，第 89 页。
③ 袁枚撰，王英志辑：《袁枚闺秀诗话》卷二，第 124 页。
④ 雷瑨、雷瑊：《闺秀诗话》卷一，王英志主编《清代闺秀诗话丛刊》，第 905 页。
⑤ 施淑仪：《清代闺阁诗人征略》卷八，王英志主编《清代闺秀诗话丛刊》，第 2036 页。
⑥ 王蕴章：《然脂余韵》卷四，王英志主编《清代闺秀诗话丛刊》，第 743 页。
⑦ 陈维崧：《妇人集》，王英志主编《清代闺秀诗话丛刊》，第 17 页。
⑧ 袁枚撰，王英志辑：《袁枚闺秀诗话》卷一，王英志主编《清代闺秀诗话丛刊》，第 64 页。
⑨ 孙兆溎：《闺秀录》，蒋寅主编《清代诗话珍本丛刊》第 1 辑第 43 册，第 282 页。
⑩ 王偁：《名媛韵事》卷二，蒋寅主编《清代诗话珍本丛刊》第 1 辑 43 册，第 39 页。
⑪ 沈善宝：《名媛诗话》卷二，王英志主编《清代闺秀诗话丛刊》，第 377 页。
⑫ 沈善宝：《名媛诗话》卷三，王英志主编《清代闺秀诗话丛刊》，第 388 页。

《如荼百咏》，"工文善弈，守志六十年，以苦节称。族孙女陆姒贤为梓其集"①。可见，家族中不同身份的成员均有可能为女性刊刻诗集。

女性的诗集，也有由非家族成员刻印的。有些为邑里乡人代为刊刻，如广东阳山王瑶峰之配李氏，"原系浙江诗人李处士某之女。幼工诗善画，适王，育一子。王卒，氏携子侍姑，兼操家政。葬夫及姑皆能如仪，子若孙赖以成名，享年七十而终。著有《一桂轩诗稿》，里人丁瑶泉序刊以传"②。有些由师长刊刻，如袁枚为曾参加戊戌春杭州诗会的女弟子张瑶英刊《绣墨诗集》③。闽地朱芳徽的诗集则由其坐馆之家主向静庵资助刊刻④。吴门金逸亡故后，其《瘦吟楼诗稿》由闺中诗友"杨蕊渊及李纫兰、陈雪兰三女士为捐金付梓"⑤。总体来看，女性诗集的刊刻途径较多，这些不同的刊刻者都对女性文学创作持肯定与珍视态度，且乐于传扬女性之才名。

明清文学女性诗歌单刻行世者最多，但常与人合集而刻，是女性诗集刻印的突出特点。有女性诗友合刻之集，如周琼与吴蕊仙有《比玉新声集》，黄媛介为之作序。⑥ 夫妇合集更为常见，如嘉兴钱佩芬擅吟咏，有《梅花阁遗诗》若干首，附刊于其夫君平湖张金镛（号笙伯）文集《躬厚堂集》中⑦；山阳许谨斋《虚槎集》中录其姬人玉岑诗数首⑧；江西侍郎李元鼎与夫人朱中楣有《文江唱和》一集，盛行于世⑨。其他如母女合刊、姐妹合刊、附于家族成员文集之后等等，均不鲜见，闺秀

---

① 沈善宝：《名媛诗话》卷三，王英志主编《清代闺秀诗话丛刊》，第387页。
② 王偁：《名媛韵事》卷二，蒋寅主编《清代诗话珍本丛刊》第1辑43册，第31页。
③ 袁枚撰，王英志辑：《袁枚闺秀诗话》卷一，王英志主编《清代闺秀诗话丛刊》，第89页。
④ 丁芸：《闽川闺秀诗话续编》卷二，王英志主编《清代闺秀诗话丛刊》，第292页。
⑤ 王蕴章：《然脂余韵》卷二，王英志主编《清代闺秀诗话丛刊》，第671页。
⑥ 陈维崧：《妇人集》，王英志主编《清代闺秀诗话丛刊》，第24页。
⑦ 王蕴章：《然脂余韵》卷四，王英志主编《清代闺秀诗话丛刊》，第742页。
⑧ 王蕴章：《然脂余韵》卷一，王英志主编《清代闺秀诗话丛刊》，第639页。
⑨ 陈维崧：《妇人集》，王英志主编《清代闺秀诗话丛刊》，第36页。

诗话记载颇夥，兹不一一赘举。

## 第三节　闺秀诗话与女性文学文献的整理

闺秀诗话是女性文学文献资料的宝库，里面散落着大量的可供女性文学文献补遗、校勘与辑佚的信息。

### 一、闺秀诗话与女性文学文献的补遗完善

闺秀诗话的资料可以增补完善女性文学目录。一些诗话载录了作者亲见亲闻的文学女性，信息详细而准确。这些女性不少出身平常，声名不彰，受关注程度较低，往往为人忽视，其生平信息与作品情况藉闺秀诗话流传了下来，可为女性目录著作的增补与完善提供资料。胡文楷的《历代妇女著作考》是女性文学目录的集大成之作，收录明清女性文籍较为完备，但亦有不少漏收之作，当下一些研究者多据方志资料为其补遗。事实上，闺秀诗话记载的资料亦可补充、完善《历代妇女著作考》。如陈维崧《妇人集》载录明代中期内阁首辅顾鼎臣女顾玉蜂（名媞）的诗事，称其亡故后夫董侍御"刻其遗集百余篇，颜曰《翰墨有遗迹》"[1]。查《历代妇女著作考》明代部分，未列顾媞及此集，《妇人集》此条可为补遗。此外，闺秀诗话有些资料的记载较为详细，可为女性文学目录补充一些关键信息。《历代妇女著作考·清代二》著录："《绿窗诗草》四卷，（清）白氏撰。《河北通志稿》《高阳县志》《正始集》著录（存）。氏，号香室女士，直隶高阳人，教授王荥（笔

---

① 陈维崧：《妇人集》，王英志主编《清代闺秀诗话丛刊》，第 17 页。

者注：嘉庆己巳进士，官顺天府）妻。"①书前目录中此条亦只标"白氏"。王俪《名媛韵事》恰恰记载了白氏的名字与诗集："直隶高阳女士白润字香室，广文王香甫室也。幼聪敏，工诗词，归王五年而殁。王为梓其《绿窗小草》一册，曾以示予。"②王俪因与白氏夫王香甫有交往，故能详记白氏名润，字香室，且亲见白氏之集。这些信息可以补充《历代妇女著作考》信息的缺漏。

闺秀诗话的资料亦可为总集、别集补遗。如《妇人集》收王朗《浪淘沙·闺情》一首、半阕《浣溪沙·春愁》与残句，《全明词》收王朗词三首，《妇人集》所收均未见录。再如随园女弟子归懋仪佩珊，诗名甚著。据王蕴章所记，"佩珊为友人归杏书君之曾祖姑母，杏书旧藏其未刻之尺牍若干通，近录副见惠。寸玑尺璧，流落人间，实贵为何如也！急录之以实吾书。"③《然脂余韵》中完整保留了归懋仪《寄映藜四叔父书》《寄华山弟书》《致何春渚征君书》《答香卿夫人书》《致胥燕亭大令书》《复吴星槎别驾书》等尺牍。按，归懋仪诗词创作数量较多，其诗集曾数次刊刻，另有多种稿本、钞本传世。④ 王蕴章所见钞本存录的几篇尺牍不见于归懋仪诗集的三种刻本，可补入其全集之中。此外，王蕴章所录文字与今所见《归懋仪集》整理本小有差异，可用以校勘。王蕴章还有幸得见袁枚另一女弟子骆绮兰手书诗稿小册，称其中"所录之诗，与集中稍有异同"，诗话中录其"集中所未载"之《纪梦》诗八首并序⑤，亦可为已刻之集补遗。闺秀诗话还留存了大量名不见经传的女性的零章断句，如题壁诗等等，其中不少作品可为全集

① 胡文楷编著，张宏生等增订：《历代妇女著作考》（增订本），第 269 页。
② 王俪：《名媛韵事》卷二，蒋寅主编《清代诗话珍本丛刊》第 1 辑 43 册，第 39 页。
③ 王蕴章：《然脂余韵》卷四，王英志主编《清代闺秀诗话丛刊》，第 738 页。
④ 详见赵厚均：《归懋仪集·前言》，人民文学出版社，2022 年，第 22 页。
⑤ 王蕴章：《然脂余韵》卷四，王英志主编《清代闺秀诗话丛刊》，第 741 页。

型总集补遗。

## 二、闺秀诗话与女性文学文献的校勘与辑佚

闺秀诗话一些条目的记载可用为校勘。《历代妇女著作考·清代三》著录:"《雪樵山馆遗诗》一卷,杜韵扶撰。《苏州府志》著录(未见)。韵扶号采采,江苏新阳人,贡生杜南宫女,何顾复妻。"①孙兆溎《闺秀录》记其友人何顾复"何二我之妇杜采采韵芙,姊妹皆能诗"②。何顾复妻之名一作"韵芙",一作"韵扶"。从《闺秀录》的记载来看,孙兆溎与何二我关系匪浅,杜采采婚后三年遽亡,"二我与余交最稔,每谈其细君,辄涔涔泪下。戊子春,余将赴青门,二我手一编付予曰:'此亡妇《雪樵山馆遗稿》也,闻君将刻《花笺录》,丐君存之,或可藉此以传。'"③何二我将亡妇诗稿托付于友人孙兆溎,因此孙兆溎误记的可能性不大。另《江苏省通志稿·经籍志》第五卷《昆山新阳》亦著录为"杜韵芙",孙兆溎所记杜韵芙著《雪樵山馆遗稿》的信息应更准确。此外,闺秀诗话文本之间也可用作他校之材料。如清道光二十九年福州师古斋刻《闽川闺秀诗话》卷一"陆眷西"条引其《忆西湖》绝句一首云:"曾记西湖六月天,藕花如锦断桥边。至今梦里犹来往,听惯钱塘唤小船。"④"听惯"一词,《小黛轩论诗诗》卷下"陆眷西"条引作"惯听"。闺秀诗话亦可与总集互校。同是这首《忆西湖》,《撷芳集》引诗为:"记得西湖六月天,藕花如锦断桥边。至今梦里犹来往,听得钱塘唤渡船。"⑤则可见文字不同处甚多。这些文字差异,在校勘文集时应

---

① 胡文楷编著,张宏生等增订:《历代妇女著作考》(增订本),第 326 页。
② 孙兆溎:《闺秀录》,蒋寅主编《清代诗话珍本丛刊》第 1 辑第 43 册,第 264 页。
③ 孙兆溎:《闺秀录》,蒋寅主编《清代诗话珍本丛刊》第 1 辑第 43 册,第 265 页。
④ 梁章钜:《闽川闺秀诗话》卷一,第 195 页。
⑤ 汪启淑选辑,付琼校补:《〈撷芳集〉校补》人民文学出版社,2019 年,第 2162 页。

审慎指出。付琼校补《撷芳集》校记指出两条，"记得"《国朝闺秀正始集》作"曾记"，"边"《本朝名媛诗钞》作"连"；"听得""渡船"两处则可据闺秀诗话出校异文。再如梁章钜的《闽川闺秀诗话》卷一"黄幼繁"条："黄幼繁，字汉宫，幼藻妹。有《咏月》诗云：'清切空阶月，相依到深更。寂喧非一致，千秋同此明。萧萧庭中女，俯仰关中情。对此令人远，况乃兼秋声。人生有代谢，万汇有衰荣。茫茫天地中，相积为愁城。欲挽西江水，一洗襟怀清。问月月不语，清泪落寒檠。'"①黄幼繁的这首诗亦见于沈善宝的《名媛诗话》，卷一"莆田黄汉荐幼藻条"下称其妹黄幼繁有《咏月》五古，云："清切空阶月，相依欲二更。寂喧非一致，千秋同此明。萧萧庭中女，俯仰触中情。对此令人远，况乃兼秋声。浅深各有感，今昔宁无惊。秋在孤吟外，愁从何处生？人生有代谢，万物有衰荣。茫茫乾坤里，相积为愁城。欲挽西江水，一洗襟怀清。虚窗来素影，清泪落寒檠。"②显然，两作所记有多处不同，故需再核以诗歌总集。查《莆风清籁集》卷五十一引《咏月》诗云："清切空阶月，相依欲二更。寂喧非一致，千秋同此明。萧萧庭中女，俯仰触中情。对此令人远，况乃兼秋声。浅深各有感，今昔宁无惊。秋在孤吟外，愁从何处生。人生有代谢，万物有衰荣。茫茫乾坤里，相积为愁城。欲挽西江水，一洗万古情。虚窗来素影，清泪落寒檠。"③又恽珠《闺秀正始集》卷一"黄幼繁"条记："清切空阶月，相依欲二更。寂喧非一致，千秋同此明。萧萧庭中女，俯仰触中情。对此令人远，况乃兼秋声。浅深各有感，今昔宁无惊。秋在孤吟外，愁从何处生。人生有代谢，万物有衰荣。茫茫乾坤里，相积为愁城。欲挽西江水，

①　梁章钜：《闽川闺秀诗话》卷一，王英志主编《清代闺秀诗话丛刊》，第 204 页。
②　沈善宝：《名媛诗话》卷一，王英志主编《清代闺秀诗话丛刊》，第 352 页。
③　郑王臣：《莆风清籁集》卷五十一，《四库全书存目丛书》集部第 411 册，第 720 页。

一洗襟怀清。虚窗来素影,清泪落寒檠。"①则可知,梁章钜诗话所录
"到深更""关中情""万汇""天地中""襟怀清""问月月不语"等与另两
部作品所记文字不同;另"人生有代谢"前有脱文"浅深各有感,今昔宁
无惊。秋在孤吟外,愁从何处生"四句。闺秀诗话中的不少材料都有文
献校勘价值。

　　《历代妇女著作考》中不少诗集著录为"未见"的诗人,闺秀诗话中
都收录了他们一部分诗歌。仅以《闽川闺秀诗话续编》为例,诗话著录
郑浑冰绛霞有《绣余吟草》,并引郑自题诗四首②,《历代妇女著作考》称
"《正始集》著录,未见"③;"郭仲年"条记其《继声楼集》并引诗多首,《历
代妇女著作考》称"二卷,未见"④。可见,若诗集因亡佚而无法得见,则
这部分诗歌可作别集辑佚、或与其他总集对校之用。

　　此外,闺秀诗话中有些条目涉及女性文籍的版本信息。如骆绮兰
为乾嘉年间知名女诗人,王蕴章记自己得见其诗稿的经历:"近从徐积
余先生处得见其手书诗稿小册,前有梦楼署眉,朱丝小楷,雅可宝玩。
所录诗,与集中稍有异同。"⑤详记骆绮兰手稿的版本面貌,为版本研究
留存了弥足珍贵的资料。

---

① 恽珠:《国朝闺秀正始集》,道光辛卯(1831)红香馆刻本。
② 丁芸:《闽川闺秀诗话续编》卷二,王英志主编《清代闺秀诗话丛刊》,第 288 页。
③ 胡文楷编著,张宏生等增订:《历代妇女著作考》(增订本),第 741 页。
④ 胡文楷编著,张宏生等增订:《历代妇女著作考》(增订本),第 571 页。
⑤ 王蕴章:《然脂余韵》卷四,王英志主编《清代闺秀诗话丛刊》,第 741 页。

# 结　　语

　　闺秀诗话是中国古代诗话中最引人瞩目的诗话类型之一。明、清两代严格意义的诗话作品在一千六百种左右,民国时期诗话数量更是可观①。在庞大的诗话队伍中,不足百种的闺秀诗话算不得太多,但也是颇具规模的类型诗话了。② 闺秀诗话是古代女性文学发展、诗话繁荣的必然产物,它与女性诗歌总集、女性文籍序跋一起,成为古代女性文学批评的主要形式。"自有诗话之作,以一家而汇千百家之言,置一编而知千百人之事,佳句流传,虽其全集湮没,而其姓字已不朽矣。"③闺秀诗话中涵蕴着大量古代女性的文化活动信息,呈现着女性文学的风貌与其赖以存在的社会与文化环境。若要更直观真切地了解古代女性真实的诗文化景观,将古代女性文学创作还原到社会生活之中,展现真实的文学生态,闺秀诗话无疑是最有价值的资料。闺秀诗话的价值主要体现在对女性文学史与批评史建构的文学价值、女性文学生活史书写的社会史料价值、女性文学文献整理的文献学价值上;而关涉女性文学史和社会史研究的史料价值,又远大于其批评价值、理论价值,是闺秀诗话与明清诸多诗话的相异之处。左东岭在谈到明代诗话研究时

---

① 学者曹辛华称"民国诗话数量丰富,笔者目前已汇辑逾 2000 种",见《论全民国诗话的编纂及其意义》,《社会科学战线》,2018 年第 3 期,第 166 页。
② 据李清华《清代地域诗话研究》统计,乡邦诗话约有 40 余部。
③ 林峻:《樵隐诗话·序》,清光绪二年(1876)刻本。

说："诗话具有'资闲谈'和重记事的特征,应关注其对诗坛状况的记述与诗学风气的描绘,并进一步对其与诗法、诗论的互动关系进行考察,以便将明代诗学研究引向深入。"①这一思路也同样适用于闺秀诗话的研究,重视闺秀诗话的史料价值,并关注其与女性文学总集及地方志中的女性作家小传、女性文学别集中的序跋铭传等的互动关系,将这些资料汇总起来作综合考察,必然会深化、细化女性文学与女性社会学的研究。

作为一种写作较为自由、具有漫话式随笔性质的文体,诗话作品多有创作随意的弊端,闺秀诗话也不例外,特别是随意纂集成书的诗话,往往序次混乱,资料查找使用极为不便,部分诗话甚至存有错误信息。这提醒我们,在利用闺秀诗话的记载进行研究时,一定要结合总集、别集等其他文献,仔细核查,认真考辨,以确保所用材料的准确性。

本研究在考辨文献的基础上,从生成背景、创作目的、编撰方式与创作特点等方面对闺秀诗话作了整体考察,并力图勾勒中国古代闺秀诗话发展的脉络,挖掘其社会学价值、文学价值与文献学价值。受各种因素影响,本研究还有一些不足之处:其一,文献搜集方面,因个别珍秘之本难见其貌,因而在对闺秀诗话作发展史的考察时,有个别链条无法呈现;其二,当代中西方女性文学批评话语介入偏少,对其成果的利用也有限。这些遗憾只能俟来日进一步完善。疏漏之处,敬请方家批评指正。

---

① 左东岭:《"话内"与"话外"——明代诗话范围的界定与研究路径》,《文学遗产》2016年第3期,第104页。

# 参 考 文 献

## 一 古籍文献（含整理本）

刘义庆：《世说新语》，《四部丛刊》景明本。

王思任：《谑庵文饭小品》，清顺治刻本。

范端昂：《奁泐续补》，清康熙刊本。

王士禛：《带经堂诗话》，乾隆二十七年（1762）刻本。

李晚芳：《女学言行纂》，乾隆五十二年（1787）顺德梁氏刻本。

任兆麟：《吴中女士诗钞》，乾隆五十四年（1789）刻本。

恽珠：《闺秀正始集》，道光辛卯（1831）红香馆刻本。

熊琏：《澹仙诗话》，道光二十五年（1845）见南山居重刊本。

胡仔：《苕溪渔隐丛话》，清道光二十五年至咸丰元年番禺潘氏刻光绪十一年增刻汇印海山仙馆丛书本。

梁章钜：《闽川闺秀诗话》，道光二十九年（1849）福州师古斋刊本。

戴礼：《女小学》，同治十年（1871）述荆堂刻本。

蓝鼎元：《女学》，鹿洲全集本。

林峻：《樵隐诗话》，光绪二年（1876）刻本。

沈善宝：《名媛诗话》，光绪五年（1879）鸿雪楼刻本。

厉鹗：《玉台书史》，见刘晚荣辑《藏修堂丛书》，光绪十六年（1890）新会刘氏刻本。

陈宏谋：《五种遗规》，光绪二十一年(1895)浙江书局刻本。

李贽：《焚书》，清光绪宣统间上海国学保存会排印国粹丛书本。

丁芸：《闽川闺秀诗话续编》，民国三年（1914）甲寅丁震北京刊本。

雷瑨：《青楼诗话》，民国五年(1916)春扫叶山房本。

费庆善等：《松陵女子诗征》，锡成公司铅印本，1919 年。

雷瑨、雷瑊：《闺秀诗话》，民国十一年（1922）扫叶山房发行石印本。

徐枕亚：《冰壶寒韵》，《枕亚浪墨·艳薮》，大通书局，1932 年。

叶绍袁：《午梦堂全集》，上海贝叶山房，1936 年。

王鸣盛：《十七史商榷》，商务印书馆，1937 年。

钱谦益：《列朝诗集小传》，上海古籍出版社，1959 年。

刘勰著，范文澜注：《文心雕龙注》，人民文学出版社，1962 年。

纪昀等：《四库全书总目》，中华书局，1965 年。

郭绍虞编：《清诗话续编》，上海古籍出版社，1983 年。

张维屏：《国朝诗人征略》，见周骏富辑《清代传记丛刊》，(台北)明文书局，1985 年。

王士禛：《池北偶谈》，中华书局，1987 年。

姚鼐：《惜抱轩诗文集》，上海古籍出版社，1992 年。

钟惺：《名媛诗归》，《四库全书存目丛书》集部第 339 册，齐鲁书社，1997 年。

郑文昂：《古今名媛汇诗》，《四库全书存目丛书》集部第 383 册，齐鲁书社，1997 年。

郑王臣：《莆风清籁集》，《四库全书存目丛书》集部第 411 册，齐鲁书社，1997 年。

王士禄：《然脂集例》，《四库全书存目丛书》集部第 420 册，齐鲁书社,1997 年。

王夫之等撰:《清诗话》,上海古籍出版社,1999 年。

章学诚著,叶瑛校注:《文史通义校注》,中华书局,2004 年。

蔡镇楚主编:《中国诗话珍本丛书》,北京图书馆出版社,2004 年。

法式善著,张寅彭、强迪艺编校:《梧门诗话合校》,凤凰出版社,2005 年。

江盈科纂,黄仁生辑校:《江盈科集》(增订本),岳麓书社,2008 年。

袁枚著,王英志批注:《随园诗话》,凤凰出版社,2009 年。

李东阳著,李庆立校释:《怀麓堂诗话校释》,人民文学出版社,2009 年。

沈德潜:《清诗别裁集》,上海古籍出版社,2010 年。

王英志主编:《清代闺秀诗话丛刊》,凤凰出版社,2010 年。

黄秩模辑,付琼校补:《国朝闺秀诗柳絮集校补》,人民文学出版社,2011 年。

沈善宝著,珊丹校注:《鸿雪楼诗词集校注》,中国社会科学出版社,2012 年。

杜珣:《闺海吟——中国古、近代八千才女及其代表作》,华龄出版社,2012 年。

李雷编:《清代闺阁诗集萃编》,中华书局,2015 年。

复旦大学图书馆编:《中国古籍珍本丛刊》第 84 辑,国家图书馆出版社,2017 年。

肖亚男主编:《清代闺秀集丛刊续编》第 21 册,国家图书馆出版社,2018 年。

蒋寅主编:《清代诗话珍本丛刊》第 1 辑第 43 册,国家图书馆出版社,2019 年。

汪启淑选辑,付琼校补:《〈撷芳集〉校补》,人民文学出版社,

2019 年。

宗婉等著,杨彬彬编:《近代女性日记五种》,凤凰出版社,2021 年。

赵厚均:《归懋仪集》,人民文学出版社,2022 年。

周兴陆主编:《民国报刊诗话选编》,东方出版中心,2023 年。

## 二　今人著述

梁乙真:《清代妇女文学史》,中华书局,1932 年。

郑静若:《清代诗话叙录》,(台北)学生书局,1975 年。

陈寅恪:《隋唐制度渊源略论稿》,上海古籍出版社,1980 年。

郭绍虞:《宋诗话辑佚》,中华书局,1980 年。

谢国桢:《明清之际党社运动考》,中华书局,1983 年。

黄景进:《严羽及其诗论之研究》,(台北)文史哲出版社,1986 年。

康正果:《风骚与艳情》,河南人民出版社,1988 年。

蔡镇楚:《中国诗话史》,湖南文艺出版社,1988 年。

蔡镇楚:《诗话学》,湖南教育出版社,1990 年。

刘德重、张寅彭:《诗话概说》,中华书局,1990 年。

梁乙真:《中国妇女文学史纲》,《民国丛书》选印,上海书店出版社,1990 年。

谭正璧:《中国女性文学史》,百花文艺出版社,1991 年。

曹正文:《女性文学与文学女性》,上海书店出版社,1991 年。

李珺平:《创作动力学》,百花文艺出版社,1992 年。

张健:《清代诗话研究》,(台北)五南图书出版公司,1993 年。

康有为:《大同书》,辽宁人民出版社,1994 年。

蔡镇楚:《清代诗话考略》,湖南文艺出版社,1995 年。

池秀云:《历代名人室名别号辞典》(增订本),山西古籍出版社,

1998 年。

张健：《清代诗学研究》，北京大学出版社出版，1999 年。

鲁枢元：《生态文艺学》，陕西人民教育出版社，2000 年。

钟慧玲：《清代女诗人研究》，（台北）里仁书局，2000 年。

谭正璧：《中国女性文学史》，百花文艺出版社，2001 年。

杜泽逊：《文献学概要》（修订本），中华书局，2001 年。

［美］孙康宜：《文学经典的挑战》，百花文艺出版社，2002 年。

吴宏一：《清代诗话知见录》，（台北）中央研究院中国文哲研究所，2002 年。

张寅彭：《新订清人诗学书目》，上海古籍出版社，2003 年。

辽宁省图书馆等：《东北地区古籍线装书联合目录》，辽海出版社，2003 年。

［美］曼素恩著，定宜庄、颜宜葳译：《缀珍录——十八世纪及其前后的中国妇女》，江苏人民出版社，2005 年。

［美］高彦颐著，李志生译：《闺塾师——明末清初江南的才女文化》，江苏人民出版社，2005 年。

梁启超：《清代学术概论》，上海古籍出版社，2005 年。

蒋寅：《清诗话考》，中华书局，2005 年。

傅璇琮，蒋寅主编：《中国古代文学通论》，辽宁人民出版社，2005 年。

王力坚：《清代才媛文学之文化考察》，文津出版社，2006 年。

邓红梅：《女性词史》，山东教育出版社，2007 年。

汪学群、武才娃：《清代思想史论》，中国社会科学出版社，2007 年。

胡文楷编著，张宏生等增订：《历代妇女著作考》（增订本），上海古籍出版社，2008 年。

童庆炳：《文学理论》，高等教育出版社，2008 年。

蒋寅：《清代文学论稿》，凤凰出版社，2009 年。

李文海、夏明方、朱浒：《中国荒政书集成》，天津古籍出版社，2011 年。

蒋寅：《清代诗学史》（第一卷），中国社会科学出版社，2012 年。

曹新伟、顾玮：《20 世纪中国女性文学史》，北京大学出版社，2012 年。

黄元：《施淑仪——清代江南著名女诗人》，上海人民出版社，2013 年。

郭绍虞：《宋诗话考》，复旦大学出版社，2015 年。

柳素平：《追求与抗争——晚明知识女性的社会交往》，郑州大学出版社，2016 年。

李德强：《近代报刊诗话研究》（1870—1919），上海书店出版社，2017 年。

张舜徽：《中国文献学》，东方出版社，2019 年。

［加］孟留喜著，吴夏平译：《诗歌之力——袁枚女弟子屈秉筠（1767—1810）》，江苏人民出版社，2020 年。

陈启明：《清代女性诗歌总集研究》，复旦大学出版社，2022 年。

## 三　学位论文

郭蓁：《清代女诗人研究》，北京大学博士论文，2001 年。

虞蓉：《中国古代妇女的文学批评》，四川大学博士论文，2004 年。

段继红：《清代女诗人研究》，苏州大学博士论文，2005 年。

崔琇景：《清后期的女性文学生活研究》，复旦大学博士论文，2010 年。

王翼飞：《清代女性文学批评研究》，武汉大学博士论文，2014 年。

李清华：《清代地域诗话研究》,上海大学博士论文,2016 年。

吴永萍：《清代女性诗话研究》,兰州大学博士论文,2019 年。

聂欣晗：《清代女诗家沈善宝研究》,暨南大学硕士论文,2005 年。

王艳红：《明代女性作品总集研究》,上海师范大学硕士论文,2006 年。

肖妍：《名媛诗话研究》,安徽大学硕士论文,2007 年。

刘蔓：《沈善宝〈名媛诗话〉研究》,浙江大学硕士论文,2009 年。

温珮琪：《家族、地域与女性选集——梁章钜〈闽川闺秀诗话〉研究》,台湾暨南国际大学硕士论文,2010 年。

姜瑜：《施淑仪〈清代闺阁诗人征略〉研究》,湖南师范大学硕士论文,2011 年。

李方军：《陈维崧〈妇人集〉研究》,山东师范大学硕士论文,2013 年。

王晓燕：《清代闺秀诗话研究》,陕西师范大学硕士论文,2014 年。

成洪飞：《茗溪生〈闺秀诗话〉研究》,淮北范大学硕士论文,2014 年。

廖昀喆：《俞陛云诗学研究》,南京大学硕士论文,2014 年。

周秀蓉：《王蕴章〈燃脂余韵〉研究》,淮北师范大学硕士论文,2016 年。

张秀珍：《清代女性作家沈善宝研究》,陕西师范大学硕士论文,2016 年。

王丹：《陈芸〈小黛轩论诗诗〉研究》,河北大学硕士论文,2016 年。

姜彦臣：《〈妇女杂志〉中的女性文学批评研究》,济南大学硕士论文,2017 年。

李景媛：《〈清代闺阁诗人征略〉研究》,内蒙古师范大学硕士论文,2019 年。

张杰群:《清代女性文学社群研究》,上海师范大学硕士学位论文,2020 年。

衡晶晶:《晚明闺秀文学唱酬活动与文学批评研究》,上海财经大学硕士论文,2021 年。

袁晓梅:《明末清初江南闺秀交游与文学研究》,西南大学硕士论文,2021 年。

李萌:《清代闺秀诗话研究》,安徽大学硕士论文,2022 年。

梁永娟:《雷瑨、雷瑊〈闺秀诗话〉研究》,海南师范大学硕士论文,2023 年。

四　报纸期刊论文

祝文白:《两千年年来中国图书之厄运》,《东方杂志》,1945 年第 41 卷。

张健:《〈沧浪诗话〉非严羽所编——〈沧浪诗话〉成书问题考辨》,《北京大学学报》,1999 年第 4 期。

蔡镇楚:《诗话研究之回顾与展望》,《文学评论》,1999 年第 5 期。

连文萍:《诗史可有女性的位置?——以两部明代诗话为论述中心》,(台湾)《汉学研究》第 17 卷第 1 期,1999 年。

张宏生:《才名焦虑与性别意识——从沈善宝看明清女诗人的文学活动》,《阜阳师范学院学报》,2001 年第 6 期。

蒋寅:《闺秀诗话十二种叙录》,《文献》,2004 年第 3 期。

李真瑜:《明清文学世家的基本特征》,《中州学刊》,2006 年第 1 期。

王力坚:《从〈名媛诗话〉看家庭对清代才媛的影响》,《长江学术》,2006 年第 3 期。

王力坚：《〈名媛诗话〉与经世实学》，《苏州大学学报》，2006 年第5 期。

聂欣晗：《女性文学经典化的焦虑与策略——论沈善宝〈名媛诗话〉异性话语体系下的传播技巧》，《求索》，2007 年第 11 期。

王力坚：《〈名媛诗话〉的自我指涉及其内文本建构》，《中山大学学报》，2008 年第 1 期。

叶建远、朱则杰：《清代诗歌研究——关于清诗总集的分类》，《甘肃社会科学》，2008 年第 1 期。

夏勇：《论清代闺秀诗歌总集的成就与特色》，《韶关学院学报》，2008 年第 11 期。

王英志等：《清代闺秀诗话笔谈》，《苏州大学学报》，2009 年第2 期。

史化：《王蕴章〈燃脂余韵〉》，《苏州大学学报》，2009 年第 2 期。

张丽华：《梁章钜〈闽川闺秀诗话〉》，《苏州大学学报》，2009 年第2 期。

张丽华：《雷瑨、雷瑊〈闺秀诗话〉》，《苏州大学学报》，2009 年第2 期。

赵娜：《施淑仪〈清代闺阁诗人征略〉》，《苏州大学学报》，2009 年第 2 期。

林怡：《陈芸〈小黛轩论诗诗〉》，《苏州大学学报》，2009 年第2 期。

詹颂：《道咸时期京师满汉女性的文学交游与创作——以沈善宝〈名媛诗话〉为主要考察线索》，《民族文学研究》，2009 年第 6 期。

李静等：《从〈名媛诗话〉看清代女性文人的贞节观》，《辽东学院学报》，2010 年第 2 期。

李程：《梁章钜对女性创作批评所持的诗歌观念——以〈闽川闺

秀诗话〉为例》,《安徽文学》,2010 年第 5 期。

　　宋清秀:《〈闺秀诗话〉与〈闺秀诗评〉关系及作者考述》,《苏州大学学报》,2011 年第 2 期。

　　王英志:《袁枚题〈十三女弟子湖楼请业图〉二跋考》,《中国社会科学院报》,2011 年 3 月。

　　周兴陆:《女性批评与批评女性——清代闺秀的诗论》,《学术月刊》,2011 年第 6 期。

　　穆薇:《论清代中叶妇女诗话繁荣的特征及成因》,《齐鲁学刊》,2011 年第 6 期。

　　肖砚凌:《诗话新论——对诗话研究中存疑之处的探讨》,《四川师范大学学报》,2012 年第 2 期。

　　周少华:《晚清民初闺秀诗评的开创性》,《湖北成人教育学院学报》,2012 年第 5 期。

　　欧阳少鸣:《梁章钜〈雁荡诗话〉、〈闽川闺秀诗话〉探论》,《长江大学学报》,2012 年第 10 期。

　　刘源、邓红梅:《清代丹徒王氏闺秀诗话三种辑录》,《山东女子学院学报》,2013 年第 1 期。

　　陈广宏、侯荣川:《关于明诗话整理的若干问题》,《复旦学报》,2013 年第 1 期。

　　王细芝:《从〈清代闺阁诗人征略〉看清代女诗人的早逝现象》,《当代教育理论与实践》,2013 年第 12 期。

　　潘静如:《近代杂志所载闺秀诗话考论》,《汉语言文学研究》,2014 年第 3 期。

　　莫立民:《〈清代闺阁诗人征略〉的文献编纂特色》,《古籍研究》,2015 年第 1 期。

　　戴菁:《〈名媛诗话〉关于女诗人于归前后创作评述》,《淮阴工学院学报》,2015 年第 2 期。

左东岭:《话内"与"话外"——明代诗话范围的界定与研究路径》,《文学遗产》2016 年第 3 期。

尹玲玲:《从〈燃脂余韵〉看清代才女的生存状态及其创作心理》,《宜宾学院学报》,2016 年第 7 期。

黄佳汇:《浅析〈小黛轩论诗诗〉诗注互补的必要性》,《文教资料》,2016 年第 7 期。

张文婧:《棣华园主人〈闺秀诗评〉研究》,《青年文学家》,2016 年第 33 期。

丁淑梅、黄晋卿:《揄扬·规戒·悼亡——论清代闺秀诗话中的神异叙述》,《文学研究》,2017 年第 1 期。

黄晋卿:《交融与冲突中传统女性形象的写照——民国视野中的〈燃脂余韵〉》,《现代中国文化与文学》,2017 年第 2 期。

周秀蓉:《论王蕴章〈燃脂余韵〉的史料价值和女性社会学意义》,《玉林师范学院学报》,2017 年第 4 期。

周少华:《女性才德观对于清末民初闺秀诗评的渗透》,《江汉论坛》,2017 年第 6 期。

张晴柔:《民国时期报刊妇女诗话略论》,《理论界》,2017 年第 9 期。

曹辛华:《论全民国诗话的编纂及其意义》,《社会科学战线》,2018 年第 3 期。

过雨辰:《〈全唐诗话〉作者考》,《江南大学学报》,2018 年第 3 期。

陈静:《中国近现代女性文学批评初论——基于〈妇女杂志〉的考察》,《首都师范大学学报》,2018 年第 4 期。

曹瑞冬:《德才之争——〈燃脂余韵〉的编选与价值》,《河北科技师范学院学报》,2019 年第 2 期。

黎育瑶：《梁章钜〈闽川闺秀诗话〉探析》,《德宏师范高等专科学校学报》,2019 年第 4 期。

习婷：《〈燃脂余韵〉与民国的女性词批评》,《中南大学学报》,2019 年第 5 期。

赵崔莉：《游学与明清闺塾师的文化身份认同》,《兰州学刊》,2019 年第 12 期。

龙世行：《从清代闺秀诗话丛刊看才媛的"宗陶"现象》,《九江学院学报》,2020 年第 1 期。

蒋寅：《性灵诗观在女性诗学中的回响——熊琏〈澹仙诗话〉的批评史意义》,《学术研究》,2020 年第 3 期。

许琛琛：《梁章钜〈闽川闺秀诗话〉诗学思想探微》,《汉字文化》,2021 年第 1 期。

陈洪：《中国文学批评史领域的新"矿源"——〈名媛诗话〉的文献及学术价值》,《文史哲》,2021 年第 3 期。

吴国庆、张丽华：《闺秀诗话所见之女性文学观念》,《语文学刊》,2021 年第 6 期。

尚悦：《清代才媛诗人群体的结社与文学交游考述——以沈善宝〈名媛诗话〉为主要考察线索》,《今古文创》,2023 年第 45 期。

五　辑刊论文

王力坚：《从沈善宝〈名媛诗话〉看清代才媛的历史观念》,《中国诗学研究》第十五辑,人民文学出版社,2011 年。

赵厚均：《〈名媛诗话〉与乾嘉道时期的闺秀文学活动》,《古代文学理论研究》第三十四辑,华东师范大学出版社,2012 年。

江曦、李婧：《清诗话拾遗》,《中国诗学》第十九辑,人民文学出版社,2000 年。

　　张寅彭:《民国诗学书目辑考》,《中国诗学》第七辑,人民文学出版社,2002年。

　　傅宇斌:《晚清民国报刊所见诗话书录》,赵敏俐主编《中国诗歌研究动态》第十四辑,学苑出版社,2014年。

# 附　　录

## 忆恩师王英志先生

张丽华

我与恩师王英志先生，因袁枚而结师生缘。2003年研究生毕业之后，我到晋南一座美丽小城的师范院校工作，两年后决意考博。因写作硕士论文《论袁枚的性灵散文》时参阅老师的论著最多，江南又是最令我神往的地方，所以当一位师友建议我报考苏州大学袁枚研究专家王英志先生的博士生时，我自觉是最合适不过的。

报考后与老师联系，了解到我已成家且有一份稳定的工作后，老师从一位长者的角度出发，建议我慎重选择考博，同时告诉我，当年博士招生竞争较大。我心里很没底气。在职考博，与全心备考的应届考生相比时间和精力的投入自不可同日而语；加之我决心考博时距考试仅两月有余，虽全力以赴准备时间仍嫌不足。临考之际，我内心惶惶，总觉毫无希望。但因已和老师联系过，深知不能言而无信无故弃考，于是"毅然"奔赴考场。成绩出来后老师第一时间打来电话，告诉我排名第二，而当年他只有一个招生名额，我内心虽然失落，但结果也在意料之中。本以为这次我会和苏大、和老师失之交臂，没想到峰回路转,几天后老师联系我说他正在积极和研招办协商,想为我也争取一个名额,目前已有希望,问我若是自费是否愿意上。这真是"绝处逢生"! 我当然求之不得,更感念老师不辞辛劳为我奔波。更具戏剧性的是,到录取之前,排名在我前面的考生突然"变卦",最终选择了其他学校,这样我就从第二名变成第一名、自费生变为公费生,这于我又是意外之喜。就这样,波波折折中,事情愈转愈好,我"一考得中",如愿以偿上了博士。2005 年秋,我与前孔兄拜入老师门下,成为老师招收的第二届学生。

老师是 1944 年生人,幼年随父母自吉林长春迁居上海。1963 年入北大中文系,正历文革,求学之路多有坎坷。1979 年考入苏州大学,成为国学大师钱仲联先生的首届研究生。这段颇为波折却能取法乎上的专业学习经历,为老师的治学生涯奠定了坚实的基础。老师喜欢文学创作,中学至大学时代,曾多次参加各类文学竞赛,作品也常见诸报刊。可以说,他的专业之路,是由诗人而学者,由创作及研究。以故,他身上既有学者之睿智严谨、扎实勤勉,又有诗人之才华气质、至情至性。学术论著之外,老师还写有多篇性灵小文,内容涉及诸多文坛掌故、亲友与师生情谊,流露出他真淳的诗人性情。这份诗人的情怀,也使得他对古人作品情思的体悟更为深切。

老师的学术研究之路自袁枚始,至袁枚结。二十世纪八十年代初,在学术界对袁枚评价不高的大环境下,他慧眼独具,坚定地选择袁枚作为研究对象,深入挖掘"性灵说"之内涵,客观还原了袁枚在清代诗坛不容小觑的影响。自入选全国优秀博硕论文集的硕士论文《袁枚性灵说内涵新探》起,至 2019 年出版生前最后一部作品《随园十种》止,老师一生以袁枚研究为重心,坚守明清文学与文论研究的苑囿,计发表高质量的论文 200 余篇,出版专著 30 多部,诚可谓著作等身。其中,既有总集、别集、丛书、作家年谱等文献整理类成果,又有理论批评论著、诗文选辑鉴赏、作家评传类作品。老师学术功力之深厚、涉猎之广博、视野之宏通，于此可见一斑。这些成果，使老师自然而然地跻身于清代诗学研究专家之列，并成为当之无愧的袁枚研究第一人。

除敏锐的学术眼光、扎实的专业功底、精谨的治学态度、宏通的学术视野之外，持之以恒的治学精神更是老师取得丰硕成果的关键所在。选定袁枚这一研究对象之后，他几十年潜心耕耘，笔耕不辍，一生与学术为伴。特别是晚年退休后，他坚持在《古典文学知识》上连载《手抄本袁枚日记》《袁枚手稿集外诗》《袁枚手稿集外诗与诗集异文》(2009—2014)等新发现的成果。2012 年患病后他的身体状况已大不如前，但仍继续完善袁枚留存文献的整理工作。2015 年，年逾古稀的老师以一己之力完成《袁枚全集新编》20 巨册 500 余万字的编纂校点，并结集出版。2019 年又出版了《随园十种》。老师真正践行着"一个人只要一息尚存，就不能丢弃学习"的精神。但他一生又淡泊名利，为人清简，从未把学术研究当作谋生与追名逐利的手段。所以，当母校北京大学抛来橄榄枝请他到中文系任教时，他能从容推拒；苏州大学文学院请他带硕士研究生，亦被他婉拒；我们几位博士就业时，他也从未强迫我们走学术研究之路以光耀师门，而是告诉我们先安顿好自己的生活，而后顺其自然地搞学术研究。事实上，老师走文学研究之路，完全是因为他源自内心的热爱。学术研究就是他生活的一部分，是他的一种人生状态，当然也是他的人生追求。所以，他从未以治学为负累，反而以此为乐；他也不提倡孜孜钻研、苦心孤诣去治学，而是以一种优游不迫的心境持之以恒地做一件自己喜欢的事，所以能安之若素，真正是"以出世的精神做入世的事情"。这份面对学术的沉静与纯粹，既令人感佩，也使我们警醒。老师所秉持的，正是当今社会所缺乏却又最可宝贵的治学精神。苏州大学学术委员会主任王尧先生称吾师"保持了传统文人的美德",确乎由来有自。我毕业工作后,几乎每年都会参加全国性学术会议,每次与学者们交流时提及老师,熟知吾师者都满怀敬重,这正是老师学术品格与人格魅力的折射。

就教书育人来看,我的老师当是体制内最特殊的老师之一了。当年报考时,为人处世驽钝的我,除写作论文时拜读过老师袁枚研究的成果之外,对老师毫无了解,想当然地认为他在苏大文学院工作。直至进入师门,才知先生一直都在苏大学报工作。因科研成就突出,学校主动联系他,请他申请博士生导师资格。2002 年,学校破格批准了老师的博导资格。自 2004 年,老师开始在苏大文学院招收博士生,共招收 4 届 6 名博士,另有 1 名博士后入门。所以与很多老师都不同,先生一生只带了我们 7 个"王门弟子",只是我们 7 个博士的老师。

老师指导我们的方法,也与大多数老师的"授课式"不同,而是以介绍读书与研究门径为主。每周有一个半天,我与两位师兄会从苏大东区南门步行出发,穿过校门外旁植梧桐的窄巷,经过古香古色、小店林立、满是人间烟火气的葑门横街,一路向南,跨过两座青砖小桥,到老师杨枝新村的家中上课。我们进门前,师母已备好茶水,老师则手持指导材料坐在沙发上安静地等我们。每次课上,老师都会设计好中心论题,师徒几人围坐,各持清茶一杯,在温馨静谧的时光里热烈讨论。从推荐阅读书目到指导论文,从写作规范到学术道德规范,老师的讲授涉及学术研究的方方面面;讨论中间又常常穿插学林掌故、学术研究动态及老师多年治学的体悟、方法与经验。我们则定期汇报读书心得,论文写作的进展情况;老师再根据我们的汇报,高屋建瓴,引导我们不断在阅读中拓宽学术视野、提升理论水平,并从结构框架、内容构成到标点字句、格式规范等各个方面完善论文。

我们读博期间的每一篇论文，老师都要修改好几遍。重拾老师当年为我改过的文稿，批改的痕迹一一在目：从形式到内容，从宏观架构到标点细节，无论巨细，均清晰标出问题所在。文稿上修改之外，老师还往往单附一张小纸于前，分条写下修改建议。我20多万字的博士论文，老师亦是一丝不苟、一字一句地修正润色。毕业之后，老师还特意把他修改过的论文寄我，留言"把我校过的校样寄你，供你出书时参考修改"，可见其良苦用心。考虑到我们读博期间经济压力大，老师还会把对我们论文写作有帮助的书籍，或全本或部分复印给我们，首页标注好"某著某书某部分"，至今，我手边还珍藏着十余部这类特殊的"书籍"。如今，我自己也带研究生，深知其中甘苦，对老师细致、耐心、周全指导学生背后的艰辛更能感同身受。而今再翻检这些凝聚着老师心血、带有老师印记的文稿与书籍，对老师深深的感激之情无以言表。

为了拓展我们的学术视野，老师还有意识地带每位博士参加学术会议。读博期间，除乘地利之便在苏大参加了几次全国性会议之外，老师还出资专门带我和前孔兄去云南参加古代文学理论年会，并引介我们在会上宣读论文，同与会学者交流，我们藉此得到国内一流专家的指导，有些建议至今尤在耳畔，令我终生受益。此外，老师还以带我们做课题的方式对我们进行系统的学术训练。2005年，老师申报的国家社科基金项目"清诗'唐宋诗之争'流变研究"获批，令我和前孔兄分别承担其中三分之一的任务。这一论题无论从深度还是广度上看都超越一般选题，难度亦可想而知。我最初很惶恐，根本没有信心能完成任务。但是入学两年间，每次师生见面，老师都积极督促、耐心指导，以他丰富的清代诗学研究经验逐步为我们化繁为简、破除迷障，不知不觉间，具体细化的个案研究一个一个就完成了，宏观的框架也越来越明晰。2008年，我的毕业论文作为课题的第一个成果提交给 7 位评审专家,得到了学者们的充分肯定,这样的结果在我意料之外,显然完全得益于有老师这位"高人"为我引路。前孔兄与赵娜师妹在第二年也顺利、圆满地完成了课题另外三分之二部分的任务,足可见老师指导有方。我们三人的论文最终经老师辛苦整合,提交结题材料到国家社科办,被鉴定为"优秀"等级,对此老师很欣慰。更令人惊喜的是,国家社科办竟主动联系老师,建议他以课题成果申报国家哲学社会科学成果文库。当年能进入"文库"的中文类成果极少,苏大还是空白。用老师自己的话说,这是他所期盼但不敢奢望的事。申报成功后,一向情感内敛的老师喜悦与自豪之情也溢于言表。2008 年,老师主持的高校古委会项目"清代闺秀诗话丛刊"获批,我们几人陆续参与到课题中,接受古籍整理方面的训练。此前大家几乎都没有系统深入地学习古典文献学,更遑论应用之。整个过程中,老师带着我们几个"白手起家"的人,从目录到版本、校勘逐一熟悉、实践,其间他的辛劳可想而知。课题成果《清代闺秀诗话丛刊》问世后,可以说确实有益于学林,此后有关明清女性文学研究的论著几乎都会以这套书为重要的参考文献。老师带着我们在规模较大课题中摸爬滚打累积下来的经验,成为我们此后治学路上最可宝贵的财富。

老师给我的最初印象是,眼神犀利而澄澈,俊朗英气的面容极具威严,个头不高但走起路来步履稳健有力、虎虎生风,讲话时声音清朗,吐字缓慢而掷地有声。与上课时的滔滔不绝迥不相同的是,平日里与我们相处时,老师话语不多且不苟言笑,多是做安静的"听众",偶尔会以寥寥数语为我们的谈话作精当"点评"。刚和老师接触时,我内心是有些"惧怕"的。相处久了才知,老师外威严而内宽和,心地良善,真心地爱护着每一位学生。

同门之中,我自觉得师恩尤多。一是读书期间,老师对我和家人照顾有加。二是老师极有文人风骨,不爱求人办事,但是在我毕业之际,他多方请托,打问江浙一带高校的用人情况并推荐我去应聘,想把我留在江南,虽然最后因各种因素此事未果,但老师和师母待我的情分永铭在心。

现在回想起来,从我撰写硕士论文,老师对我的指引就已开始。此后考博过程中、读博期间、毕业后就业甚而工作后评职称,在各个重要阶段,老师都竭尽所能地给予我最大的帮助,很多已是他"分外之事"都,超出了为人师者传道、授业、解惑的本职。"一日为师,终身为父",本是敬师之语;但是老师却以如山般的父爱,默默助力我们的成长。大爱无声,这样的老师,怎能不让我们学生终生敬佩爱戴呢?!

从老师求学虽仅三年,但老师在治学、为人、处事方面的言传身教却惠泽我一生。毕业后,我回到家乡北疆从教,自此与老师分处塞北江南,山水迢遥。期间,我们7人或有意借会议机会、或相约专程去探望了几次老师;教师节或春节,就寄些特产给二老。老师和师母几乎每次都劝阻,总体谅我们工作繁忙,孩子太小,无房无车经济压力大,不愿我们花几天的时间跑那么远,更不想给我们增加经济上的负担。可是,我们能回报老师与师母深恩的,除了在专业上好好努力外,就只有尽量多去看看他们,或借一点微薄之物表达对他们的想念与惦记了。2012年,得知老师身患肿瘤之后,我们对老师的记挂更重更多,可是也什么都做不了。2018年,是我们师门最后一次齐聚苏州,但与老师相聚的时间却很短,现在才知,其实那时,他的身体状况就已很不乐观了。此后两三年间,因疫情防控,几乎所有的假期大家都被单位限制出行。我们一起去探望老师的计划也一拖再拖。2021年1月24日下午,我突然接到师母的电话,惊闻老师离世的噩耗!放下电话,久久不能回神。我不敢相信更不愿相信,老师就这样匆匆而又安静地走了!原来,近一年来内心的不安,并不是空穴来

风！本计划寒假等疫情稍稍稳定后去看望他老人家的；本想把那个
当年因他的仁慈宽宥才来到世间、如今已亭亭玉立、进入重点高中的
小姑娘带到他面前叫一声"爷爷"的；本想当面告诉他，我在当年老师
带做的课题基础上申报的教育部项目已顺利结项……然而，一切都
来不及了！更可悲哀的是，当我亟买机票赴苏奔丧时，却在临登机前
一刻因防疫而被阻，竟未能见吾师最后一面为他送行！此情何可堪！
老师离世后的几天，因不能亲去吊唁，内心之哀痛、憾恨、自责愈转愈
深，整个人茫然无措，恍恍若失，不觉泪自流。翻阅着书架上一册册
老师题字的赠书，清点着十几年间与老师通信的一封封邮件，整理着
读博期间老师批阅过的一篇篇论文，老师的音容笑貌宛在目前，却与
我们生死永隔，自此参商！老师走了，留给我太多遗憾！如今老师已
离开一年有余，写忆文思往事，依然数度哽咽，几番辍笔……

　　行文至此，我更想让记忆驻足于与老师相处的一个个美好瞬间：
苏州茶楼之上，师生齐聚畅谈的欢洽笑语；金鸡湖畔，清风荡漾花草
飘香中我们与老师相伴而行；词学会议期间，我和老师坐在广阔的草
原上看蓝天碧草听鸟鸣虫唱……这一帧帧美好的画面，是生命中最
明媚的印记，伴着老师那孩童般纯净的朗朗笑声，它们将温暖我悠长
岁月中的无数个晨昏……

2022 年感恩节之夜·青城

# 后　记

今年冬天，青城呼和浩特地气较往年为暖，已是小雪时节，绿叶还在枝头随风摇曳，树丛中草色犹青，前几日玉带岛公园的桃花竟突然绽放，加之入秋以来常烟雨迷蒙，这样的天气与景致，总令我恍若梦回江南。在最似江南的塞北冬日里，经过几年艰难孕育，《闺秀诗话研究》终于可面世了。闺秀诗话记录的女性文人，绝大多数都生长于江南；而我与闺秀诗话的缘分，也要从江南说起。

或许是出于对女性身份的觉知，自读硕士开始，我就对古代女性的文学创作颇为好奇，此后两年参加工作，依然对这一领域有潜在的兴趣，时常关注学界的研究动态，但因时地等诸多因素所限，一直没有契机真正走入女性文学研究的苑囿。2005年秋，我有幸入姑苏，拜入王英志师门下。后来老师做闺秀诗话文献整理项目时，我们几位博士均参与其间，我先后点校了梁章钜的《闽川闺秀诗话》和雷瑨、雷瑊兄弟的《闺秀诗话》两部作品，开始直接接触明清女性文学，并撰写了小文对两部诗话作述评；以此为基础，2014年，我申报的"清代闺秀诗话研究"获批教育部一般项目。时光荏苒，结题已有几度春秋，因生活俗事所绊，这本书的写作颇费周折，耗时较长。最让我遗憾的是，引领我进入这一领域的恩师于2021年初仙逝，未及亲见成果出版。这本书的写作，既是我对自己愿想的一份交代，也是我向老师和师母的汇报。

　　一书之成，汇聚多人之力，更承载着种种情谊。我的硕导孙兰庭师一生刚直不阿，已年至耋耄依然关心我的成长；大学期间为我授业的万奇师，平日里在专业上予我诸多鼓励与引领，书成之际于百忙中又欣然允序，从专业角度给出的一些建议对我多有启发。母校内师大文学院是个充满温暖、情深谊厚的集体，这里有一直关心指引我的师长，有如兄弟姊妹般相互扶助共同成长的同事好友。上海古籍出版社的郭冲先生宽和温厚，令我时时怀想山东大学杜泽逊师和程远芬师的师门馨芳。在此一并致以最诚挚的谢意：感恩遇见，感谢所有！这些与生命相伴的情谊连同家人的爱，如灿烂的阳光，照亮了一个个平凡的日子。

张丽华

甲辰冬小雪日于青城秀苑居

**图书在版编目（CIP）数据**

闺秀诗话研究 / 张丽华著. --上海 ：上海古籍出
版社，2025. 2. -- ISBN 978-7-5732-1476-8

Ⅰ．Ⅰ207.22

中国国家版本馆CIP数据核字第2024PJ0508号

**闺秀诗话研究**

张丽华　著

上海古籍出版社出版发行

（上海市闵行区号景路 159 弄 1-5 号 A 座 5F　邮政编码 201101）

（1）网址：www. guji. com. cn

（2）E-mail：guji1@guji. com. cn

（3）易文网网址：www. ewen. co

上海颛辉印刷厂有限公司印刷

开本 890×1240　1/32　印张 9　插页 3　字数 226,000

2025 年 2 月第 1 版　2025 年 2 月第 1 次印刷

印数：1—1100

ISBN 978 - 7 - 5732 - 1476 - 8

———————————————————

Ⅰ.3894　定价：58.00 元

如有质量问题，请与承印公司联系